내 삶에 변화를 가져온 보석 같은 문장들

문장을 수집하는 시간

문장을 수집하는 시간

발행일   2024년 12월 16일

지은이   권시원, 김미예, 김태경, 박정재, 변지선, 송주하, 안지영, 이경옥, 이성애, 이승희, 이은설
펴낸이   손형국
펴낸곳   (주)북랩
편집인   선일영   편집   윤용민, 배진용, 김다빈, 김부경
디자인   이현수, 김민하, 임진형, 안유경, 신혜림   제작   박기성, 구성우, 이창영, 배상진
마케팅   김회란, 박진관
출판등록 2004. 12. 1(제2012-000051호)
주소   서울특별시 금천구 가산디지털 1로 168, 우림라이온스밸리 B동 B111호, B113~115호
홈페이지 www.book.co.kr
전화번호 (02)2026-5777   팩스   (02)3159-9637

ISBN   979-11-7224-424-8 03810(종이책)   979-11-7224-425-5 05810 (전자책)

(주)북랩 성공출판의 파트너

북랩 홈페이지와 패밀리 사이트에서 다양한 출판 솔루션을 만나 보세요!

홈페이지 book.co.kr • **블로그** blog.naver.com/essaybook • **출판문의** book@book.co.kr

작가 연락처 문의 ▸ ask.book.co.kr

작가 연락처는 개인정보이므로 북랩에서 알려드릴 수 없습니다.

문장을 수집하는 시간

내 삶에 변화를 가져온 보석 같은 문장들

권시원
김미예
김태경
박정재
변지선
송주하
안지영
이경옥
이성애
이승희
이은설
지음

●

내 삶에 변화를 가져온 보석 같은 문장

"인생을 문장에 비유한다면 문장의 단어들 사이엔 반드시 공백이 필요하
다. 공백이 있어야 아름다운 문장이 된다."

― 세네카

마음에 꽂히는 문장이 있습니다. 한참을 들여다보며 '나도 글을 잘
쓰고 싶다'는 욕심이 생겼습니다. 좋은 글을 쓰기 위해 하루를 관찰하
기 시작했습니다. 다른 사람에게 집중하느라 보지 못했던 것들을 나
를 관찰하며 비로소 발견하게 되었습니다. 문장 하나에도 의미를 두게
되었습니다. 많은 사람이 가슴에 멋진 문장 하나쯤은 품고 살아가겠
지요. 이제는 함께 글을 써 보자 말하고 싶습니다. 살면서 만나게 되
는 좋은 문장, 힘이 들 때 찾게 되는 한 줄, 다 놓고 싶을 때 읽게 되는
한 권의 책이 다른 이들의 삶에도 활력을 불어넣어 줄 것 같아 글로

남기고 싶었습니다.

20대에는 스펙을 쌓기 위해 열심히 책을 읽었습니다. 30대에는 부동산 광고대행사에서 영업을 시작했습니다. 배우지 않으면 안 되는 상황에서 책을 펼쳤습니다. 다양한 사람을 만나 소통하는 데에 서툴렀던 나에게 자신감을 불어넣어 줄 선생님이 간절히 필요했습니다. 책을 읽고 배우며 삶에 대한 의지와 활력을 되찾았습니다. 그때는 문장에 의미를 두기보다는 일과 관련된 목적을 이루기에 바빴습니다.

결혼 후, 육아와 일에 치여 책을 놓게 되었고, 그렇게 40대를 통째로 날려 버렸습니다. 지난 시간은 잡고 싶어도 돌아오지 않았고, 자신감은 바닥을 쳤습니다. 다시 살아 보고자 손에 책을 잡았습니다. 젊은 시절만큼 속도가 빠르지는 않았지만, 꾸준히 읽고 남기려 노력했습니다.

50대에 이르러 살아온 삶을 돌아보며 문장 한 줄의 의미를 깊이 생각하게 되었습니다. 좋은 문장이 눈에 들어오면 밑줄을 긋거나 메모를 남깁니다. 신간이 나오면 무조건 삽니다. 독서보다는 수집에 가까웠습니다. 그래서 다 읽은 책이 많지는 않습니다. 그냥 오가며 펼쳐 단 한 줄을 읽어도 오늘의 나에게 주는 영향이 크기 때문입니다. 지금은 그 문장들을 내 삶에 적용하는 단계입니다.

2020년 7월, '이은대 자이언트 북 컨설팅'의 대표인 이은대 작가를 만났습니다. 글을 쓰며 성장하는 인생을 살고 싶어 강의를 듣고, 책을 읽으며 글도 따라 썼습니다. 그렇게 4년이란 시간이 흘렀습니다. 지금은 공저 프로젝트에 참여하여 책을 출간한 작가가 되었고, 글쓰기를 다른 사람에게 가르칠 수 있는 라이팅 코치 자격도 얻었습니다. 인생이 달라졌습니다.

한 달에 두 번 독서 모임 '천무'에서 책을 읽고 토론을 합니다. 한 권의 책을 함께 읽은 여러 작가들과 서로의 다양한 경험을 나눌 수 있습니다. 독서를 통해 타인의 생각과 인생관, 가치관을 엿볼 수 있는 시간입니다. 덕분에 처음보다 세상을 바라보는 시야가 넓어지고 나 또한 성장하게 됐습니다. 라이팅 코치로서 글쓰기를 가르치며 문해력과 사고력을 키우기 위해서는 독서가 필수라는 걸 깨달았습니다. 이은대 작가가 수강생과 라이팅 코치들에게 독서의 중요성을 강조하는 이유도 여기에 있습니다.

문장 중심으로 독서를 하다 보면 나에게 보물이 될 문장을 만납니다. 문장 한 줄이 내면의 생각을 확장하고, 삶에 변화를 가져옵니다. 좋을 때는 책 속 문장에 공감하고, 힘들 때는 위로를 받았습니다. 고민할 때도 책은 길을 제시해 주었습니다.

책에서 만난 문장과 사색을 주제로 글을 쓰기 위해 열한 명의 라이팅 코치가 모였습니다. 1장에서는 각자가 좋아하는 책 속 문장 세 개를 뽑고, 그 문장을 좋아하게 된 이유와 자신의 경험을 담아 이야기합니다. 2장은 힘이 들 때 다시 일어설 수 있게 용기를 준 보석 같은 문장들을 소개합니다. 또, 그 문장이 자신에게 어떤 영향을 주었고, 어떻게 변화할 수 있는 계기가 되었는지 고백합니다. 3장에서는 문장 하나를 한 편의 글로 확장하는 방법에 대해 다루고 있습니다. 이 책의 독자들을 위해 글을 잘 쓰기 위한 템플릿 활용법을 알려 드립니다. 마지막 4장에서는 열한 명의 라이팅 코치가 글 쓰는 삶에 대한 가치관과 철학을 이야기합니다.

2020년, 코로나19로 인해 비대면 관계가 증가하고, SNS의 영향력이 커지면서 세상이 달라졌습니다. 이제 사람들은 자신을 온라인에서 보여 주기 위해 애쓰고, 그런 모습을 보면 안쓰러운 마음이 듭니다. 나 역시 그 속에 빠르게 뛰어들어 본 경험이 있기에 그 마음이 더 깊이 와닿습니다. 오히려 지금은 책을 읽고 나를 채우는 시간이 필요하다고 생각합니다.

세네카가 말한 '문장 사이의 공백'처럼 온양으로 이사 온 후 나는 휴식과 여유의 시간을 의식적으로 가지려 노력했습니다. 새벽에 한 줄씩 독서를 하며 나 자신을 돌아보는 습관도 들였습니다. 이 작은 공백들이 내게 여유를 선물하고, 글감을 떠올리는 소중한 시간이 되고 있습니다.

이은대 작가는 수업 시간마다 살아가는 지혜와 동기 부여를 전하는 데 정성을 다하며, 책 읽고 글 쓰는 삶을 위해 언제나 든든히 지원해 주었습니다.

지나간 시간은 되돌릴 수 없지만, 지금부터라도 책을 읽고 문장 한 줄로 다른 사람에게 힘을 줄 수 있다면 그것만으로도 충분히 가치 있는 일이 되겠지요. 우리는 한 번뿐인 인생을 살아갑니다. 책 속 힘이 되는 문장처럼 나 또한 그들에게 힘이 될 수 있다면 좋겠습니다.

우리는 모두 소중한 존재로, 각자가 가진 소명이 있습니다. 바쁘고 힘든 일상 속에서도 스스로에게 시간을 허락해 삶에 작은 여유를 누려 보세요. 책 속 문장 한 줄이 당신 삶에 큰 빛이 되길 바랍니다.

2024년 11월 초. 바람이 강하게 불던 날

김미예

차례

1장

**그 문장이
내 가슴으로
들어왔다**

4장

**좋은 글을
쓰고
싶습니다**

제1장

그 문장이 내 가슴으로
들어왔다

1.
휴식과 사색을 권해 준 문장

권시원

23년 동안 회사에서 일하며 경험을 쌓았다. 작년에 팀장이 되면서 그 전과는 다르게 팀원들의 업무를 관리하며 내 일도 병행해야 했다. 팀장 역할을 잘 해내고 싶었지만, 생각보다 쉽지 않았다. 이제야 뒤늦게 신임 팀장이 겪어야 할 고충을 경험하는 것 같았다. 더 높은 직책으로 승진은 어려울 듯싶어 지금의 노력이 무의미하게 느껴졌다. 한마디로, 회사 생활에 대한 동기 부여가 부족했다. 삶에 변화가 필요하다고 느꼈다. 그때 책 속 문장이 마치 '잠시 쉬어 가도 괜찮아'라고 위로해 주는 듯했다.

"방황하지 않는다는 건 그만큼 자기 삶에 대한 고민이 없다는 뜻이기 때문이다. 사실 방황의 진정한 의미는 나를 알아가는 올바른 과정이다."

– 사이토 다카시,『한 줄 내공』

인생의 절반을 지나왔지만, 나는 여전히 방황 중이었다. 지금까지의 인생을 돌아보고 앞으로의 삶을 고민할 시간이 필요했다. 회사에 '재충전 휴직'을 신청했고, 올해 1월부터 1년간 쉬게 됐다. 회사 업무에서 벗어나 쉴 수 있게 됐지만, '과연 잘한 선택일까?'라는 의문도 들었다. 그러던 중 책에서 '삶에 대한 고민과 방황은 자연스러운 과정이다'라는 문장을 발견하고 용기를 얻었다.

내가 어떤 고민을 하고 있는지 명확히 알고 싶었다. 스스로도 모르는 나를 알아 가는 과정이 필요했다. '방황'이라는 단어가 오십의 나이에 어울리지 않을 수도 있지만, 삶에 대한 고민은 나이와 상관없이 언제든 생길 수 있다고 생각했다. 방향을 찾기 위한 시도 자체에 의미가 있다고 믿어 휴직을 신청했다. 마음껏 방황하는 중이다.

일상에서 벗어나기 위해 여행을 계획하면 하고 싶은 일이 많아진다. 해외여행을 갈 때는 방문할 여행 코스, 맛집, 쇼핑 장소 등을 미리 정해 두곤 한다. 휴직을 앞두고도 마찬가지였다. 처음에는 월별로 해야 할 일의 목록을 세세하게 작성했다. 하고 싶은 일이 참 많구나 싶었다. 쉬고 싶어서 휴직했는데, 해야 할 일로 가득해졌다. 난생처음 갖게 된 1년이란 긴 휴식에 들떴던 것 같다.

그때 로랑스 드빌레르의 『모든 삶은 흐른다』를 읽고 '쉴 땐 제대로 쉬자'라는 생각을 하게 됐다. 책에서 작가는 '네고티움'은 바쁜 일상과 의무로 가득한 삶을 뜻하고, '오티움'은 비생산적인 일에 몰두해 영혼과 정신을 갈고닦는 시간이라고 설명한다. 나에게 필요한 것은 '오티움'

이었다. 아무것도 하지 않는 여유 속에서, 분주함과 성과에서 완전히 벗어나 진짜 바캉스를 즐기는 게 필요했다.

그래서 휴직을 시작하며 작성한 목록에서 세 가지만 남겼다. 첫째, 태국에서 한 달 살기. 둘째, 이사. 셋째, 개인 저서 집필. 세 가지는 꼭 하고 싶었고, 나머지는 욕심과 함께 내려놓았다. 이 글을 쓰는 지금, 두 가지는 이미 끝냈고 개인 저서 집필만 남았다. 회사로 복귀하기 전에 할 수 있는 데까지 노력해 보려고 한다. 쉬는 것도 연습이 필요하다는 걸 깨달았다. 휴직을 통해 그 연습을 충분히 하고 있다.

패트릭 브링리는 『나는 메트로폴리탄 미술관의 경비원입니다』에서 삶이 휘청이더라도 방향을 스스로 잡아야 하며, 삶은 여러 개의 챕터로 되어 있기 때문에 언제라도 현재의 챕터를 끝낼 수 있다고 했다.

나는 혼자 살고 있다. 평일에는 회사에서 일하고, 주말에는 부모님 댁에서 시간을 보내는 경우가 많다. 평일 저녁엔 약속이 많은 편이다. 집에 일찍 가서 혼자 밥 먹고 시간 보내기보다는 사람들과 어울리는 게 좋다. 휴일에는 늦잠을 자며 게으름을 피운다. 아무것도 하지 않아도 잔소리할 사람도, 같이 놀아 달라고 조르는 사람도 없다. 혼자다 보니 해외여행 가는 게 부담스럽지 않다. 일상의 스트레스를 풀고 싶으면 일본이나 동남아로 떠나곤 한다. 혼자라 외로울 때도 있지만, 자유롭게 사는 삶에 충분히 만족하고 있다.

코로나19 시기에 혼자 생활하는 데 어려움이 생겼다. 모임이 금지됐을 때는 밖에 나가지도 못했고, 소규모 모임이 허용된 후에도 감염 우려 때문에 사람을 만나기가 꺼려졌다. 해외여행도 갈 수 없어 스트레스가 쌓였다. 집과 회사, 부모님 댁 말고는 갈 곳이 없었다. 혼자 있는 시간이 길어지면서 생각도 많아졌다. 자유를 빼앗겼다는 생각이 들었지만, 할 수 있는 일이 없었다. 우울감이 있었지만, 병원에 갈 정도로 심각하진 않아서 다행이었다.

인생과 인간관계 그리고 미래에 대해 고민을 많이 했다. 이런 상황을 어떻게든 극복하고 싶었다. 회사의 디지털 아카데미 연수를 신청했고, '자이언트 북 컨설팅'의 책 쓰기 강의도 수강하며 자기 계발에 힘썼다. 새로운 걸 배우고 공부하며 시간을 견뎌 냈다. 공부를 더 하기로 결심하여 회사의 대학원 지원 프로그램에 지원했다. 운이 따라 줘서 원하는 대학원에 입학할 수 있었다. 코로나19는 세상을 혼란에 빠트렸지만, 내게는 뜻밖의 새로운 기회를 선물했다. 내 삶의 새로운 챕터가 시작되는 전환점을 맞이한 셈이었다.

가만히 있어도 삶이 휘청거릴 때가 있다. 넘어질 뻔하거나 다칠 때도 있지만, 다시 일어서야 한다. 누군가 대신 일으켜 주길 바라지 말고 스스로의 힘으로 일어나야 한다. 그럴 때는 잠시 휴식을 취하는 게 좋다. 쉰다고 큰일 나지 않는다. 잠시 멈춰서 힘을 충전할 시간이 필요하다. 마냥 쉴 건 아니지 않은가. 용기 내서 잠시 쉬어 가도 괜찮다.

2.
단단한 나로 만든 세 개의 문장

김미예

"오! 미스 김! 오늘 어디 좋은 데 가나 봐?"

윤 과장이 눈을 치켜뜨며 웃어 보였습니다. 그의 시선이 불쾌하게 느껴졌습니다. 대꾸할 필요 없다고 생각했지만, 입술만 깨물었습니다.

정장에 구두까지 신경 써서 차려입고 출근했건만, 윤 과장의 비웃음 섞인 표정에 자꾸만 시선이 머물렀습니다. 그가 회식 때 내게 붙인 별명, '개구리 왕눈이'가 떠올랐습니다. 왜 그런 별명을 붙였는지 알 수 없었지만, 그의 의도는 명확해 보였습니다. 나를 웃음거리로 만들려는 속셈이었겠지요. 자리에 앉아도 윤 과장의 시선이 느껴져 모니터 속 글자들이 제대로 보이지 않을 정도였습니다. 손가락을 꽉 움켜쥐었지만, 그에게 한마디 던질 용기는 생기지 않았습니다. 결국, 내내 속이 부글거렸지만 혼자 삼킬 수밖에 없었습니다.

어릴 때부터 사람들의 말과 시선에 흔들렸습니다. 객관적으로 판단하지 못하고, 다른 사람 말에 따라 행동이 바뀌곤 했습니다. 무엇이

옳고 그른지 제대로 분별하지 못했습니다. 사람들은 내 마음이 약하고, 생각이 부족하다고 말했습니다. 소심한 성격 때문에 뒤에서만 웅얼거리기만 했습니다. 이런 나 자신을 바꾸고 싶었습니다.

성공한 사람들의 경험을 통해 변화하고 싶어 책을 읽기 시작했습니다. 마음에 와닿는 문장이나 업무에 도움이 될 만한 내용을 노트에 적어 두었습니다. 이 과정을 통해 조금씩 생각이 바뀌었습니다. 내 삶을 바꾸는 데 큰 영향을 준 세 개의 문장을 나누고자 합니다.

첫째, "사람의 인연이란 오묘하여 언제, 어디서, 어떤 모습으로 다시 만나게 될지 알 수가 없다."

『육일약국 갑시다』의 저자이자 현재 메가넥스트의 김성오 대표가 지금을 사는 사람들에게 전하는 메시지입니다.

좋아하는 사람이나 도움이 될 것 같은 사람만 가까이하려 했습니다. 주변에 있는 사람들 중 내 마음에 들지 않는 사람에게는 눈길도 주지 않았습니다. 쌀쌀맞게 대하거나 친하다고 생각한 사람에게도 무례하게 대할 때도 있었습니다.

고등학교 시절, 2학년 기말고사 때의 일입니다. 안개가 짙게 낀 11월 초, 공주여자고등학교로 가는 버스를 한참이나 기다려도 오지 않았습니다. 초조해지기 시작했고, 급한 마음에 도로 집으로 달려갔습니다. 아버지의 차를 타고 학교로 향했습니다. 나온 지 10분도 채 되지 않아 버스와 충돌하는 사고가 발생했습니다. 그 일로 나는 오른쪽 다리가 부러져 병원 치료를 받았고, 목발을 짚고 학교에 다녀야 했습니다. 가방을 들거나 버스를 타는 일조차 불편했습니다. 그때, 친하게 지내던 친구 숙이가 내 손발이 되어 도와주었습니다. 나는 청양군에, 친구는 우성면에 살았습니다. 숙이는 아침마다 내 가방을 들어 주고, 학교가 끝나면 집까지 데려다주곤 했습니다. 자연스럽게 점점 그녀에게 의지하게 되었고, 투정을 부리기도 했습니다. 그러던 어느 날, 나의 말실수로 싸운 후 더 이상 보지 말자며 서로 등을 돌렸습니다.

그땐 몰랐습니다. 무심하게 내뱉은 말들이 소중한 친구와의 사이를 멀어지게 만들었다는 것을. 그 뒤로 무려 20년 동안 그녀와 연락하지 못했습니다. 다시는 마주치지 않을 거라고 생각했습니다. 사람의 인연이 희한하더라고요. 세월이 흘러 우연한 기회에 서로 가까운 곳에 살고 있다는 것을 알게 되었습니다. 내가 먼저 사과하고 자주 만나기 시작했습니다. 이제는 말을 더 조심하며 다시 만난 인연을 소중히 여기고 있습니다. 숙이는 여전히 내 부족한 점을 채워 주는 귀한 친구입니다.

광고주와 매일 상담하고 계약을 성사시키는 일을 하고 있습니다. 올해 초, 10년을 함께한 공인중개사 K 대표가 재계약을 하지 않겠다고 하더군요. 이유를 물어보니 다른 사람과 해 보고 싶다고 말했습니다. 속에서는 울컥 화가 치밀어 오르고 서운한 마음이 가득했지만, 좋은 마음으로 보내 드렸습니다. 정확히 6개월이 지난 후 다시 연락이 왔습니다. 나와 계약하고 싶다고 말이지요. 계약하지 않는다고 얼굴 붉히며 인연을 정리하였다면 오늘 같은 일은 일어나지 않았겠지요. 언제 어디에서 다시 만날지, 혹은 어떠한 일이 생길지는 아무도 알 수 없습니다. 중요한 것은 모든 사람을 좋아할 수는 없지만, 적은 만들지 말아야 한다는 겁니다. 이렇듯 '사람'은 나의 소중한 자산이자, 내가 살아가는 원동력이 됩니다.

둘째, "반복의 힘을 믿습니다. 확고하게 믿습니다. 어떤 일이든 계속 반복하면 전문가가 됩니다."

『작가의 인생 공부』에서 이은대 작가는 지금 하고 있는 일을 잘하려면, 포기하지 말고 '반복'하라고 말합니다. 더 나은 삶을 살기 위해 반복이 필요합니다.

2020년 7월부터 4년 넘게 이은대 작가의 책 쓰기 수업을 들으며 삶의 지혜와 사람 대하는 법을 배웠습니다. 긍정적인 마음으로 참여하다 보니 삶도 점차 나아졌습니다. 매일을 대수롭지 않게 여긴다면 나를 나태하게 만들고, 지금까지 쌓아 온 내 원칙이 무너질 수도 있음을 깨달았습니다. 예외를 허용하거나 스스로를 합리화하면 지금보다 퇴보할 수 있다는 사실을 알았습니다.

한 번은 '여기서 내가 멈추면 어떻게 될까?'라고 생각하며 모든 걸 멈춘 적이 있습니다. 예를 들어, 거의 3년 동안 써 온 블로그를 8개월 간 중단했습니다. 오랜 게으름 끝에 멈췄던 블로그를 열었을 때 막막했고, 처음부터 다시 시작해야 했습니다. 이 경험을 통해 반복과 연습의 중요성을 깨닫게 되었지요.

어떤 목표를 이루겠다고 결심했다면 꾸준한 공부와 반복이 필수입니다. 나 자신이 잘할 수 있다는 확고한 믿음을 가져야 합니다. 20여 년간 부동산 광고대행사에서 매니저로 일하며, 반복과 연습 끝에 광고주들에게 신뢰받는 광고 관리자로 자리 잡았습니다. 반복의 힘은 내가 앞으로 나아갈 수 있는 기반이 됩니다.

셋째, "내 삶을 글에 담아 세상을 이롭게 하는 책을 펴낸다."

인생의 절반을 보냈습니다. 현재 부동산 광고대행사에서 공인중개사가 광고 효과를 볼 수 있도록 돕고 있습니다. 또한 자이언트 인증 라이팅 코치 겸 작가로도 활동하고 있습니다.

이은대 작가의 책 쓰기 수업을 통해 나도 글을 잘 쓰고 싶다는 결심을 하게 되었습니다. 대한민국 최고의 책 쓰기 코치로부터 책 쓰기뿐 아니라 살아가는 지혜와 동기 부여, 멘탈 관리까지 배웠습니다.

'내 삶을 글에 담아 세상을 이롭게 한다'는 이은대 작가의 비전은 내 마음 깊이 와닿았습니다. 평범한 내 이야기가 주변 사람들에게도 살아갈 용기를 줄 수 있기를 바랐습니다. 바쁘고 힘든 세상에서 우리의 평범한 이야기는 무료한 현실과 불안한 미래에 대응할 수 있습니다. 각자의 경험을 글에 담아 세상을 이롭게 하는 책으로 엮는다면 많은 이에게 위로와 동기 부여가 될 것입니다.

라이팅 코치들과 함께 공동 저서를 집필하고 있습니다. 우리의 경험과 책 속 문장이 누군가의 삶에 작은 힘이 된다면 얼마나 기쁠까요.

마음에 와닿는 한 줄의 문장은 작은 설렘을 불러일으킵니다. 이 마음이 커져 사람들에게 전파된다면, 세상은 더 따뜻해질 것입니다. 매일 읽는 책 속 문장에서 내 미래를 엿봅니다. 내가 성장함으로써 다른 사람에게도 긍정의 에너지를 선물할 수 있습니다. 모든 변화는 나로부터 시작됩니다.

3.
변화의 순간, 삶을 바꾼 세 가지 가치

김태경

2년 전 자기 계발을 시작하며 '행복', '건강', '겸손'이라는 세 가지 가치가 제 삶의 중요한 지침이 되었습니다. 예전에는 직장 업무와 집안일에 치여 스스로를 돌볼 여유가 없었지요. 그러다 문득 변화가 필요하다는 생각이 들었고, 스스로에게 물었습니다.

"내가 진정으로 원하는 삶은 무엇일까?"

제가 원한 건 행복하고 건강하며 겸손하게 사는 것이었습니다.

행복은 다른 사람이 주는 것이 아니라, 스스로 만들어 가는 것임을 알게 되었습니다. 그래서 긍정적인 마음을 유지하려 노력하고 있지요. 아침마다 미소 지으며 셀카를 찍습니다. 하루를 어떻게 보내고 싶은지, 어떤 사람이 되고 싶은지 적어 둔 다이어리를 보면서 긍정 확언을 합니다. 저녁에는 감사 일기를 쓰고 내일을 계획하며 하루를 마무리합니다.

건강은 일상을 지혜롭게 살아가게 하는 기반입니다. 몸이 건강해야 목표를 이룰 수 있다는 걸 깨달았지요. 피곤하면 집중력이 떨어지고 일을 미루게 되더라고요. 등산을 시작했습니다. 산을 오르며 느끼는 신선한 공기는 머리를 맑게 하고 마음을 차분하게 해 줍니다. 이 시간 덕분에 여유롭게 생각할 기회도 얻을 수 있습니다.

마지막으로, 겸손은 제가 중요하게 여기는 마음가짐입니다. 예전에는 대화할 때 상대방의 이야기를 듣기보다는 비판할 점을 찾았습니다. 다음 할 말을 준비하며 상대방의 말이 끝나길 바라곤 했지요. 그러다 보니 관계가 어려워지고 후회도 많아졌습니다. 그 경험을 통해 겸손이 얼마나 중요한지 깨닫게 되었지요. 상대방의 이야기를 경청하고, 배울 점을 찾는 태도가 저를 성장시킨다는 것을 알게 되었습니다.

행복, 건강, 겸손을 삶의 지침으로 삼게 된 후 여러 책을 읽으면서 이러한 가치들이 더욱 깊이 와닿았습니다.

첫째, 『마흔에 읽는 쇼펜하우어』 속에 있는 행복에 관한 문장입니다.

"행복의 참된 원인은 밖에 있는 것이 아니라 우리 안에 있다. 중요한 것은 마음가짐이다."

누군가 지금 행복하냐고 묻는다면 선뜻 답하기 힘들 것 같습니다. 불행하지는 않지만, 그렇다고 행복하다고도 할 수 없기 때문입니다.

지금까지 행복하지 않은 이유를 남 탓으로 돌렸습니다. 어릴 때는 돈을 많이 벌지 못하는 부모님을 원망했고요. 오빠들 밥 차려 주고 청소와 빨래까지 도맡아 해야 하는 환경을 탓하기도 했지요. 성인이 되어 가정을 꾸려도 크게 달라지지 않았습니다. 그러다 쇼펜하우어의 '행복의 참된 원인은 우리 안에 있다'라는 문장이 저를 돌아보게 했습니다.

얼마 전, 딸의 생일이었습니다. 오후 다섯 시쯤 케이크를 사러 파리바게트에 가던 길이었지요. 할인 쿠폰을 찾으려 스마트폰을 보다가 턱에 걸려 넘어졌습니다. 아픈 것보다 누가 봤을까 싶어 주위를 둘러보았습니다. 다행히 아무도 없었습니다. 욱신거리는 고통을 참으며 딸이 좋아하는 고구마 케이크를 사서 집으로 돌아왔습니다. 조심스럽게 바짓단을 걷어 보았지요. 왼쪽 무릎은 피가 맺힐 정도로 크게 까져 있었고, 오른쪽 무릎에도 상처가 나 있었습니다. 후시딘을 바르고 드레싱 밴드를 붙였습니다. 양쪽 무릎이 얼얼했습니다.

예전 같았으면 "왜 이렇게 재수가 없을까?" 하며 투덜거렸을 겁니다. 그날은 가족들과 식당에서 삼겹살을 먹으며 웃고 이야기하면서 몇 시간을 보냈습니다. 넘어진 것은 별일 아니라는 마음으로 넘겼기에 가능했지요. 예전 같았으면 식사 자리에서 넘어져 무릎을 다친 이야기를 꺼냈을 겁니다. 위로가 필요했을 테니까요. 남편은 위로는커녕 "걸으면서 스마트폰 보지 말라고 몇 번이나 말했어!"라며 핀잔을 주었을 겁니다. 그날 저녁은 안 좋은 일을 계속 생각하며 크게 부풀리지 않았습니다. 지금에 집중하니 아픈 것도 잊을 수 있었지요. 긍정적인 마음가짐을 유지하려는 노력만으로도 행복해질 수 있습니다. 행복은 내 안에 있으니까요.

둘째, 『니체와 함께 산책을』 속에 있는 건강에 대한 문장입니다.

> "그 여덟 시간 동안 몇 번인가 아주 깊은 15분이 찾아온다. 그때야말로 내 안의 가장 깊은 샘에서 솟아나는 활성 음료를 마실 수 있다."

독일에서 말하는 산책은 적어도 5킬로미터 이상을 빠르게 걷는 것을 의미한다고 합니다. 니체는 해발 약 1,800미터 지대의 아름다운 호숫가를 따라 숲길을 매일 혼자 여덟 시간에서, 길게는 열 시간까지 산책했다고 하는데요. 그는 하루 여덟 시간 동안, 몇 번이나 15분간의 깊은 사색의 순간이 찾아온다고 말했습니다.

이 문장은 저를 매일 산에 오르게 했습니다. '여덟 시간 산책'과 '깊은 사색의 15분'이라는 말이 등산화를 신게 했지요. 집에서 소래산 정상까지 왕복 두 시간이 걸립니다. 지인들은 이어폰을 끼고 영어나 오디오 북을 들으라고 하지만 저는 물 한 병만 챙겨 갑니다. 자연과 하나 되는 순간, 사색의 시간이 찾아오길 바라면서요.

아직은 아무 생각 없이 걷는 것이 서툽니다. 걸으면서 생각을 비워보려 애쓰기도 합니다. 때로는 글감을 떠올리기도 합니다. 몰두하며 걷다 보면 계단이 많아도 힘든 줄 모르고 오르고 있는 저를 발견하곤 합니다. 아직 니체처럼 깊은 15분을 경험하지는 못했습니다. 언젠가 저에게도 그런 기적 같은 순간이 찾아올 수도 있겠지요. 소래산 정상에 서면 어제의 고민은 작아지고, 마음이 단단해지는 걸 느끼니까요.

셋째, 박노해 작가의 『눈물꽃 소년』 속에 있는 겸손에 관한 문장입니다.

> "박기평 군, 앞으로 잘 배우시면 나 좀 가르쳐 주소. 나도 가르치면서 배워
> 갈랑께."

박노해 작가가 초등학교 5학년 때 임시 담임으로 오신 선생님. 말수가 적고 느릿한 데다 늘 학생들 말을 몸을 기울여 들어 주어 '수그리 선생'이라 불렸습니다. 이 말씀은 그 선생님이 한 학기 파견 근무를 마치고 떠나며 남긴 말이지요. 제자에게 배움을 구하는 선생님의 겸손한 태도를 본받고 싶습니다.

특히 '가르치면서 배워 간다'는 말에 공감이 갔습니다. 라이팅 코치로서 수업을 준비하고 수강생들을 가르치면서 함께 배우고 있으니까요. 예전에는 스승이 더 많이 알고, 더 많이 가르쳐야 한다고만 생각했습니다. 진정한 겸손은 누구에게나 배울 점이 있음을 인정하는 데 있다는 것을 깨달았습니다.

이 문장은 상대방을 존중하고, 열린 마음으로 배우려는 자세를 갖게 해 주었습니다. 저 또한 다른 사람의 이야기를 경청하며 그 속에서 지혜를 얻고 성장하고 있습니다. 겸손이란 단순히 자신을 낮추는 것이 아닙니다. 모르는 것을 받아들이고 타인의 경험과 지혜에서 배우려는 자세임을 알게 되었습니다.

행복한 삶을 위해서는 몸과 마음이 건강해야 합니다. 몸이 건강해야 활기차게 생활할 수 있습니다. 마음이 평온해야 긍정적인 태도를 유지할 수 있지요. 기쁨을 온전히 느끼기 위해서는 다른 사람을 존중하는 겸손한 마음도 필요합니다. 건강한 몸과 마음, 겸손한 태도를 지닐 때 진정한 만족감을 느낄 수 있습니다.

4.
세포가 움직이는 문장

박정재

세포가 움직이기 시작한다. 원하지 않아도 이동한다. 매일 나의 의지와 상관없이 목적을 달성한다. 세포가 영양분을 받으면 이전보다 움직이는 속도가 빠르다. 이동하는 원동력은 세 가지다. 음식, 운동, 마음이다. 음식은 입으로 들어간다. 섭취한 음식은 위와 장을 통해 소화된다. 영양분은 소화 과정을 통해 분해되고, 합성한다. 세포가 흡수할 수 있는 상태로 바뀌어 심장으로 들어간다. 목적지까지 혈관 여행을 한다. 싱싱한 영양분 공급으로 세포는 춤을 춘다. 운동은 근육의 수축 이완 동작이다. 근육이 움직이면, 산소가 필요해 혈액이 빨리 이동한다. 세포도 쏜살같이 같이 움직인다. 마음은 독서를 통해 뇌를 꿈틀거리게 한다. 음식, 운동보다 독서로 세포를 움직이는 문장 세 가지를 소개한다.

첫 번째 문장이다.

"먼저 자신을 사랑하고, 남을 사랑할 줄 아는 사람이 되자."

– 청샤오거,『홀리첸의 마케팅 비밀코드』

특수 고등학교에 입학했다. 특별한 일이 없으면 모두 기숙사 생활을 해야 한다. 생활 방식이 달라졌다. 물이 바뀌었다. 얼굴에 산봉우리가 하나씩 올라왔다. 여드름이다. 또 이마에 하나 생겼다. 자고 일어나면 번식하듯 하나씩 더 솟았다. 며칠 후 코 위에도 났다. 점점 커져 빨간 딸기코가 되었다. 부끄러워서 어디를 다닐 수가 없었다. 다행히 실습복을 입고 모자를 쓰고 등하교를 했다. 눌러쓰면 코가 덜 보여 안도했다. 수업 시간에 딸기코를 보여 주지 않으려고 고개를 숙이고 있어서 자는 것처럼 보인다.

고등학교 친구와 교회에 다녔다. 광명, 서울, 동해, 강릉, 영덕 그 외 다른 지역에서 유학 온 친구다. 주말에 종교 생활을 한다. 학교와 연관된 교회였다. 기숙사에서 버스 정류장까지 15분 걸린다. 교회는 학교와 버스로 40분 거리에 있다. 기숙사에서 교회까지 약 한 시간이 걸린다. 교회 문을 열고 들어갔다. 들어서자 교복 입은 남학생들이 빽빽하다. 가물에 콩 나듯 자매도 있다.

한 자매를 좋아하게 되었다. 자매를 보면 얼굴이 발그레해졌다. 여드름이 쌍둥이를 생산하고 있었다. 키도 작고 몸도 작아 가뜩이나 자신감이 없는데, 더 자신감이 없어졌다. 차츰 나를 미워하게 되고, 소심해지고, 싫어하게 되었다. 그래도 자매 때문에 갔다. 자매는 다른 곳을 보고 있었다. 교회에 가기 싫어졌다.

　도서관은 근처도 가지 않았다. 친한 친구가 도서관을 같이 가자고 했다. 관심 없었지만, 같이 가자고 졸라 대서 갔다. 이 책, 저 책 보다가 나 자신을 먼저 사랑하라는 글을 보았다. 첫 번째 문장은 고등학교 시절 도서관에서 본 문장이다. 나를 사랑하지 않는데 어떻게 남을 사랑하겠는가? 생각하며, 있는 그대로 나를 인정하고 사랑하기로 했다.

　나를 먼저 사랑하니 다른 사람에게 관심이 생겼다. 몸에 에너지가 천천히 들어온다. 찌그러져 있던 세포가 원형으로 회복되어 움직인다. 세포의 상태가 좋아졌다. 하는 일이 술술 풀린다. 나를 사랑한다고 말을 해야 한다. 부끄럽지만, 오늘도 말한다.

　"정재야, 사랑해."

　두 번째 문장이다.

　　"수백 가지 선택의 결과가 지금의 당신이다."

　　　　　　　　　　　　　　　　－ 엠제이 드마코, 『부의 추월차선』

　친구 따라 강남 간다는 속담이 있다. 친구 따라 축구, 농구를 했다. 친구가 공부 안 할 거면 도서관에나 가자고 말했다. 가기 싫었다. 책과 친한 사람만 가는 곳으로 알고 있었다. 친한 친구라 소가 도살장 끌려가듯 갔다. 도서관은 산 중턱에 있다. 도서관 앞에 도착했다. 계단이

백여 개는 되는 것 같았다. 허벅지, 종아리가 아프겠다고 생각했지만, 허벅지 근육이 생겨서 좋을 것 같았다. 아침마다 축구를 해서 근육이 생기면 공 차는 데 도움이 된다. 도서관 처음 간 기억은 인생의 한 획을 긋는 일이었다. 처음으로 도서관에서 책을 빌렸기 때문이다.

교과서와는 약간 친했지만, 책은 관심이 없고 친해질 기회가 없었다. 처음 300페이지짜리 책을 읽는데 네 시간 반에서 다섯 시간 정도 걸렸다. 책을 읽고 나면 그다음 날 아침에 자주 코피가 났다. 책을 읽어서 코피가 난다는 것을 처음에는 몰랐다. 책을 읽다가 안 읽으니 코피가 흐르지 않았다. 드문드문 책을 읽어 코피가 어쩌다 한 번씩 세상 구경을 했다. 코피로 인해 도서관에 가는 날이 줄어들었다.

회사에서 직무 능력 개발을 위해 직원을 교육했다. 선행개발팀은 외부 기관에서 교육을 받는다. 팀장이 나에게 전자공학을 전공했으니 회로 설계 프로그램 Artwork를 배우라고 했다. 관심도 있고, 위에서 하라고 하니 배우겠다고 했다. 교육받고 전파 교육을 해야 했다. Artwork는 외주 업체에 맡기면 시간이 걸린다. 바로 수정되지 않아 손해를 보는 경우가 종종 있었다. 앞으로 Artwork는 박 대리가 맡아 줬으면 좋겠다고 했다.

주말 과정으로, 1박 2일, 4주 동안의 과정이었다. 처음으로 대구에서 수원으로 출장 교육을 받으러 갔다. 혼자 가는 것은 부담되었다. 혼자 밥을 먹고, 자고, 수강해야 한다. 낯선 환경에 적응해야 한다. 팀장이 요청은 했지만, 내가 선택한 일이다. 혼자 가서 잘 배우고, 이해가 안 되면 질문하면 된다. 그런데 질문을 해 본 적이 없다. 수강 중에 용기 내어 손을 들었다. 강사가 내게 왔다. 이 부분을 잘 모르겠다고 말하니 이해되도록 설명해 줬다. 마음이 편해졌다. 오기를 잘했다. 외부 교육을 한번 받고 나니, 한 번의 경험으로 계속 외부 교육, 세미나에 참석하게 되었다. 친구 따라 도서관에 가지 않았다면, 직무 교육을 받으러 출장을 가지 않았다면, 지금 어떻게 되어 있을까?

세 번째 문장이다.

> "마음의 상태가 개선되는 순간 조건도 바뀐다."
>
> — 찰스 해낼, 『성공의 문을 여는 마스터키』

"당구나 한 게임 치러 가자. 치고, 알지? 피시방에서 스타크래프트 하자."

대학 다닐 때 친구가 한 말이다. 물론, 나도 자주 한 말이다. 당구 치면 내기를 한다. 무조건 이겨야 한다. 친구는 용돈을 벌지 않아도 된다. 나는 새벽에 신문 배달을 했다. 경기하는 도중에 공이 맞지 않으면, 심장이 조금씩 뛰기 시작하고 땀이 난다. 용돈이 줄어들면 안 된다는 불안이 마음속에 자리잡힌다. 당구공이 아슬하게 비껴가 경쾌한 소리를 내지 않는다.

아무런 이유 없이 억지로 웃기 시작한다. 자세 잡은 친구에게 다가

가서 슬쩍 말을 건다.

"에이~ 저렇게 쳐야지."

당구공을 치려고 할 때 말을 걸어야 방해가 된다. 마음속으로 승리한다는 주문을 계속 외운다. 이길 수 있다. 마음의 상태를 바꾸는 것이다. 처음에는 잘 안 된다. 불안한 마음이 커서, 일부러 웃어야 진짜 웃음이 나온다. 내 차례가 되면 경쾌한 소리가 들리기 시작한다.

마음의 상태를 어두운 면에서 밝은 면으로 바꾸면 놀라운 일이 일어난다. 세포가 활짝 웃기 시작하면서 각자 맡은 일을 즐겁게 한다. 정신 상태가 긍정으로 개선되면 상황이 달라진다. 보지 못했던 주변이 보이기 시작한다. 책 읽기로 마음에 들어온 세 문장이 하나의 등불이 되어 몸속 구석구석 돌아다닌다. 오합지졸 세포가 화합하여 각자 일을 시작한다. 매일 새로운 에너지를 받고 하루를 살아간다.

5.
책을 읽고 삶이 바뀌었습니다

변지선

'모든 존재는 끊임없이 움직이며 변화하는 역동성을 지녔다. 환경에 적응하기 위해 쉬지 않고 변화하는 것이 행복에 이르는 길이다.' 『베르 베르 씨, 오늘은 뭘 쓰세요』라는 책에서 찾은 문장인데, 저는 30년 넘게 변화없이 법과 규정만 따져 일했던 공무원이었습니다. 얼마 전 조기 퇴사 했습니다. 환경의 큰 변화 후 행복을 찾아가고 있습니다.

1992년 8월, 스물세 살 때, 흰 블라우스에 청치마를 입고 부산 중앙동 시청으로 첫 출근을 했습니다. 첫날 했던 일은 선임 남자 직원 업무 보조였지요. 직원 월급 계산, 컴퓨터로 보고서 대리 작성 같은 단순 업무를 시키더군요. 같은 사무실에 세 명 있던 여직원을 변 양, 강양, 김 양으로 불렀습니다. 아침에 먼저 여직원이 계장과 남자 직원 책상에 있던 담배 재떨이를 비워야 했던 시절입니다. 모든 게 서열이었지요. 책상 배치까지도요. 제 자리는 출입문 바로 앞이었습니다. 겨울에 문을 닫지 않고 다니던 사람이 싫었습니다.

권위로 가득했던 사무실 풍경은 퇴직할 때까지도 변한 게 없었습니다. 아침 일곱 시부터 출근 준비를 해서 퇴근까지 거의 열 시간 넘게 똑같은 일상으로 32년을 살았던 것 같습니다. 파티션으로 가려진 책상에서 컴퓨터만 보며 일했습니다. 사무실은 늘 건조하고 관습적인 느낌. 좋은 아이디어를 내면 그 일은 내 일로 떨어졌고, 내가 안다고 덤비면 내 업무가 늘어났지요. 소극적인 사람으로 변했습니다.

세계 경기가 불안정할 때 공무원의 인기가 높아졌습니다. 부산 서면, 서울 노량진 등 학원가에 공시생(공무원 시험 준비하는 사람들)들로 북적이던 뉴스를 보고 은근히 뿌듯했던 적이 있습니다. 아이가 중학교 2학년 때는 엄마가 시청 공무원인 것을 친구들에게 말했더니 부럽다는 말을 들어서 자랑스러운 부모가 된 기억도 있었고요. 그러나 내 또래들보다 월급도 낮았고 공적인 행사가 잦아, 주말에도 출근해야 할 때는 힘들었습니다. 아파트 대출금이며 카드 빚에 시달릴 때마다 큰돈 되는 일을 찾아보려고 부동산 공부도 하고, 여기저기 기웃거린 적도 많고요. 2024년 6월, 정년퇴직 기한이 되기 5년 전에 퇴직했습니다.

저는 살면서 한 번도 해 본 적 없는 일을 퇴직 후에 하고 있습니다. 시간을 내가 계획해서 쓰는 것입니다. 아침 알람의 도움 없이도 다섯 시 반에 일어납니다. 노트북을 열고, 줌(Zoom) 화면을 켜서, 여섯 시부터 시작하는 온라인 독서 모임을 합니다. 1시간 책 읽고 10분 동안 책에서 느낀 내용을 이야기 나눕니다. 『나는 메트로폴리탄 미술관의 경비원입니다』를 읽고 한 회원이 미술 작품을 모르니 책이 어렵다고 말하더군요. 작가의 의식 흐름대로 따라가며 읽는 방법을 조언해 줍니다. 오늘 참여한 11명 회원 모두 독서를 인증하며 마칩니다. 회원 모두 각자의 책을 얼굴 가까이 대고 사진을 찍어 독서한 것을 인증합니다. 모두 웃는 얼굴입니다. 아침 7시 20분입니다.

곧바로 운동복으로 갈아입습니다. 필라테스를 하러 갈 시간입니다. 15년 이상 운동을 거의 하지 않고 살았습니다. 술만 마셨고, 누군가는 40알씩 먹는다는 영양제도 한 알 챙겨 먹지 않았습니다. 어깨와 허리 통증이 심했습니다. 퇴직 후 필라테스를 시작했고, 영양제 등 보조 식품을 챙겨 먹으면서 통증이 사라지고, 건강해지고 있습니다. 원래대로라면 알람 소리에 겨우 일어나고 허둥지둥 출근해서 아침 회의, 업무 지시를 받으며 바쁠 시간인데, 이렇게 다른 모습입니다.

모든 일은 마음먹기에 따라 다릅니다. 생각을 바꾸고 삶을 변화시킨 이후 계속 움직입니다. 변화가 곧 행복에 이르게 한다는 말을 알게 됩니다. 그 시작은 책 속 한 문장이었습니다.

『아티스트 웨이』를 읽다가 '계절마다 장소마다 빛나는 순간이 왔다가 사라진다. 깨어 있어야 잡을 수 있는 순간 들이다.'라는 문장을 읽으며 '깨어 있어야 잡을 수 있는 순간'에 대해 생각해 봅니다.

예전엔 아파트 지하 주차장에서 차를 운전해서 시청 건물 지하 주차장으로 출근했습니다. 퇴근은 다시 지하 주차장에서 지하 주차장으로. 그리고 엘리베이터를 타고 집에 들어갔습니다. 바깥 풍경을 한 번도 보지 않고 하루를 보낸 적이 많습니다. 분명 더웠는데, 곧바로 추워졌습니다. 가을이란 계절이 없어졌다고 생각했습니다. 특별히 기억나는 가을이 없습니다.

글을 쓰기 시작하면서 주위를 유심히 관찰하는 버릇이 생겼습니다. 가을엔 해 뜨는 위치가 여름보다 조금씩 오른쪽으로 옮겨지고 있다는 걸 느낍니다. 매미 소리가 귀뚜라미 소리로 바뀌었습니다. 집 근처 국립대 부경대학교 여대생들의 옷차림이 민소매였는데, 스웨터나 긴팔 옷으로 바뀐 것도 보입니다.

주위 소리도 듣지 않고 살았습니다. 항상 귀에 이어폰을 꽂고 유튜브를 들었습니다. 전철을 타는 날이면 네모난 전철 안에서 더 작은 네모난 휴대폰 속 세계에 정신을 빼앗겼습니다. 목적지를 지나친 적도 있습니다. 주위를 살피지 않았고, 깨어 있지 않았던 때입니다.

오늘은 벚나무가 우거진 길을 걸으며 주위 풍경과 소리에 집중했습니다. 대학교 안 산책로를 걸어 제가 일하는 파티룸까지 걸어갔습니다. 이어폰은 가방에 넣었습니다. 어느새 나무에 이파리가 거의 다 떨어지고 거리엔 낙엽이 수북합니다. 지린내가 나는 은행을 밟지 않으려고 요리조리 피해서 탭댄스 추듯 걸었어요. 여름이 끝나지 않을 것 같더니 가을이 왔나 봅니다. 가을을 느끼게 하는 산책로가 집 근처에 있어 행복합니다. 쉰다섯 살, 제 가을을 이렇게 특별하게 기억하려 합니다. 깨어 있으니 빛나는 시간과 장소가 보입니다.

평생 다니던 직장을 조기 퇴직 하겠다고 결심했을 때입니다. 그 선택이 두려웠습니다. '하던 대로 살까, 잘 안 되면 어쩌지' 하는 걱정으로 밤잠을 설쳤지요. 책에서 답을 찾으려고 웨인 다이어의 『인생의 태도』를 펼쳤습니다. '세상만사의 본질은 주어진 상황에 대한 우리의 태도나 믿음이라는 겁니다. 삶은 우리가 하는 선택 그 이상도 그 이하도 아닙니다.' 찾았습니다.

내가 하는 선택은 그 상황에 대처하는 내 태도와 믿음에 따라 달라집니다. 30여 년 동안의 직장 생활이 퇴직 후 하나도 그립지 않아서 더 빨리 퇴사를 선택하지 않은 것이 후회됩니다. 책을 읽으며 좋은 문장을 찾는 시간을 즐길 생각에 옛 직장 동료들의 저녁 초대에 응하지 않은 적도 있습니다. 내가 하는 선택이 중요하다는 걸 압니다.

한 번씩 퇴사를 결심했습니다. 이직을 위해 다른 공부를 한 적도 있지만 항상 끝까지 하지 않았고, '포기'라는 부끄러운 선택을 했습니다. 세 번의 강산이 바뀌는 동안 가만히 있기만 했습니다. 책은 거의 읽지 않았습니다. 작년 한 해 동안 책을 읽기 시작하면서 다른 인생을 공부했습니다. 허비한 시간을 찾아야겠다는 결단을 내렸습니다.

요즘 세 아이에게 책에서 찾은 좋은 문장을 캡처 해서 카카오톡으로 보냅니다. '이은대 자이언트 북 컨설팅'에서 같이 배우는 작가들이 쓴 책을 사서 보내 주기도 합니다. 역경을 딛고 최고의 작가 된 토니라빈스의 책도 좋고 나폴레온 힐도 좋지만, 나와 비슷한 수준의 역경을 이겨 낸 초보 작가들 글에서 더 에너지를 받을 수 있을 것 같아서입니다.

30년 동안 책을 읽지 않고 허송세월 살았습니다. 저처럼 살지 말라고, 아이들에게 책 읽고 글을 쓰라고 말합니다. 듣지 않습니다. 어쩔수 없지요. 제가 젊을 때 그랬듯 옆에서 누군가 말한다고 금방 바뀌지 않습니다. 게다가 유튜브나 쇼츠 등 책보다 더 관심 가는 게 많은 시대니까요. 엄마인 내가 꾸준히 책 읽고 변화하는 모습을 보여 주면 됩니다. 저보다는 더 이른 나이에 아이들은 자신의 시간을 찾을 거란 걸 믿습니다.

긍정적인 생각, 많이 웃기, 명랑한 마음으로 생활하라고 아이들에게 말합니다. 예전엔 항상 '바로 앉아라, 웃지 말고 똑바로 말해'라고 했는데, 이젠 조금 모자란 듯 보여도 많이 웃고, 싱겁다는 말을 들어도 유머 있는 사람이 되라고 말을 바꿨습니다. 책을 읽고 글쓰기를 배우며 삶이 바뀌었습니다. 책에서 찾은 좋은 한 문장이 삶을 변하게 합니다.

6.
문장 덕분에 오늘도 한 걸음 나아갑니다

송주하

독서의 시작은 늘 아이였다. 뭘 해도 안 되던 시기가 있었다. 아무리 노력해도 운명은 정해진 건가 싶었다. 자연스럽게 무기력해졌다. 손끝도 움직이기 싫었다. 척추에 힘이 들어가지 않았다. 침대에 종일 누워만 있었다. 집 안 분위기는 점점 회색빛으로 변했다. 그 빛이 아이에게도 스며들었다. 아이는 어느 순간부터 머리카락을 뽑으면서 자신을 학대하고 있었다. 정수리에 생긴 커다란 원형 탈모를 보고 그제야 정신이 들었다.

뭐라도 해야 했다. 무기력증이 단번에 좋아지진 않았다. 그즈음 생긴 불면증도 일상을 힘들게 했다. 밤새 텔레비전을 보면서 뒤척였다. 아무리 재미있는 것도 계속하다 보면 싫증이 나게 마련이다. 천장만 바라보거나 종이에 낙서하면서 시간을 보냈다. 그러다 우연히 책장을 보게 되었다. 한 번도 펼쳐 보지 않았던 책 몇 권이 눈에 들어왔다. 어렵지 않을 것 같은 책 한 권을 골랐다. 『본깨적』이라는 책이었다. 보고, 깨닫고, 적용한다는 의미였다. 생각보다 술술 읽혔다. 빚이 많아서 삶을 포기하려고 했던 부분에서 멈췄다. 작가는 '당신만 있어도 된다.'라는 아내의 문자 메시지에 다시 살아 보겠다고 결심한다.

읽는 행위를 그다지 좋아하지 않는다. 누군가는 어릴 때부터 책이 좋았다고 말한다. 나랑은 거리가 먼 이야기다. 평생 책을 가까이하지 않았다. 대한민국의 독서율을 깎아 먹는 사람 중에 나도 있었다. 처음에는 시간을 보내기 위해서였다. 글자를 빨리 읽지 못했다. 무슨 말인지 몰라서 반복해서 읽었다. 쉬운 책부터 읽었다. 글자도 많지 않고 책장이 잘 넘어가는 그런 책 말이다.

꾸준하게 책을 읽고 싶은 마음에 독서 모임에도 참여했다. 여러 사람과 의견을 나누다 보면 한두 시간이 훌쩍 지나갔다. 내가 미처 챙겨 보지 못했던 부분을 다시 볼 수 있었다. 독서 환경을 만들어야겠다고 생각했다. 참여도 좋지만 내가 직접 모임을 운영하면 시너지가 클 것 같았다.

그때부터 주제별로 독서 모임을 만들었다. 철학, 베스트셀러, 고전 문학, 그리스 로마신화, 경제로 나누어서 진행하고 있다. 편식하지 않고 책을 읽으려는 나름의 계획이었다. 바쁠 때는 글자만 읽기도 하고, 여유가 있을 때는 깊이 생각하면서 읽을 때도 있다. 다양한 분야를 꾸준하게 읽어 오고 있다. 그중에 힘이 되었던 문장 몇 개를 옮겨 보려고 한다.

우선, 김주환 작가가 쓴 『회복 탄력성』에서 발견한 '즐거워서 웃기보다는 웃기 때문에 즐거운 것이다'라는 문장이다.

우연히 강사 일을 시작하게 되었다. 많은 주제로 강의하고 있다. 그중 하나가 바로 스트레스 관리 교육이다. 스트레스는 거의 모든 교육에 접목할 수 있다. 그만큼 살아가면서 정신적으로 지칠 때가 많다는 의미일 거다.

교육을 위해서 자료 연구를 많이 한다. 문서로 된 것도 있고 영상도 있다. 마침 눈에 띄는 영상이 있었다. 진짜로 재미있어서 웃은 집단, 웃는 척하기만 했던 집단, 무표정으로 있었던 집단, 이렇게 세 집단으로 나누었다. 그들에게 얼음물에 손을 담그게 하는 실험을 진행했다. 진심으로 웃었던 사람과 웃는 척만 했던 사람들은 심장 박동 수가 빨라지지 않았다. 이 실험이 말하는 바는 재미있어서 웃는 것이 가장 좋지만, 웃는 척하는 것만으로도 신체는 스트레스를 덜 느낀다는 사실이다. 매일 웃을 일이 생기지는 않는다. 나 역시 무표정일 때가 많다. 그럴수록 의식적으로 입꼬리를 올려야 한다. 이 사실을 알고부터는 일부러라도 웃으려고 한다. 연습이 필요하다. 평소 웃지 않던 사람이 웃으려고 하면 어색하다. 이럴 때는 재미있는 영상을 찾거나 유쾌한 만화를 읽어 보면 도움이 된다.

강의 주제 중에 '웃음 치료'라는 게 있다. 손뼉을 치면서 마구잡이로 웃는 거다. 처음에 봤을 때는 뭐 하는 건가 싶었다. 억지스러워 보였다. 그러다 우연히 말기 암 환자들이 참여하는 웃음 치료를 본 적이 있다. 사정없이 웃어 댔다. 웃음 치료가 조금씩 다르게 보이기 시작했다. 그들은 웃는 게 아니라 살기 위해 몸부림을 치고 있었다. 이상하게 볼 일만은 아니었다. 달리기처럼 웃음도 하나의 운동이라고 생각하니 거부감이 덜했다.

인간관계로 힘들거나, 생각대로 일이 풀리지 않을 때일수록 웃어야 한다. 웃음은 우리가 생각하는 것보다 훨씬 큰 힘이 있다. 웃음은 인생이 낼 수 있는 가장 아름다운 선율이다.

다음은 존 스튜어트 밀이 쓴 『자유론』에 나온 '서로 대립하는 두 주장은 각각 어느 정도씩 진리를 담고 있는 경우가 더 일반적이다.'라는 문장이다.

사람의 생김새가 제각각이듯, 생각도 모두 다르다. '사과'라는 단어를 떠올릴 때 누군가는 빨갛고 동그란 사과를 그리기도 하고, 다른 누군가는 애플의 사과나 뉴턴의 사과를 연상하기도 한다. 사과의 실제 모습을 떠올렸다고 해도 각자가 생각하는 사과 모양 역시 다르다.

하나의 문제를 풀어 갈 때 필요한 것이 바로 다양성이다. 좋은 의견이 많을수록 해결하기 수월하다. 내 생각만 옳고 다른 생각은 무조건 잘못된 것이라는 생각을 버릴 필요가 있다. 존 스튜어트 밀의 말처럼 주장마다 일리 있는 부분이 있을 수 있다. 무언가를 결정할 때는 그중에서 가장 알맞은 것을 선택하는 거다. 구글에서는 회의할 때 지키는 원칙이 있다고 한다. 바로 'YES, AND' 화법이다. 나와 다른 의견이 나왔다고 해도 일단 고개를 끄덕여 준다. 그런 다음에 자기 생각을 말하는 방식이다. 이렇게 하면 누구나 주눅 들지 않고 말할 수 있다. 나와 다른 의견을 만났을 때 손사래부터 쳤다면, 고개를 끄덕이는 방법으로 바꾸어 보는 게 어떨까 싶다.

마지막으로, 월터 아이작슨이 쓴『레오나르도 다빈치』에 나오는 '레오나르도에게서 경이로운 시선으로 세상을 보는 자세가 우리 삶의 모든 순간을 조금 더 풍성하게 만든다는 것을 확실히 배웠다.'라는 문장이다.

벽돌 책 중에 가장 흥미롭게 읽은 책이다. 그의 일생과 작품에 대해 세세하게 기록하고 있다. 모든 장을 허투루 넘길 수가 없다. 질문부터가 달랐다. 오늘 할 일을 쓴 메모가 있다. 딱따구리의 혀를 묘사하라. 살면서 딱따구리의 혀를 궁금해하는 사람이 과연 몇 명이나 될까. 그는 모든 자연과 사물에 호기심을 가졌다. 너무 당연하다고 여기는 것들을 관찰했다. 어린아이처럼 감탄하고 궁금해한다. 생각해 보면, 세상은 신기한 것투성이다. 잎이 초록색이라는 사실, 계절이 바뀌는 이유, 인류가 어떻게 시작되었는지 하는 것 등. 정작 그 부분에 대해 질문을 던진 적은 없었다.

인상 깊었던 부분 중 하나는 바로 해부 실험이었다. 당시에는 해부를 완전히 금지하지는 않았지만 입장이 불분명했고, 지방 당국마다 달랐다. 피렌체와 밀라노에서는 해부가 일반적인 일이 되었다. 시대적인 상황 덕분에 그는 많은 해부도를 완성할 수 있었다. 사람의 인체를 정확하게 분석하고 나서 지금까지의 그림이 얼마나 잘못됐는지 알게 되었다.

거의 모든 분야를 알고 싶어 했다. 한시도 연구를 게을리하지 않았다. 궁금했던 일을 하나씩 풀어 가는 감동을, 적어도 그는 알고 있었던 셈이다.

하루가 똑같다고 느껴질 때가 있다. 일주일 동안 무슨 일이 있었나 물어보면, 아무런 일도 없었다고 대답하는 사람도 많다. 작은 것 하나에도 의미를 부여하면 세상이 조금 달라 보이지 않을까. 레오나르도 다빈치가 늘 그랬던 것처럼.

책에 나오는 모든 문장을 기억할 수 없다. 그 안에서 내 인생에 도움이 되고 적용할 수 있는 것 하나만 찾을 수 있다면 충분하다. 책을 읽기 전까지는 알지 못했다. 얼마나 내 인생을 바꾸고 있는지 말이다.

7.
우리는 별 그리는 사이입니다

안지영

"선을 긋는다는 말은 '모양을 그린다.'는 말이다. 5개의 선을 그으면 별 모양이 된다. '나는 이렇게 생긴 사람이야.'라고 알리는 행위의 의미다."

– 김이나, 『보통의 언어들』

　내가 그린 별 모양은 나를 표현하는 선이고, 동시에 관계 약속을 지키기 위한 거리와 같습니다. '선 그어야 한다.'라는 말을 자라면서 수없이 들었습니다. 엄마는 사람들과의 관계에서 평행선을 그어야 한다고 가르치셨어요. 처음 들었을 땐 냉정하게 느껴졌는데, 살아 보니 이유를 알겠더라고요.

　'가까운 사이라고 선 없이 지내면 상처받는다, 좋은 관계를 유지하기 위해서 평행선을 그어야 한다'고 하셨어요. 남편, 아이들과의 관계도 마찬가지입니다. 연애 시절, 제 말이면 다 들어 주는 남편이 편했어요. 결혼 후, 싸우다 내뱉은 막말이 비수가 되었습니다. 상처받은 모습을 보니 후회가 밀려왔습니다. 엄마의 '선 긋기'가 생각났습니다. 가족에게만 해당하는 게 아닙니다.

아이들과 학교 도서관 봉사를 하면서 엄마들을 사귀게 되었어요. 나이가 제일 많아 조심스러웠습니다. 저보다 한참 젊은 엄마들에게 존댓말을 했어요. 거리감 느껴진다며 말을 놓으라 하더군요. 습관이 들어서 그러지 못했어요. 존댓말을 해도 진심은 전해지니까요. 아지트였던 동네 작은 카페는 늘 북적였어요. 낯선 곳에 이사 와 생긴 외로움도 없어졌습니다. '책 읽는 맘' 모임에서 동화 구연과 북 아트를 접목해 학교 수업에 재능 기부를 하게 되었어요. 처음엔 의욕이 넘쳤어요. 잘하려는 마음으로 준비하던 중, 의견이 충돌했습니다. '언니, 동생' 하며 스스럼없이 지내던 사람들이 홍해처럼 갈라졌습니다. 자녀가 있는 반에서 수업하려고 시간표를 조율하다가 사이가 틀어졌어요. 소품을 준비하는 과정에서 참여하는 사람이 적어지고, 하는 사람만 하다 보니 불만이 터졌습니다. 동화 구연 수업을 못 하게 될 줄 알고 걱정 많았지요. 다행히 수업을 잘 마쳤고, 반응이 좋았습니다. 미묘한 신경전으로 예전 같은 사이가 되지 못해 유종의 미를 거두진 못했어요. 친해도 적당한 '선 긋기'가 필요합니다. 다른 사람과 선을 지키지 못하면 관계는 지속되기 어렵습니다.

선을 잘 지켜 오래 이어 온 인연도 있습니다. 파란색 카페 안쪽에서 승주 씨가 손을 흔듭니다. 작년 여름에 만나고 올해 가을에 만나는데,

어제 본 듯한 친근함이 있어요. 우리의 인연은 8년째로, 동탄에 이사와 만난 지인입니다. 저보다 한 살 어리지만 속 깊은 친구입니다. 독서와 커피를 좋아하고, 개띠 아들이 있다는 공통점이 있어요. 일하는 시간대가 달라 자주 보진 못해요. 승주 씨의 직업은 바리스타인데, 제가 마셔 본 커피 중 최고지요. 그녀가 근무하는 카페에 가서 커피를 마실 정도로 좋아합니다. 1년 넘게 못 본 사이 새로운 도전으로 소방 안전 관리사 자격증을 취득했다고 합니다. 전공과 무관한 분야라 대단해 보였습니다. 나이 들기 전에 용기 내었다고 해요. 오십이 되니 다들 비슷한 불안을 느끼나 봅니다. 저 역시 그랬거든요. 최근에 아팠던 이야기, 살아온 시간을 꺼내 놓았습니다. 새벽에 복통으로 구른 일, 재발된 외이도염 치료 이야기에 승주 씨의 진지한 공감이 위로됩니다. 일년에 한두 번 만나는 사이지만 편안합니다. 5개의 선을 긋는다는 건 상대방과의 차이를 인정하고 배려하는 마음이 아닐까요?

"충고가 내 마음과는 다를지라도 그를 존중한다는 믿음이 있다면 받아들일 수 있어야 한다."

– 마티아스 뇔케, 『나를 소모하지 않는 현명한 태도에 관하여』

결혼한 지 19년, 주말부부로 16년을 살았습니다. 지방만 돌던 남편이 집 근처로 발령받자 얼떨떨했습니다. 주말에만 만나던 남편을 이제는 매일 마주해야 하니까요. 성격 차이 때문에 사소한 일로도 부딪히

곤 했습니다.

습관이라는 게 하루아침에 고쳐지지 않았습니다. 남편이 퇴근하기 전, 집을 정리하려고 했지만 일이 우선이었습니다. 주말부부일 때는 목요일 저녁부터 집을 치웠는데, 매일 신경 쓰려니 일의 흐름이 끊겼습니다. 시계를 자주 보게 되었어요. 퇴근 후 남편의 한숨 소리가 먼저 들어옵니다. 숙소에서 가져온 짐이 구석을 채운 게 보기 싫은가 봐요. 따로 살던 본인 짐 때문인 건 생각하지 않고 오히려 제 짐을 치우라고 하는 겁니다. 남편은 거의 칼퇴근을 합니다. 오후 5시만 되면 제 심장이 벌렁거립니다. 시어머니도 안 하시는 잔소리를 하니 귓속이 얼얼합니다. 간단하게 차리던 저녁상이 복잡해졌고, 세탁기 앞 빨래는 자꾸 쌓여 가고, 쌀독은 금방 바닥을 드러냈습니다. 남편의 코 고는 소리 때문에 숙면을 포기했습니다. 처음 며칠은 집밥이 최고라며 설거지해 주던 남편은 사라지고, 소파에 앉아 스포츠 프로그램을 사수하는 모습만 남았습니다. 저의 잔소리도 늘어 갔습니다.

"여보, 정말 너무하는 거 아냐? 스포츠 경기가 눈에 들어와? 건조기에서 빨래 좀 꺼내 줘!"

제 타박에 남편의 볼멘소리는 천장까지 쌓였습니다. 고집 센 사춘기 아들보다 나이 든 갱년기 남자가 힘들더군요. 서로에게 원하기만 했습니다. 남편은 가족과 떨어져 혼자만의 시간을 가졌습니다. 안락한 집을 원했을 거예요. 저도 도움의 손길이 필요했습니다. 천사 같은 남편을 기대했습니다.

남편의 충고는 잔소리로 들렸습니다. 내가 하는 일에 대한 이해보다 주부로서의 나만 필요로 했습니다. 처음엔 이런 일로 다퉜습니다. 남편 관점에서 집 안을 정리해 보았습니다. 남편 기분이 좋을 때, 제 상황을 솔직하게 얘기했습니다. 말없이 듣던 남편이 끄덕입니다. 서로에게 하나씩 맞추기 시작했습니다. 저도 아무리 바빠도 물건을 제자리에 놓고 치우려고 신경 썼습니다. 남편은 주말에 아이들을 챙기고 집안일을 도와줬습니다. 집 안에 온기가 조금씩 돌아왔습니다.

> "하루는 호기로운 아침, 눈부신 정오, 차분한 석양까지 사람의 한평생을 닮았다."
>
> – 파스칼 브뤼크네르, 『아직 오지 않은 날들을 위하여』

저마다 자신의 이야기가 있지만, 그 속에는 가족의 역사도 녹아 있습니다. 한 집 안에 네 명의 인생이 겹치고 합쳐져 색을 이뤄 가는 모습은 마치 체크무늬처럼 느껴집니다. 사랑해서 결혼했지만, 언제나 좋기만 했던 건 아닙니다. 저의 삶이 중요하듯이 배우자의 인생도 소중합니다. 우리는 같은 배를 타고 함께 항해하는 팀이니까요.

남편 역시 힘들었을 겁니다. 설계 일을 할 때는 퇴근이 없었고, 가족과 떨어져 미국에서 5년을 견뎌 냈습니다. 한국에 돌아와서도 주말부부로 지내며 아이들이 제일 예쁜 시기를 놓쳤습니다. 16년 만에 집으로 돌아왔을 때, 어쩌면 아내가 낯설게 느껴졌을지도 모릅니다.

저 또한 교통사고 후유증으로 인해 아픈 몸으로 두 아이를 키웠습니다. 남편 없이 독박 육아에, 이사에, 아이들 교육까지 혼자 감당하느라 정신없었습니다. 제 직업도 찾아야 했기에 쉴 틈이 없었지요. 남들처럼 평범한 가정을 이루고 싶었을 뿐인데, 그마저도 쉽지 않았습니다.

인생을 살다 보면 힘든 시기와 행복한 순간이 번갈아 오고 갑니다. 지나온 굴곡을 멀리서 바라보면 아름다운 모자이크 같다는 말이 이해됩니다. 힘든 순간을 통과할 때는 결코 아름답게 보이지 않지만, 역경을 이겨 내고 나면 빛이 나는 것처럼요. 제가 살아 낸 인생도 멀리서 보면 아름답게 빛나는 색깔로 채워질까 궁금했습니다. 각자의 삶도 결국 아름다운 모자이크처럼 빛나고 있을 겁니다. 가까이서 보면 수많은 소망과 두려움이 섞여 있겠지만, 불행이 많다고 해서 그 인생이 어둡다고 단정 지을 수는 없겠지요.

인간관계는 나보다 남을 먼저 생각할 때 지속될 수 있습니다. 서로의 선을 지키며 배려할 때 화상을 입지 않고 따스함을 느낄 수 있습니다. 나를 둘러싼 모든 선을 지켜, 우주에서도 보이는 최고의 모자이크 작품을 만들고 싶습니다. 어쩌면, 선 긋고 그 안을 색으로 채워 가는 것이야말로 우리의 인생일지 모릅니다.

8.
마음의 꽃을 활짝 피우다

이경옥

마음의 상처가 깊어 힘들었을 때가 있었습니다. 저에게 일어난 일들이 제가 부족하고 못나서 그런 거라고 자책했습니다. 그때 오은환 작가의 책 『꽃은 누구에게나 핀다』를 읽었습니다.

"지금 어디에 있든, 무엇을 하든 당신은 활짝 피어날 존재임을 잊지 마세요."

 - 오은환, 『꽃은 누구에게나 핀다』

이 문장을 읽고 '내 삶도 꽃을 활짝 피우기 위해 흙 속에서 때를 기다리고 있었던 게 아닐까.'라는 생각이 들었습니다. 내가 나를 믿어 주고 스스로 포기하지 않는다면, 지금보다 행복해질 거야. 조금씩 마음에 힘이 생기는 것을 느꼈습니다.

2022년, 직장에서 불화와 갈등을 겪었습니다. 마음이 힘들었어요.

그 과정에서 친한 친구와 멀어졌습니다. 내 편이라 생각했던 사람들에게 상처도 받았습니다. 우울했고 불평, 불만이 많아졌습니다. 사람이 무서워졌습니다. 차라리 혼자가 편했습니다. 점점 마음이 무너져 갔습니다. 이대로 계속 지내면 안 될 것 같았습니다. 그때, 집 책장에 꽂혀 있던 김미경 작가의 『이 한마디가 나를 살렸다』라는 책이 눈에 들어왔습니다.

> "'당신 잘못이 아니에요'라는 한마디에 죄책감을 극복했다면, 이 말을 해 준 사람이 훌륭한 걸까요. 아니면 이 말에 자신을 치유한 사람이 훌륭한 걸까요?"
>
> – 김미경, 『이 한마디가 나를 살렸다』

'자신을 치유한 사람'이라는 문장에 눈길이 오래 머물렀습니다. 눈에 물기가 차고 콧날이 시큰해졌어요. '그래, 사람들이 나를 어떻게 바라보든 내가 나를 믿어 줘야 했어.' 이제라도 기운 차리자. 부정적 생각과 감정으로 스스로 무너지는 것은 나를 포기하는 행동이었습니다. 변해야 했습니다.

김미경 작가가 만든 MKYU 대학에 등록했습니다. 평소에 관심이 있었던 강의를 듣고, 독서를 하며 제 일상에 변화를 주었습니다. 시간이 지날수록 새로운 도전에 대한 용기와 자신감을 얻을 수 있었습니다. 나를 일으켜 세울 수 있는 건 다른 누구도 아닌 바로 나 '자신'이었습니다.

　김미경 작가의 『이 한마디가 나를 살렸다』라는 책에서 본 문장과 오은환 작가의 『꽃은 누구에게나 핀다』라는 책에서 본 글의 내용이 한꺼번에 연결되었습니다. 어려운 상황을 이겨 낼 수 있었던 것은, 내가 그 상황을 어떻게 받아들이고 해석하느냐에 달려 있었습니다. 결국 좋지 않았던 상황, 나빴던 일들을 해석하는 나의 태도가 문제였던 것을 깨닫게 되었습니다. 이미 일어난 일들은 바꾸기 힘듭니다. 힘든 상황만 계속 생각하고 바라보면 좋지 않은 일들이 나에게 몰려옵니다. 어떤 문제든 그 문제를 바라보는 우리 마음에 해결책이 있습니다. 힘든 일이 있을 때 그 상황만 들여다보지 말고, 지금 내가 할 수 있는 일을 찾아 행동하기로 했습니다.

　자신을 사랑하고 응원하는 힘은 행복의 첫걸음입니다. 나를 사랑하면 나에게 더 많은 것을 요구하고 도전할 수 있는 용기가 생깁니다. 저는 멜 로빈스의 『굿모닝 해빗』을 읽고 아침마다 화장실 거울을 보며 저와 하이 파이브를 합니다. 거울 속 저와 손바닥을 마주치고 '경옥아! 넌 잘하고 있고, 뭐든 노력하면 잘할 수 있는 충분한 능력을 갖추고 있어. 나는 너를 믿어!'라고 나를 응원하며, 기분 좋은 하루를 시작합니다.

　하이 파이브 습관은 자신과의 관계를 끈끈하게 만들어준다고 해요. 언젠가 학교 화장실에서 나와 하이 파이브를 한 적이 있습니다. 거울에 비친 저를 보니 활짝 웃고 있는 게 아니겠어요. 그때부터 거울만 보면 입꼬리를 한껏 올리며 미소 짓는 습관이 생겼답니다. 미소가 심리적으로 긍정적인 영향을 준다는 것을 체감하며 살고 있습니다.

> "자신을 미워할 때 당신은 필연적으로 자신을 미워하는 행동을 하게 된다. 또 당신은 자신을 사랑할 때 필연적으로 당신을 사랑하는 일들을 하게 된다."
>
> — 멜 로빈스, 『굿모닝 해빗』

『굿모닝 해빗』 속 문장을 읽고 나를 미워하는 행동과 사랑하는 행동이 무엇인지 생각해 보았습니다. 어떻게 하면 미워하는 행동을 사랑하는 일로 바꿀 수 있을지 방법도 찾아보았습니다.

나를 미워하는 행동은 습관처럼 내뱉은 부정적 말투였습니다. 부정적인 생각과 언어는 누구보다 나를 힘들게 했다는 것을 알게 되었습니다. 부정적 생각이 들 때는 무조건 자리에서 일어나 몸을 움직이려고 합니다. 뭔가에 열중하다 보면 머릿속에 잡다하게 들어찼던 우울한 감정들이 빠져나가는 순간이 찾아오거든요.

몇 달 전 일입니다. 쉬는 날, 후배 가게에 가서 볼트 작업을 도와주었습니다. 와셔와 너트 등을 일일이 손으로 끼우는 일이었습니다. 손으로 하나하나 맞춰 끼워야 하기에 볼트 작업에 집중하다 보니 생각이 딱, 멈추는 순간이 찾아왔습니다. 머릿속을 맴돌고 있던 부정적 생각이 사라진 거예요. 순간, 머릿속이 맑아지고 마음이 편해졌습니다. 단순노동을 하면서 순간에 집중하다 보니 힘들다고 느꼈던 일이 나를 떠난 것이지요.

어떻게 하면 나를 사랑하는 일을 할 수 있는지도 생각해 보았습니다. 나를 사랑하는 방법은 첫째, 완벽하지 않은 나를 받아들이고 인정하는 것입니다. 둘째, 새로운 것을 배우고 경험하며 자기 성장과 발전해야 합니다. 셋째, 자신을 돌보며 좋은 생각으로 몸과 마음을 편안하게 해 줘야 합니다. 결국 행복은 나를 사랑하는 마음에서부터 시작됩니다. 나를 사랑하면 긍정적인 에너지가 일어납니다. 그 에너지가 나를 움직여 행복한 삶을 살게 해 줄 수 있다고 생각합니다.

남편과 함께 찜질방을 가던 날이었습니다. 차를 타고 가다 남편과 다퉜어요. 정확하게 기억나지 않는 걸 보니 여느 때처럼 사소한 일로 언성이 높아졌고, 남편이 화를 내며 차에서 내렸습니다. 결국 혼자 찜질방에 가게 되었지요. 남편과 다툰 건 마음에 걸렸지만, 한편으론 혼자 갈 수 있어서 좋았습니다. 노곤하게 풀어지는 공간에서 남편 신경 쓰지 않고 여유를 즐길 수 있었으니까요.

황토가마에서 땀을 빼면 제 마음 노폐물도 함께 빠지는 것 같습니다. 숯가마에서 밖으로 나와 평상에 누워 하늘을 바라보면 구름이 정말 예뻐 보입니다. 오롯이 나 자신과 함께할 수 있는 시간. 소소한 행복 양껏 누렸습니다.

9.
저질러 놓고 얻은 용기

이성애

시집온 지 두 달 만에 시어머니가 병이 났습니다. 류머티즘 관절염이었습니다. 주로 양쪽 팔과 다리 관절에 생기는 만성 관절염인데, 증세가 심했습니다. 온몸의 관절이 비틀리고 통증이 심해 움직일 수가 없었습니다. 오직 입만 쓸 수 있었어요. 욕창이 생길까 봐 이삼십 분마다 자세를 바꿔줘야 했지요. 같은 자세로 오랫동안 있으면 관절 마디마디가 불화살로 지지는 것 같다고 했습니다. 일어나 앉아 식사할 때라든가 약을 드실 때는 쓰러지지 않게 베개와 이불로 둘러쌓았습니다. 손가락 하나도 못 쓰니 식사와 약도 떠먹여 드려야 했지요. 식사를 마치고 바로 누우면 소화가 안 됩니다. 제 등에 어머니 등을 기대게 해서 등을 맞대고 앉아 있었지요. 어머니는 등을 맞댄 채 시아버지가 당신 속 썩인 이야기, 살면서 힘들었던 이야기들을 들려주었어요. "내 살아온 이야기, 책으로 쓰면 책 열 권도 쓰고도 남는다."라는 말을 입에 달고 사셨습니다. 그런데 그렇게도 하고 싶은 말을 쌓아만 놓고 책 한 권도 못 쓰셨어요. 49세에 제 곁을 떠나 하늘나라로 가셨거든요. 책을 쓰는 것이 어머니의 꿈이었어요. 그 꿈을 이루지 못한 이야기를 제가 써야겠다는 생각을 늘 품고 있었습니다.

자이언트 책 쓰기 과정에서 글쓰기 공부를 하고 있습니다. 강의를 들을 때는 당장 책을 쓸 수 있을 것 같았어요. 그렇지만 문장 공부 시간에 주어, 서술어, 문법 공부를 할 때는 '내 글쓰기 실력으로는 어림도 없겠다'라는 생각이 들었습니다. 공부가 더 필요하다며 강의만 들었지요. 1년이 지나고 2년이 지났지만, 시작도 못 하고 있었네요. 그러다 라이팅 코치 과정에 등록했습니다. 그런데도 쓰지 못했습니다. '내가 글쓰기 코치 공부를 한 게 맞나?' 하며 자책까지 했습니다.

그러던 어느 날, 정호승 작가의 『내 인생에 용기가 되어 준 한마디』라는 책을 읽게 되었습니다. "그래, 준비가 시작이야. 일단 저질러 놓고 보는 거야." 순간 그 문장이 마치 저를 향해 "너는 이미 준비가 되었어. 글쓰기 강의 들으면서 기본기를 다졌잖아. 이제는 시작할 때야!"라고 말하는 것 같았어요. 이 문장이 글을 쓸 수 있는 용기를 주었습니다. 초고를 쓰기 시작했죠. 비록 제가 쓰고 싶었던 시어머니 이야기는 아니었지만, 손주들과 책 읽으면서 있었던 이야기를 썼습니다. 그리고 초고를 끝내고 1차 퇴고까지는 마쳤습니다.

글을 써 놓고도 문맥과 문법이 맞는지 틀린 건지 알 수 없어 답답했습니다. 그때 이은대 작가가 쓴 『작가의 인생 공부』란 책이 생각났습니다. 평소에 글쓰기 할 때 참고하던 책이었거든요. 세세한 글쓰기 방법이 들어 있어 유용했던 책입니다. 다시 한번 찬찬히 봐야겠다 싶었습니다. 먼저 차례부터 살폈어요. '부사, 함께하는 사람들'이란 소제목이 보였습니다. 이거다 싶었어요.

작가는 부사에 대해 자세히 설명해 놓았습니다. '부사는 용언 또는 다른 말 앞에 놓여 그 뜻을 분명하게 하는 품사입니다. 흔히 형용사와 함께 꾸미는 말이라고 일컬어집니다.' 이렇게 부사를 설명해 놓았지만, 정작 동사가 어떨 때 쓰이는지, 형용사가 무엇인지 명확하게 감이 잡히지 않았어요. 답답함이 가시지 않았습니다.

어학사전에서 부사를 검색해 봤습니다. '부사- 단어, 구, 절, 문장 따위를 병렬적으로 연결할 때 쓰는 접속 부사'. 알 듯 모를 듯, 머리가 더 복잡해지기만 했습니다.

다시 『작가의 인생 공부』 속 부사에 대한 설명으로 돌아갔습니다. 그냥 부사를 저만의 방식으로 정의해 보기로 했습니다.

'부사는 주인공인 동사나 형용사를 돕는 역할을 한다. 혼자서 할 수 없는 일을 여러 사람이 힘을 합쳐 이루어 내듯이 다른 말들과 어우러져 더 명확하고 풍부하게 만든다. 그래서 부사는 주어와 서술어와 함께하며 그 뜻을 더 빛나게 도와준다.'

이렇게 부사를 나만의 방식으로 정의하고 나니 속이 좀 편해졌어요. 글을 문법에 맞게 써야 하는데 틀리면 어쩌나 하는 두려움도 줄었습니다.

'나는 열심히 일할 뿐만 아니라 열심히 논다.' 리처드 브랜슨이 쓴 『내가 상상하면 현실이 된다』라는 책에 쓴 서문에 나오는 문장입니다.

'열심히 일한다'라는 말에는 백번 공감합니다. 하지만 '열심히 논다'라는 말이 계속 걸립니다. 자기 계발을 하면서 열심히 해도 따라가기가 쉽지 않았어요. 밤잠을 줄여 가며 책을 읽고 컴퓨터를 배우고 있습니다. 어깨가 빠개질 듯 결리고 아파도 책상에 앉아 버티고 있고요. 이렇게 해도 뒤처져 있는데, 놀 것 다 놀고 언제 하냐고요.

그러다 '열심히 논다'라는 말의 의미를 깨닫게 된 일이 있었습니다. 남편이 농장에서 일하다 넘어져서 다리를 다쳤어요. 무릎이 아프다는 거예요. 병원에 가자고 했지요. 남편은 "이까짓 일로 뭐 하러 병원에 가냐, 좀 쉬면 나을 거다"라며 제 말을 귓등으로도 듣지 않더라고요. 그 후에도 한 달 넘게 쉬지도 않고 일만 했어요. 결국 다리가 붓고 통증이 심해져 병원에 갔습니다. 엑스레이와 MRI를 찍었지요. 무릎 관절이 찢어졌답니다. 의사는 나이도 드셨고 하니 이참에 인공 관절을 넣으라고 했습니다. 그동안 웬만한 통증은 참고 넘기던 남편도, 남편의 고집을 꺾지 못하던 나도 할 말을 잃었습니다. 아직은 젊었다고 생각했는데 노인들이나 넣는 인공 관절을 넣으라니, 인생 다 살았다 싶더라고요.

남편은 새벽밥을 먹고 나가 저녁 늦게까지 일만 하는 사람입니다. '만약 내 말을 듣고 바로 병원에 갔더라면 수술까지는 하지 않아도 되지 않았을까?'라는 생각을 해 봅니다. 남편의 수술로 저의 생활도 엉망이 될 것 같습니다. 수술받으면 회복될 때까지 2~3개월 재활 치료를 해야 합니다. 저는 그동안 아이들에게 책 읽어 주는 제 일과 남편이 해 오던 농장 일까지 맡아서 해야 한다는 걱정에 며칠째 잠도 안 오고, 먹지도 못하고 심한 몸살을 앓고 있습니다. 이런 일을 겪고 보니 '나는 열심히 일할 뿐만 아니라 열심히 논다.'라는 문장을 새기며 살아야겠다는 생각이 들었습니다.

책을 쓴다고 말로만 했어요. 준비가 부족하다며 세월만 보냈습니다. 중요한 것은 완벽한 준비가 아니라, 시작하는 용기였습니다. 시작해 놓으면 어떻게든 해결하게 되더라고요. 뭐든 혼자 하지 않습니다. 어려운 일도 함께하면 힘이 덜 듭니다. 부사는 혼자서 문장을 만들 수 없지만, 주어와 서술어가 도와줘서 그 뜻을 더 명확하게 해 주었잖아요. 우리도 마찬가지입니다. 도움을 주고, 도움을 받고, 서로 협력하면 훨씬 쉽게 일을 해낼 수 있습니다. 이 과정에서 일만 하는 것이 능사가 아닙니다. 우리는 기계가 아니기에 적절한 휴식이 필요합니다. 몸에 이상 신호가 오면 쉬어 주어야 합니다. 그래야 더 많은 일을 해낼 수 있다는걸, 남편이 다치고 나서야 깨달았습니다.

10.
나를 꿈꾸게 한 문장들

이승희

천둥 번개를 좋아했다. 번쩍, 섬광이 일고, 우르릉, 천둥이 울리면
속이 시원했다. 쉼 없이 퍼붓는 빗줄기가 마음까지 적셨다. 빗물을 따
라 썩은 술내 풍기며 안방 벽 보고 누운 아버지, 시퍼런 멍을 달고 재
봉틀 돌리는 어머니, 미처 보여 주지 못한 성적표에 대한 걱정까지 씻
겨 내려가는 것 같았다. 빗물이 고랑을 타고 흐르다 마침내 바다에 이
르는 것처럼, 나도 큰 세상에 다다르고 싶었다.

책 한 권, 문장 하나가 가슴에 들어올 때도 그와 같았다. 강렬한 빛
이 가슴에 내리꽂히고, 우릉우릉 심장이 울었다. 문장은 비가 세상을
적시듯 허파와 간에 스며들고 내장을 따라 흘러내렸다. 마침내 바다에
이르러 넓은 세상을 보여 주었다. 십 대와 이십 대, 삼십 대를 그 문장
이 채워 주었다.

"잘 가. 내 비밀은 이거야. 아주 간단해. 마음으로 보아야 잘 볼 수 있다는 것. 중요한 것은 눈에 보이지 않아."

— 생텍쥐페리, 『어린 왕자』

초등학교 6학년 가을 어느 날. 수업 끝나고 집에 가는 걸음이 무거웠다. 가방에 성적표가 들어 있었다. 성적표를 보고 일그러질 엄마 얼굴이 떠올랐다. 회초리가 찰싹, 내려치는 감각에 부르르 몸이 떨렸다. 마음의 준비가 필요했다. 교무실 뒤쪽에 있는 잔디밭으로 갔다. 페스탈로치 부조와 책 읽는 소녀상이 있는 잔디밭 한쪽에 출입 금지 팻말이 꽂혀 있었다. 선생님들이 자주 들락거리고 마음대로 들어갈 수 없는 곳이라 아이들은 그쪽으로는 잘 가지 않았다. 나는 슬쩍 교무실을 본 다음 얼른 책 읽는 소녀상 뒤쪽에 가서 앉았다. 가방에서 책을 꺼냈다. 『어린 왕자』 왕자 그림이 있는 표지가 마음에 들었다. 동화 속 왕자님 얘기로 깜깜한 배를 채우고 나면 회초리와 엄마의 화를 견뎌 낼 수 있을 것 같았다. 첫 페이지를 보자마자 내가 생각하던 공주를 구하러 떠나는 왕자님 이야기는 아니라는 걸 알게 되었지만, 상관없었다.

작은 별을 떠난 어린 왕자는 지구에 도착했다. 가진 것이라고는 장미 한 송이밖에 없던 왕자는 오천 송이 장미 앞에서 기가 죽었다. 자신이 초라하게 느껴졌기 때문이다. 상심한 그의 앞에 여우가 등장했다. 어린 왕자에게 자신을 길들여 달라고 한 여우는 비밀을 알려 준다.

마음으로 들여다보지 못했기 때문에 눈에 보이지 않는 장미의 속마음을 깨닫지 못했다는 것을.

여우의 이야기를 듣고 왕자는 자신이 가진 장미에 대한 사랑과 책임을 깨닫게 된다. 그는 이별을 슬퍼하는 비행사에게 속삭인다.

사막이 아름답게 보이는 이유와 일억 개의 방울로 웃는 별들의 이야기를.

책을 다 덮고 나서도 한참 동안 움직이지 못했다. 첫 페이지부터 마지막 페이지까지 숨도 쉬지 못하고 읽어 내렸다. 어린 왕자의 눈으로 본 세상을 느낄 수 있었다. 그전까지 무채색이던 내 세상이 색을 입고 생생하게 빛났다. 마음속에 열망이 피어올랐다. '나도 이런 이야기를 만들고 싶어. 나처럼 사는 게 힘든 아이에게 재미있는 이야기를 들려주고 싶어.'비밀을 가슴에 간직하게 된 순간이었다.

"새는 알에서 나오려고 투쟁한다. 알은 세계이다."

— 헤르만 헤세, 『데미안』

중학교 2학년 때 처음 『데미안』을 만났다. 글자가 쓰인 것이라면 무엇이건 읽던 때였다. 친구 집에서 『데미안』이라는 책을 발견했다. 제목에 끌렸다. 글씨가 작았고 썩 재미있어 보이지는 않았다. 그래도 뭔가 읽을 게 필요했기에 빌려 왔다. 역시 재미는 없었다. 어려운 단어는 없었는데, 등장인물이 하는 말과 행동을 이해하기 힘들었다.

건성으로 글자만 따라 읽다가 '새는 알에서 나오려고 투쟁한다.'라는 문장에서 멈췄다. 알에서 닭이 태어나는 것이라고만 생각했는데, 그 작은 알이 하나의 세상일 수도 있다는 사실에 전율했다. 새로운 세상을 본 것 같았다. 열심히 부리로 쪼아 알껍데기를 나온 작은 새. 조막만 한 날개를 퍼덕이며 날아오르던 새의 날개가 점점 커진다. 마침내 거대해진 날개를 펼쳐 도달한 곳은 우주 끝. 그곳에서 만난 존재는 아프락사스라는 이름의 악마 혹은 신. 그 신의 생김새는……. 곁가지를 친 상상이 끝도 없이 피어올랐다.

스무 살. 대학에 다닐 때, 『데미안』을 끝까지 읽었다. 읽다 포기한 책을 완독했다는 후련함, 줄거리를 다 파악했다는 뿌듯함이 남았다. 그와 별개로 여전히 어렵게 느껴졌다. 싱클레어와 데미안의 관계, 싱클레어가 에바 부인에게 느끼는 감정은 여전히 해석하기 힘들었다. 그래도 처음 읽었을 때 느꼈던 문장의 느낌은 오롯이 남았다. 나는 그 문장을 다음과 같이 해석했다. '성장하려면 자신이 살고 있는 좁은 세상을 스스로 깨고 나와야 한다. 날개를 펼쳐 이상을 향해 날아가야 한다.'

스무 살 무렵, 나의 세계는 좁고 답답했다. 알껍데기를 부수고 나가고 싶어 오래도록 몸부림쳤던 것 같다. 새처럼 날아오르고 싶어서.

"스트레스는 여기 있으면서 '거기' 있기를 바라기 때문에 생깁니다."

– 에크하르트 톨레, 『지금 이 순간을 살아라』

서른한 살. 첫 남편과 헤어졌다. 다섯 살 난 아들을 두고 나왔다. 처음으로 혼자 살게 되었다. 밤마다 아들이 보고파 울었고, 오롯이 자신을 책임져야 하는 삶의 무게에 짓눌렸다. 월간지, 사보 등에 기사를 쓰며 생계를 꾸려 나갔다. 어느 날은 의욕 넘치게 기획안을 만들어 잡지사와 출판사에 보냈고, 어느 날은 원고가 써지지 않아 벽에 머리를 박아 댔다. 불안한 나날이었다. 이대로 시간만 보내다 그저 그런 삼류 작가도 못 되고 나이만 먹으면 어떡하지? 두려움을 떨치려고 사람을 만났다. 산악회에 들어가고 친구들과 어울렸다. 지치면 판타지, 무협, 추리 소설을 쌓아 두고 읽었다. 익숙한 도피처에 몸을 누이고 웬만한 일은 내일로 미뤘다.

불안의 정점에 달했다고 느꼈던 서른다섯 살 즈음, 『지금 이 순간을 살아라』라는 책을 발견했다.

책을 읽다 현재 내 상황이 죽도록 힘들다고 느껴지는 것은 과거 혹은 미래에 사로잡혀 있기 때문이라는 것을 인식하는 순간, 벼락처럼 강렬한 깨달음이 정수리로 들어와 내 몸을 발바닥 끝까지 꿰뚫고 내려갔다. 그래, 내 문제가 이거였어. 옛날 일을 후회하고 아직 오지도 않을 미래를 걱정하며 사는 한, 내 문제는 영원히 풀리지 않을 거야. '도망치지 마. 눈을 떠!' 마음속에서 외침이 들려왔다. 펜을 들었다. 내 앞에 닥친 문제가 무엇인지 하나하나 적어 내려가기 시작했다. 다 쓴 다음 한 번에 하나씩 문제 해결 방법을 생각해 보았다. 그것만으로도 마음이 조금 편안해졌다.

그 후, 많은 일을 겪었다. 여러 직업을 전전하고 믿었던 사람에게 실망하고, 사업에 실패하기도 했다. 실패한 인생이라는 생각에 좌절하며 방구석에 박혀 우울증을 앓을 때도 있었다. 그때마다 나는 주문처럼 '지금 이 순간'이라는 문장을 되뇌었다. '지금'이라고 외치고 나면 불안감이 가라앉고 마음의 여유가 생겼다. 책 속 한 문장에서 힘을 얻었다.

//.
오늘의 당연함에 감사하자

이은설

"오늘의 당연함에 감사하라."

– 이하영,『나는 나의 스무 살을 가장 존중한다』

　일이 바쁘다는 핑계로 감사함을 잊고 살 때가 많았습니다. '감사'를 생각하지 않고 살 때는 나의 하루가 삭막하고 메마른 느낌이 들었습니다. 살아가는 것이 무기력했습니다. 해가 뜨면 일어나고 해가 지면 하루를 마쳤습니다. 희망도 없고, 목표도 없이 살았습니다. 사는 게 뭔가. 왜 이렇게 살아야 하나. 회의가 들기도 하고 무기력해지기도 했습니다. 일어나겠다고 알람을 맞추었지만, 일어나지 못하고 다시 알람을 맞추기도 했습니다. 의지가 약하다는 생각이 들었고, 나는 할 수 없는 사람이라는 생각까지 들었습니다. 정신을 차려야지. 마음을 다잡아야지. 수도 없이 생각하고 다짐했지만, 나와의 약속을 지키지 못하는 날이 허다했습니다. 하고는 싶은데 생각만큼 할 수 없는 나 자신이 원망스럽기까지 했습니다. 모든 것을 포기하고 싶었지만, 그렇게는 할 수 없었습니다.

주일 예배를 마치고 오는 어느 날, 아프지 않고 건강한 내 몸에 감사하고, 끼니마다 밥을 먹을 수 있어 감사할 수 있었습니다. 일할 곳이 있어서 감사했습니다. 그러나 늦게 정신없이 일어나 이동할 때는 감사는 고사하고 시간에 늦지 않기 위해 허둥거릴 때도 있습니다. 지금은 의식적으로 작은 일에 감사하며 생활합니다. 집까지 배달해 주는 택배가 있어 감사하고, 하루의 일과를 마치고 지친 몸을 쉴 수 있는 공간이 있음에 감사했습니다. 예전에는 미처 몰랐습니다. 작은 일에 감사하고 살 때 제 마음이 따뜻하고 풍요로워진다는 것을 알 수 있었습니다.

마케팅 수업을 하다가 유튜브 영상을 보았습니다. 150억 자산가가 휠체어로 생활하는데, '내가 걸을 수 있게 해 준다면 내 재산의 절반을 주겠다.'라는 내용이 담겨 있었습니다. 감사의 반대말은 불편이 아니라, '당연함'입니다. '만약에'를 생각했습니다. 만약에 내 두 다리가 75억이라면 내 팔과 움직일 수 있는 손, 볼 수 있는 눈, 들을 수 있는 귀, 먹을 수 있는 입, 냄새 맡을 수 있는 코, 생각하는 머리는 결코 돈으로 따질 수 없습니다. 이렇게 귀한 몸인데도 내 몸에 대한 감사할 줄 모르고 내 몸이라고 함부로 대하고 사용했습니다. 60년 동안 큰 병치레 없이 아프지 않고 살아 준 내 몸에 감사하고 싶습니다. 지인이 소개한 제품을 사용하고 전보다 피부도 건강해지고 활기가 넘치게 되었습니다. 사는 것이 즐겁고 행복합니다. 그동안은 움직일 수 있어서 무엇이든 할 수 있음이 당연하다. 생각하며 살았습니다. 이 세상에 당연한 것은 없습니다. 누군가의 땀과 수고로 이루어진 것입니다. 당연함이 아니라, 늘 감사하며 살아야겠다고 생각합니다.

지난여름 휴가철 때 일입니다. 입주 요양사가 휴가를 가는 바람에 제가 혼자서 7박 8일간 근무를 한 적이 있습니다. 1박 2일 근무는 별일이 아니었지만, 7박 8일간 밖으로 한 발짝도 나가지 못하고 집 안에만 머물렀습니다. 얼마나 답답했는지 말로 표현할 수 없었습니다. 병원 갈 때는 지하 주차장에 가면 콜택시가 와서 환자를 휠체어 채로 차에 태워 병원에 데려다주었습니다. 병원 진료를 마치고 나면 콜택시가 와서 태우고 아파트 지하 주차장에 내려 주었습니다. 지하에서 엘리베이터로 집이 있는 38층으로 올라왔습니다.

7박 8일간의 근무를 마치고 밖으로 나오는 날에는 새로운 세상을 만나는 것 같았습니다. 공기의 상쾌함 공간의 자유로움에 대해서 얼마나 감사했는지 모릅니다. 평소에는 그 소중함을 왜 느끼지 못하고 살았을까. 아쉬움도 남았습니다. 하늘과 구름이 새롭게 보이고 거리의 자동차도 낯설게 느껴질 정도였습니다. 가는 곳마다 만나는 장소마다 더 친근해진 느낌이 들었습니다. 이런 세상이 있었나 할 정도로 자유로움을 만끽할 수 있었습니다. 자유롭게 숨 쉬는 것에 대해 생각한 적도 없었는데, 이런 게 행복인가 생각했습니다. 평소에는 공기의 감사함과 공간의 자유로움은 당연한 줄 알았습니다. 막상 창살 없는 감옥, 39층 아파트에서 7박 8일간 생활하고 나올 때는 내 눈에 보이는 세상 모든 것이 감사했습니다.

매주 수요일 야간과 토요일 아침마다 자이언트 글쓰기 정규 과정 수업을 듣습니다. 야간 수업은 일과를 마치고 조금은 고단한 몸으로 듣기 때문에 정신이 맑은 토요일 아침 7시부터 9시까지 하는 수업을 좋아합니다. 머리가 맑을 때 수업을 들을 수 있기 때문입니다. 그러나 토요일 아침 일찍 출근할 때, 특히 겨울에는 아침 7시면 날씨가 흐린 날은 어두컴컴합니다. 한 번은 강의를 듣기 위해서 이어폰을 끼고 수업을 들으면서 걸어서 주간 보호센터에 출근한 적이 있었습니다. 귀에 이어폰이 빠진 것을 몇 걸음 지나서 알았습니다. 뒤돌아 와서 찾았지만, 그날따라 날씨가 흐려 아무것도 보이지 않았습니다. 이어폰을 찾기 위해 시간을 지체하면 출근이 늦어질 것 같아서 허전한 마음으로 터벅터벅 걸었습니다. 강의도 제대로 듣지 못하고 마음이 텅 빈 것 같았습니다. 토요일에 출근해야 하는 주간 보호센터 특성상 책상 앞에 앉아서 노트북으로 강의를 듣는 것이 얼마나 감사한지, 출근하지 않을 때는 잘 몰랐습니다. 평소에는 당연하다 생각한 것들이 잃어버리고 없어지고 나면 그때야 감사함을 느낍니다.

"이 세상에 대해 늘 호기심을 가져야 한다."

– 오스틴 클레온, 『훔쳐라, 아티스트처럼』

살면서 감사함과 함께 세상에 대해 호기심을 가지는 것이 삶의 원동력이 된다는 생각을 합니다. 어릴 때는 호기심도 많고 궁금한 것도 많았습니다. 나이가 들수록 해야 할 일 바쁜 일만 하다 보니 궁금하고 호기심 있는 것은 내가 하는 일에 방해가 될 뿐이었습니다. 언제부턴가 호기심이 생기고 궁금한 것이 있지만, 내가 하는 일과 연관이 없으면 무심코 지나가기 일쑤였습니다. 좁은 생각에 당장 살아가기도 바쁜데 다른 것에 신경 쓸 여유가 없다고 생각했습니다. 시골에서 서울 왔을 때 가장 좋았던 것이 배울 곳이 많았습니다. 사람은 죽을 때까지 배워야 합니다. 내가 모르는 것은 언제든지 아는 사람에게 물어야겠다는 생각도 했습니다. '다른 사람이 나를 어떻게 생각할까'보다는 내가 모르는 부분을 묻고 배울 수 있는 용기가 중요합니다. 내가 배울 수 있는 곳이 있고 내가 배울 수 있는 선생님이 있다는 것. 이 또한 감사한 일 아니겠습니까?

"말은 미소와 함께 각인된다."

– 이하영, 『나는 나의 스무 살을 가장 존중한다』

무표정한 얼굴이었습니다. 일에 찌들어 얼굴에 웃음도 사라지고, 즐겁고 행복한 일이 없었습니다. 매일 살아야 하고 살아 내야 하는 책임과 의무밖에 없었습니다. 자이언트 수업을 들으면서 이은대 작가는 늘 표정과 태도에 대해 말씀하셨습니다. 표정이 환하지 않은 사람은 무슨 일을 해도 성공할 수 없다는 말을 귀에 딱지 생길 정도로 들었습니다. 얼굴이 환해야 무슨 일을 해도 성공할 수 있다고 했습니다. 토요일 오전 수업을 듣고 출근하는 시간에 자전거를 타고 가면서 혼자서 히죽거렸습니다. 새로운 사람들을 만날 때는 '오늘은 많이 웃어야지' 하면서도 어느 때 보면 제 표정이 굳어 있는 것을 느꼈습니다. 늘 환한 표정을 가지는 일이 쉽지 않았습니다. 그래도 처음보다는 많이 나아졌다는 생각이 듭니다.

평범한 하루에 감사하고 움직일 수 있는 나의 몸에 감사합니다. 발이 있어서 원하는 곳에 어디든지 다닐 수 있음에 감사합니다. 감사, 배움, 웃음을 내 인생의 키워드로 간직합니다. 부족함에 감사하고, 모자라서 배울 수 있고, 굳어진 표정을 웃음으로 바꾸고 싶은 시간입니다. 무조건 웃으며 감사하고, 호기심을 가지고 모르는 것을 배우는 삶을 살고 싶습니다.

제2장

나는 힘들 때마다
문장을 떠올린다

/.
삶의 방향을 제시해 준 문장

권시원

'삶은 진자처럼 고통과 무료함 사이를 왔다 갔다 한다'라는 쇼펜하우어의 말처럼, 삶은 고달프고 지루하다. 매일 열심히 살고 있다고 생각하지만, 문제는 해결되지 않고 고민만 늘어난다. '어떻게 하면 고민 없이 살 수 있을까?', '행복하려면 뭐가 필요할까?' 고민해 봐도 현재는 여전히 불안하고, 미래는 흐릿하다. 삶에는 정답이 없다는 걸 알고 있다. 사람마다 가치관도, 처한 환경도 다르기 때문에, 모두가 똑같을 순 없다. 다만 나에게는 책이 답을 찾아 주었다. 삶에 대한 고민으로 힘들 때, 책 속 문장들이 방향을 제시해 주었다.

강용수 작가는 『마흔에 읽는 쇼펜하우어』에서 쇼펜하우어의 행복론을 소개하며, 행복한 사람이란 남에게 의존하지 않을 만큼의 재산이 있고, 여가 시간을 즐길 수 있는 정신력을 갖춘 사람이라고 말한다.

나는 돈이 많을수록 좋다고 생각했다. 좋은 집, 멋진 자동차, 사고 싶은 물건, 맛있는 음식, 가고 싶은 여행 등 돈이 많아야 더 많은 걸 누릴 수 있다고 기대했다. 그런데 현실은 월세방에 살고, 17년 된 차를 타며, 인터넷에서 최저가를 검색한다. 나이를 먹을수록 돈이 많다고 해서 원하는 걸 다 할 수 있는지 의문이 들었다. 그때 책 속에서 답을 찾았다. 행복하기 위해서 반드시 돈이 많아야 하는 건 아니라고. 다른 사람에게 손 벌리지 않을 정도면 충분하다고. 오히려 여가를 누릴 수 있는 정신력이 필요하다고 말해 주었다.

부모님께 매달 용돈을 드리며 경제적으로 도와드리고 있지만, 연금을 받으시기에 내가 부양하는 건 아니다. 미혼이라 배우자나 자녀에게 들어가는 돈도 없다. 집은 없지만 금융자산과 연금저축, 퇴직연금 등 노후 준비를 하고 있다. 나이 들어서 돈 때문에 아쉬운 소리 할 일은 없겠다 싶다. 휴직하면서 지내 보니 여가를 즐길 정신적 여유도 충분하다는 걸 알게 됐다. 노후에 뭘 하면서 보낼지는 아직 숙제지만, 나는 지금 행복하며, 앞으로도 행복할 거라는 확신이 든다.

"삶의 마지막 순간까지 놓치지 않을 관심의 대상과 목표가 있어야 주체적 삶이다. 우리가 젊어서 했던 '남의 돈 따먹기 위한 공부'는 진짜 공부가 아니다."

– 김정운,『가끔은 격하게 외로워야 한다』

2012년, 김정운 작가는 나이 오십에 교수를 그만두고 일본으로 떠났다. 그곳에서 그림을 배우며 겪은 경험을 책으로 펴냈다. 나도 이제 만 오십이 됐다. 십이 년이 지난 지금, 그가 오십에 겪은 이야기에 공감한다.

당장 회사를 그만둬도 문제없을 거라고 생각했다. 하고 싶은 일을 하면서 살 수 있겠다고 믿었다. 하지만 이제는 안다. 회사를 그만두고 하고 싶은 일을 하면서 돈까지 버는 건 생각만큼 쉽지 않다는 걸. 삶의 목표가 없다 보니, 하고 싶은 일이 뭔지 모르겠다. 안다고 해도 그것이 돈과 연결될지 장담할 수 없다. 지금 회사에서 받는 돈을 쉽게 포기할 수 없는 이유다.

평생을 바쳐 공부하고 싶은 대상이 필요하다. 내 삶의 주인이 되려면 인생 목표를 정하고, 그걸 이루기 위한 내 삶에 도움이 되는 공부를 해야 하지 않을까. 그런 목표를 위해 회사를 그만두는 거라면 후회도 없을 것 같다.

아직은 평생 공부할 대상과 인생 목표를 찾지 못했다. 은퇴할 때까지 찾지 못한 채 직장을 떠날지도 모른다. 그렇더라도 계속 나에게 질문하며 답을 구해보려고 한다. 아무것도 하지 않으면서 삶의 목표를 발견하기는 어렵다. 스스로와 대화하고 성찰하며 노력해야, 목표를 만날 가능성도 높아진다고 믿는다.

"성공을 이룬 사람들은 즐기는 일을 하려는 경향이 강하다. (…) 단지 지금보다 행복해지기 바라기 때문이 아니다. 즐기는 일을 할 때 더 똑똑해지기 때문이다."

– 존 크럼볼츠, 라이언 바비노, 『빠르게 실패하기』

좋아하는 일과 잘하는 일 중 무엇을 해야 하느냐고 물으면, 나는 좋아하는 일을 해야 한다고 답했다. 좋아하는 일을 하면 즐기면서 오래 할 수 있기 때문이다. 오래 하다 보면 그 일을 잘하게 된다. 중요한 것은 바로 즐기는 데 있다.

책에서는 흥미로운 사실을 하나 더 알려 주었다. 성공한 사람들이 즐기는 일을 선택하는 이유는 더 똑똑해지기 때문이라고 했다. 즐기면서 일을 하게 되면 긍정적인 태도가 형성되어 창의적이고 생산적으로 일할 수 있다는 내용이었다.

좋아하는 일과 하고 싶은 일을 하며 사는 게 행복한 인생이라고 생각했다. 인생 전반부에는 해야 하는 일과 돈을 벌기 위한 일을 했지만, 인생 후반부에는 하고 싶은 일을 하며 행복하게 살고 싶다. 그런데 즐기면서 일을 하면 더 똑똑해진다니, 새삼 생각이 바뀐다. '어차피 해야 할 일이면 즐기자'라는 생각만으로도 같은 효과를 낼 수 있는 걸까?

물론, 나는 좋아하는 일을 하는 게 진정으로 즐길 수 있어서 유리하다고 생각한다. '피할 수 없다면 즐겨라'라는 말처럼 태도를 바꾸더라도, 진심으로 즐기기에는 한계가 있을 것 같다. 좋아하는 일을 해야 자신의 열정을 쏟아 몰입할 수 있고, 과정을 온전히 즐길 수 있다. 게다가 똑똑해지기까지 한다니 좋아하는 일을 해야 할 이유는 충분하다. 좋아하는 일을 하며 성과를 내는 것이 행복하게 사는 방법이라면, 인생 2막은 즐기면서 똑똑하게 살아가고 싶다.

2.
이야기 속 영웅,
나 자신에 대한 확고한 믿음

김미예

나는 벼랑 끝에 서서 나를 쫓아오는 남자에게 꺽꺽대며 살려 달라고 애원했습니다. 눈을 떠 보니 베개가 눈물로 젖어 있었습니다. 꿈이었습니다. 큰 계약을 앞두고 스트레스를 받은 상태였습니다. 멍하니 벽을 바라보며 중얼거렸습니다. '뭐가 문제야, 김미예! 한두 번 하는 것도 아니잖아? 잘할 수 있어. 힘내. 넌 할 수 있어!'라고 혼잣말로 스스로를 다독였습니다.

미팅이 오전 11시라 한 시간 반 정도 여유가 있었습니다. 습관적으로 눈에 보이는 한 권의 책을 들었습니다. 오늘의 운세를 보듯 책장을 펼쳤습니다. 적당한 부분을 읽으며 마음을 가라앉혔습니다.

'단 한 번의 대화로 사람의 마음을 사로잡기는 어렵다. 그러나 여러 번의 거듭된 상호작용은 신뢰와 확신을 구축한다.'

수닐 굽타의『결정적 기회를 만드는 힘』에 나오는 이 문장이 불안했던 내 마음을 안정시켜 주었습니다. 부동산 광고 영업을 20년이 넘게 해 왔지만, 새로운 광고주를 만날 때면 여전히 떨립니다. 소개로 처음 만나는 광고주에게서 큰 성과를 기대하는 욕심이 부담으로 다가옵니다. 실패할까 봐 불안했던 마음이 한결 나아졌습니다.

영업과 고객 관리를 처음 시작했을 때는 수많은 사람을 만나며 상처도 많이 받고, 눈물도 흘렸습니다. 사람에게서 받은 상처는 쉽게 아물지 않았지만, 경험이 쌓이면서 상대방을 이해하게 되었습니다. 오랜 시간 버틸 수 있었던 건 한 줄 문장이 주는 힘 덕분이었습니다. 책에서 얻은 긍정의 메시지를 되새기며, '잘할 수 있어'라는 말로 스스로를 위로했습니다. 책은 감정 조절에도 큰 도움이 됩니다.

숨을 크게 내쉬고 시간을 확인한 후, 만나기로 한 장소로 서둘러 향했습니다. 오만가지 생각이 다 들었습니다. '그냥 전화로 상담하고 계약할 걸 그랬나?' 천안아산역에서 고양시 덕양구 행신동까지 가는 길은 멀어서 쉽지 않았지만, 중요한 계약이기에 포기할 수 없었습니다. 책에서 본 문장을 떠올리며 부정적인 생각을 떨쳐 내려 노력했습니다. 세 시간을 달려 행신동 H 공인중개사사무소에 도착했습니다. 그 옆 G 공인중개사 실장님의 소개라서 그런지 친절하게 맞아 주셨습니다. 약간의 긴장은 오히려 정신을 똑바로 차리게 해 주었습니다.

오늘은 H 공인중개사 대표의 마음을 열기만 하자는 생각으로 편안하게 대했습니다. 멀리서 온 것에 마음이 움직였다며 큰 계약을 제안해 주셨습니다. 욕심을 내려놓고 책 속 문장과 나를 믿었기에 얻은 감사한 결과였습니다.

4년 만에 다시 책 쓰기 과제를 시작하며 초고를 작성했습니다. 첫 번째 초고는 일기장처럼 폴더에 보관해 두었습니다. 새로운 목차 일부를 받고 나머지를 채워 나갔습니다. 다른 사람들은 술술 쓰는 것 같은데, 나는 왜 자꾸 머뭇거리는지 이해할 수 없었습니다. '글사랑' 카페에 올라오는 글을 보면 주눅이 들었습니다. '다들 이렇게 잘 쓰는데, 나는 뭐 하고 있었지?' 누구도 내가 기가 막힌 글을 쓸 거라고 기대하지 않는데, 오히려 나만 베스트셀러를 꿈꾸고 있었던 것입니다. 잘 쓰고 싶은 욕심이 내 발목을 잡고 있는 줄도 몰랐습니다.

원고를 1.5매 정도 쓰다가 '이건 아니다' 싶어 썼던 글을 미련 없이 지워 버렸습니다. 카페에서 다른 작가들이 올린 초고를 한 편 읽고 나서야 글을 지운 것을 후회했습니다. 강의도 듣고, 반복 연습도 했다고 생각했지만, 매일 하던 블로그를 8개월간 중단한 것이 문제였을까요? 글쓰기 실력이 늘기보다는 퇴보한 것만 같았습니다.

다시 이은대 작가의 『책쓰기』 책을 꺼내 책상에 앉아 읽기 시작했습니다. 쓰고 싶지만, 이런저런 핑계로 쓰지 않고 있는 나를 보며, 이은대 작가라면 어떻게 할까 생각했습니다.

"일단 시작하기로 했으면 더 이상 생각하지 않는다. 행동한다. 실천

한다. 반복되는 행동은 결국 습관이 되고, 습관은 삶을 저절로 나아지게 만든다."

　그 순간, 마치 이은대 작가의 목소리가 들려오는 듯했습니다. 한글 파일을 열고 다시 시작했습니다. 작심삼일이 될지언정 나는 글쓰기 선생님이 하라는 건 잘하는 편입니다. 목차를 받고 두 달이 넘었지만, 여전히 어색한 마음이 들었습니다. 책상 앞에 앉아 첫 줄을 시작하는 것도 쉽지 않았습니다. 머릿속에서는 드라마나 보라는 신호가 끊임없이 나를 방해했지만, 한 줄을 쓰며 글을 이어 나가기 시작했습니다.

　초고를 완성하기로 마음먹었으니, 끝까지 써 내려가 보렵니다. 내 인생의 주인공은 '나'이기에 스스로를 믿고 다시 힘을 내 봅니다. 매일 반복하며 글을 씁니다. 나를 위해서 씁니다. 내 글을 읽을 독자를 위해서, 지금처럼 고민하는 누군가에게 작은 변화의 씨앗이 되기를 바라는 마음으로 오늘도 한 줄을 씁니다.

　한 광고대행사와 프리랜서 및 콜센터 센터장 위촉계약서를 작성한 직후 문제가 발생했습니다. 시스템이 일주일간 마비되어 서비스가 중단된 것입니다. 광고주들의 빗발치는 항의 전화를 받으며 멘탈이 무너졌습니다. 사무실에 가는 것이 두려워 위경련까지 생겼고, 콜센터 직원들 앞에서는 눈을 제대로 마주치지도 못했습니다. 전화가 울릴 때마다 긴장을 늦출 수 없었습니다. 겉으로는 아무렇지 않은 척했지만, 속은 시커멓게 타들어 갔습니다.

내 책상에는 동기 부여와 멘탈 관련 책이 몇 권 꽂혀 있었습니다. 사람을 대하는 일을 잘하기 위해 책에서 지식과 대응력을 채우려 노력했습니다. 오래전에 읽었던 책 한 권을 손에 잡았습니다. 『10미터만 더 뛰어봐!』에서 김영식 회장은 이렇게 말합니다.

"됐고, 100미터도 아니고 딱 10미터만 더 뛰어봐! 이것이 인생의 성패를 가른다."

경험의 많고 적음을 떠나 해결할 수 없는 문제에 직면하면 당황스럽습니다. 빠른 시일 내에 시스템을 복구하고, 불편을 겪는 광고주의 이탈을 막아야 했습니다. 직원들은 모두 나만 바라보며 빨리 해결해 달라는 눈빛을 보냈습니다. 임시방편으로 회사에서 처리할 수 있는 부분을 정리하고, 개발자와 운영자에게 서비스 대안을 보고했습니다. 광고는 시간과의 싸움이기 때문입니다.

하나씩 문제를 해결해 나가면서, 처음의 두려움은 사라지고 내 안에 견고한 힘과 자신감이 생겼습니다. 뒤로 움츠렸던 직원들도 나의 안내에 따라 움직이기 시작했습니다. 시스템은 열흘 만에 정상화되었습니다. 광고주에게 전화를 걸어 시스템이 정상화되었음을 안내하고, 불편했던 부분에 대해 정중하게 사과드렸습니다. 일부 고객에게는 서비스 쿠폰으로 보상했습니다.

신뢰를 잃을 수 있는 상황이었지만, 최소한의 노력을 기울임으로써 광고주들은 우리를 이해하고 다시 광고를 올려 주었습니다. 고생한 직원들에게 감사를 전하며 격려했습니다.

완벽하지 않더라도 내가 선택한 일에 책임을 다하며 단순함에 안주하지 않습니다. 흔들리지 않고 나만의 원칙을 지키며, 내 삶의 주인공으로서 당당히 나아갑니다. 실패해도 괜찮습니다. 그 속에서 배우고, 다시 도전하면 됩니다. 당신도 삶의 길에서 포기하고 싶은 순간이 찾아온다면 단단한 문장이 전해 주는 작은 용기를 떠올려 힘을 내면 좋겠습니다.

3.
문장은 내 삶의 원동력

김태경

살아가면서 크고 작은 어려움을 겪을 때 지탱할 힘이 필요합니다. 저는 책 속의 문장에서 위로받고, 그것을 삶의 지침으로 삼고 있습니다. 삶의 중요한 순간마다 저를 이끌어 준 세 문장이 있습니다. 저에게 힘이 되었던 세 가지 문장을 통해 제가 어떻게 변화하고 성장했는지를 이야기해 보려 합니다.

첫째, 『돈을 부르는 말버릇』을 읽으면서 용기를 낼 수 있었습니다.
"용기만큼은 아무도 대신 내주거나 빌려주지 않아요. 그러니 스스로 내야만 합니다."
저는 지금까지 특별한 일 없이 평온한 삶을 지향해 왔습니다. 책임이 큰일보다 다른 사람을 지원하고 응원하는 조용한 삶이 성격에 맞았기 때문입니다. 직장에서도, 아이들을 키울 때도 안전지대에 있는 것이 편했습니다.

사십 대 중반, 다니던 직장에서 퇴직하고 친정 오빠와 함께 주방 가구 제조업을 시작했습니다. 사업을 하면서 예상치 못한 어려움이 생겼습니다. 상대방의 기분을 살피느라 손해라는 걸 알면서도 요구를 들어주었습니다. 외상 금액이 늘어나도 계속 발주를 받아 주었습니다. 고객의 요구에 맞추다 보니 너무 저렴하게 팔아 이익은커녕 남는 게 없을 때도 있었습니다. 그럼에도 제 성향을 바꾸거나 대화하는 방법을 배우려는 시도는 하지 않았습니다.

새해가 시작되고 1월 중순 무렵, 퇴근길 버스에서 유튜브를 보다가 자기 계발 커뮤니티를 알게 되었습니다. 그때부터 책을 읽고 블로그 강의를 듣고 영상 편집을 배우며 이것저것 시작하게 되었습니다. 그러던 중 '떨지 않고 말하기 챌린지'가 눈에 띄었습니다. 첫날에는 몇 번이나 페이지를 조회만 하고 결제를 망설였습니다. 사람들 앞에서 말할 자신이 없었기 때문이지요. 다행히 온라인 줌 수업이라 안심이 되었습니다. 삼 일째 되던 날, 결제하기 버튼을 클릭했습니다.

이 문장 덕분에 용기를 내서 스피치를 배우기 시작했습니다. 1년 후에는 또 한 번 용기를 냈습니다. 8주간의 스피치 강사 과정을 수료하고 자격증을 취득했습니다. 강사 과정 마친 후, 자신감이 생겨 라이팅 코치 자격 과정도 수료하게 되었습니다. 글쓰기와 말하기를 배우고 나서 제 의견을 조금씩 표현할 수 있게 되었습니다. 외상 대가 쌓이는 거래처와의 관계도 정리할 수 있었습니다.

"사장님, 그동안 저희와 거래해 주셔서 감사드립니다. 하지만 외상

대금이 묶여 있는 상황이라 저희도 자금 사정이 좋지 않습니다. 좋은 관계를 이어 가기 위해 앞으로는 결제 완료 후 출고되는 방식으로 전환하려고 합니다. 양해 부탁드려요."

이렇게 전화하면 자연스럽게 정리되었습니다. 지금도 용기를 낸다는 것은 쉽지 않습니다. 그래도 삶에 꼭 필요하다고 느낄 때면, 주저하지 않고 용기를 내고 있습니다.

둘째, 정호승 산문집 『내 인생에 힘이 되어준 한마디』를 읽으며 포기하지 않는 끈기를 배웠습니다.

"그래서 우리는 하는 일이 힘들다고 느껴질 때, 이번이 마지막이라고 느껴질 때 30분만 더 참고 견뎌볼 필요가 있습니다."

2년 전, 저희 부부는 산을 좋아하는 고모부와 함께 충북 보은군에 있는 속리산에 갔습니다. 고모부는 일정한 속도를 유지하면서 천천히 정상까지 올랐습니다. 그 모습이 인상적이어서 비결을 물어보니 이렇게 대답했습니다.

"앞 사람의 발걸음을 보면서 올라가면 덜 힘들어. 한 걸음 한걸음에 집중하다 보면 복잡한 생각이 들지 않고, 지치지 않으면서 끝까지 갈 수 있지."

저는 무거운 몸을 이끌고 오르는 것만으로도 힘겨웠습니다. 계단을 오를 때마다 발걸음이 천근만근이었습니다. 정상까지 몇 킬로미터가 남았는지 알려 주는 이정표가 나오기만을 기다리며 몇 번이고 시계를 들여다봤습니다. 지치고 허기질 때 '산에서 내려가면 저녁에 뭘 먹을까? 두부김치? 파전? 삼겹살? 매운탕? 아니면 이 고장의 유명한 음식이 뭐지?' 하며 내려가서 맛있는 음식 먹을 생각을 했습니다. 메뉴를 고르는 상상을 하며 걷다 보니 어느새 힘든 줄 모르고 올라갔던 기억이 납니다.

이것은 등산에만 해당하는 이야기가 아닙니다. 어떤 일이든 그 고통을 이겨 낼 자신만의 방법을 찾는 것이 중요합니다.

스피치 강사 자격 과정을 공부할 때였습니다. 8주 동안 매주 강의를 듣고 시강해야 했습니다. 강의를 해 본 경험도 없고 프레젠테이션도 처음 만들어 봤습니다. '진작 배워 둘걸' 하고 후회하기도 했지만 이미 늦었지요. 강의할 부분을 정리하고 프레젠테이션을 준비하는 일은 쉽지 않았습니다. 유튜브를 보거나 인터넷을 검색하며 하나하나 기능을 익히고 적용하는 데 시간이 얼마나 오래 걸렸는지 모릅니다. 첫 주에는 일요일 아침부터 밤늦게까지 매달려야 했을 정도였습니다. 시간이 지나면서 익숙해지기 시작했습니다. 8주라는 시간이 그렇게 길게 느껴졌던 적은 없었습니다. 스피치 강사 자격증을 최우선 순위로 두고 '그래, 30분만 더 참고 견디자' 하면서 스스로 다독였습니다. 이 말은 마음이 느슨해질 때마다 저를 다시 일으켜 세우고 집중하게 해 주었습니다. 자격증을 취득하고 나니 그동안의 노력과 시간이 보상받는 듯한 느낌이었지요. 스트레스와 긴장 속에서도 포기하지 않고 이뤄 낸 결과는 뿌듯했습니다. 자신감이 생겼고, 무엇이든 도전할 수 있다는 용기도 생겼습니다.

셋째, 정호승 산문집『내 인생에 힘이 되어준 한마디』를 읽으면서 제가 하는 일에 정성을 다하려 노력하고 있습니다.

"일찍 시작했다고 해서 반드시 일찍 이룰 수 있는 건 아닙니다. 일찍 핀 꽃이 튼튼한 열매를 맺는다는 보장은 없습니다."

저는 무엇을 하든 시간이 오래 걸립니다. 책을 읽는 것도, 글을 쓰는 것도 서툴죠. 그래서 예전에는 다이어리 쓰는 걸 싫어했습니다. 정해진 시간에 일을 끝내지 못해 내일로 미뤄지는 경우가 많았기 때문입니다. 시간 관리를 제대로 못 하니 계획 세우는 자체가 스트레스로 느껴졌지요. 책을 읽고 독서 노트를 쓰려고 해도 한참을 생각한 후에야 쓸 내용이 떠오릅니다. 내 생각을 글로 옮기는 게 왜 이렇게 어려운지 모르겠습니다.

이 문장을 읽은 후부터 빠르지 않은 제 자신을 인정하기로 했습니다. '아, 아직 실력이 부족하구나. 좀 더 연습이 필요하겠구나. 익숙해지지 않았을 뿐이야!' 하며 마음을 다잡았죠. 예전에는 책이 더러워지는 게 싫어서 깨끗하게 읽었습니다. 2년 전, 자기 계발을 시작하면서부터 좋은 문장에 밑줄을 긋기 시작했습니다. 1년 전부터는 밑줄 친 문장을 필사했습니다. 요즘은 밑줄 긋고, 필사하고, 제 생각을 씁니다. 책을 다 읽고 나면 독서 노트를 쓰고, 블로그에 서평도 남기지요.

다른 사람들은 쉽게 해내는 것들이 저에게는 어렵고 낯섭니다. 천천히, 어설프게, 걸음마를 떼는 중입니다. 덕분에 책상 앞에 앉아 있는 시간이 길어졌지요. 가끔은 조급한 마음이 올라오기도 하지만, 그럴 때마다 천천히, 꾸준히 나아가려는 마음을 다잡습니다. 모든 꽃은 피어나는 시기가 다르니까요. 정성을 들인 시간만큼 기억에 오래 남을 것이고, 실력이 향상된다는 것을 믿기 때문입니다.

4.
탄수화물, 비타민, 숲속 문장

박정재

영양제 주사를 맞는다. 피부로 맞는 것은 아니다. 입으로 먹는 것도 아니다. 글로 마음의 영양제를 맞는다. 바이오리듬이 안 좋은가? 날씨가 안 좋은가? 꿈자리가 사나웠나? 자고 일어나 활기찬 하루를 맞이하면 좋다. 개운하지 않을 때는 영양제가 필요하다. 영양제 처방전은 탄수화물, 비타민, 숲속 문장이다. 세 개의 문장을 읽으면 영양제를 맞은 것처럼 움직일 때 힘이 난다.

첫 번째, 탄수화물과 같은 문장이다. 탄수화물은 우리 몸에 필요한 에너지를 제공하는 주요 영양소이다. 문장이자 책 제목이다. 『결국, 무엇이든 해내는 사람』이다. 2022년 5월 생일에 딸이 선물로 준 책이다. 직장 생활을 안 하고 집에서 청소하고, 빨래하고, 요리하고, 아이들 등원, 하원 담당한 지 6년째다. 아내가 일하고 나는 보조하며 집안일, 육아를 담당했다.

통장으로 숫자가 찍히지 않아 심리적으로 작아지는 것 같았다. 무슨 일이든 해서 통장에 숫자를 찍어야 했다. 살림에 보탬이 돼야 마음이 안정될 것이라고 생각했다. 한 번씩 한숨을 쉬었다. 생일날 외식을 했다. 아내는 옷을 선물해 줬다. 정장이었다. 입이 닳도록 정장은 절대로 사지 말라고 말했었다. 불편했다. 입는 날이 별로 없다. 맞지 않는 옷이라 생각했다. 딸이 "아빠는 정장 입는 게 멋져."라고 말했다. 오른쪽 입꼬리를 살짝 올리면서 "고마워."라고 말했다. 딸은 빈손이다. 지난 생일 선물은 닥스 양말이었다. 이번에는 두 손에 들린 것이 없다. "우리 딸은 선물 준비 못 했어?"라고 물어봤다. 그저 웃기만 했다. 음식을 가지러 갔다. 마음은 싱숭생숭했지만, 가족과 함께 먹는 밥은 맛있었다.

집 주차장에 도착했다. 아내와 아이들은 먼저 올라갔다. 집 현관문을 여는 순간, 생일 이벤트로 풍선과 '생일 축하해 아빠'라는 문구가 있었다. 딸이 "아빠, 생일 축하해."라고 말하면서 선물을 주었다. 거실에서 기분 좋게 포장지를 뜯었다. 책이었다. 제목이 『결국, 무엇이든 해내는 사람』이었다. 아빠는 결국 무엇이든 해내는 사람이라고 이 책을 선택했다고 했다. 사방팔방 닫혀 있던 문들이 동시에 열리는 기분이 들었다. 눈물이 나는 것을 참았다. 아빠라서 울기 싫었다. 속으로 '동해물과 백두산이 마르고 닳도록' 애국가를 부르며 마음을 돌렸다.

하는 일이 많아져 힘들 때가 있다. 결과가 나올까, 성과가 생길까? 괜한 걱정을 한다. 걱정할 때마다 탄수화물 문장을 생각한다. 다시 도전하는 힘이 생긴다. 나는 "결국 무엇이든 해내는 사람이다"라고.

두 번째, 비타민 문장이다. 비타민은 우리 몸이 제대로 기능하는 데 필요하다. 네이버 사전에 '비타민은 주로 에너지 생성, 면역 체계 강화, 세포와 장기의 기능을 유지하는 데 중요한 역할을 한다'라고 적혀 있다. 비타민 문장은 브렌든 버처드의 책 『메신저가 되라』 속에 있는 "본받을 만한 삶을 살면서 다른 이들을 도와주는 사람들은 사업의 번창과 풍요를 누리게 될 것이다."이다.

전자공학을 전공했다. 대학교 1학년 때 마이크로프로세서 동아리에 가입했다. 실업계 고등학교에서 전자공학에 대해 배웠다. 컴퓨터 칩인 마이크로프로세서는 배우지 않았다. 고등학교에서는 하나의 기능을 가진 칩이었다. 다양한 기능을 가진 칩이었다. 가장 기본이 되는 8051 칩을 공부했다. 지네 다리처럼 칩에는 40개 핀이 있다. 핀마다 기능과 특징이 있고, 우선순위로 핀이 동작한다. 선배에게 간단하게 들었다. 어찌나 어렵던지, 아무리 봐도 이해가 되지 않았다.

고등학교 때 기숙사에서 2층 침대를 사용했다. 2층에 자는 것을 좋아했다. 대학 기숙사에서도 2층에서 잤다. 잠자기 전에 침대에서 랜턴을 켠다. 형광등은 끄기 때문이다. 두꺼운 8051 책을 봤다. 매일 봤다. 보다가 잠이 오면 베개로 사용했다. 베고 자면서 기대를 한다. 혹시나 머릿속에 지식이 들어갈 것이라는 희망을 품고 잔다. 보고 또 보고 이해할 때까지 봤다. 친구들은 포기했단다. 대학교 4학년 때 배우는 과정이고, 어렵다고 책을 멀리하고 있었다. 40개의 핀이 각각 기능을 가지고 동작하는 게 신기했다. 책이 새까맣게 될 때까지 봤다. 보통 책은 앞에만 까맣다. 전체가 까맣게 변하니 이해되며 깨닫게 되었다. 친구에게 이해한 내용을 설명해 줬다. 그뿐만 아니라 전공과목 전자회로도 설명해 줬다. 친구가 교수님보다 쉽게 설명해 줘 이해된다고 말했다. 친구를 도와주니 뿌듯했다. 계속해서 공부할 수 있는 동기 부여가 되었다. 고맙다고 친구가 자판기 커피 한잔 사 주면, 더할 나위 없이 기분이 방방 뛰었다.

살면서 순간 힘들거나 무엇을 해야 할지 가끔 방황할 때가 있다. 방황할 때마다 비타민 문장을 적어 본다. "작가는 누구인가"를 적고 생각한다. 다른 사람을 도와주면 서로 힘이 나고 성과가 생긴다. 선한 영향력으로 부메랑이 되어 서로 도움이 된다. 오늘도 비타민 문장을 끄적끄적한다.

세 번째, 숲속 문장이다. 숲속은 마음 상태를 고요하게 하며 평안을 준다. 숲속 문장은 흔한 문장이다. "시간이 약이다."이다. 배신당했다. 엄마 앞에서 처음 울었다. 당황했지만 내 등을 위에서 아래로 쓰다듬어 주었다. 고등학교 때 교외 봉사 동아리에 가입했다. 주말에는 기숙사에서 자도 되고, 집에 가서 자도 된다. 외박이 허용된다. 집에 가지 않고 친구와 같이 주말에 봉사했다. 새로운 친구를 보는 것만으로 설레었다. 사교성이 없어 많이 사귀지는 못했지만 맡은 일은 적극

적으로 했다. 독거노인 집에 방문해서 말벗이 되었다. 나는 옆에서 "그렇지요. 하하하, 대단하십니다." 추임새만 넣었다. 또한, 애망원에 방문해서 부족한 일손을 돕기도 했다. 한 번, 두 번, 봉사하는 일이 반복될수록 재미와 의미가 있었고, 친구와 함께하는 것이 기쁨이었다.

봉사를 같이한 한 친구와 친해지게 되었다. 어느덧 고등학교 3학년이 되었고, 진로를 결정했다. 재수하게 되었다. 친구는 다른 지역의 대학교로 입학했다. 친구가 급히 돈이 필요하다고 했다. 빌려줬다. 두 번이나 믿고 줬다. 용돈 받을 때마다 차곡차곡 모은 돈이었다. 친구는 나의 도움이 큰 도움이 되었다고 했다.

재수 공부를 하면서 친구의 대학 생활 소식이 들렸다. 안 좋은 소문이다. 설마 했다. 가까이 있는 친구가 말하니 믿을 수밖에 없었다. 한 친구의 말만 듣고 그 친구를 만나지 못했다. 그 친구를 나쁜 친구라 결론지었다. 연락 와도 받지 않고 외면했다. 믿었던 친구한테 배신당했다고 생각했기 때문이다. 엄마 앞에서 닭똥 같은 눈물을 흘렸다. 살다 보면 이런 일, 저런 일 겪을 것이라며 등을 두들겨 주었다. 시간이 지나면 괜찮아질 것이라고 말했다.

시간이 지나서 마음이 좋아졌다. 시간이 약이 되었다. 한 해, 두 해 지나니 친구에 대한 원망이 사라졌다. 생각하지 않았다. 마음이 고요해지고 평안해졌다. 해야 할 일이 풀리지 않을 때, 걱정 근심이 생겼을 때, 시간을 두고 생각한다. 일 초, 일 분, 한 시간이 지나면 숲속처럼 마음이 한결 좋아진다.

앞으로 살아갈 인생, 자녀, 배우자, 교육, 사업, 직장, 관계, 건강 걱정, 돈 걱정 등 다양한 고민거리와 문제를 만날 것이다. 반갑지 않은 일을 만날 때마다 새 힘을 얻을 수 있다. 독서를 통해, 영화를 통해, 드라마를 통해, 친구를 통해 다시 일어설 수 있는 에너지를 공급받을 수 있다. 탄수화물, 비타민, 숲속 문장을 하나씩 만들었으면 좋겠다. 나는 종합 영양제 문장으로 어려운 일을 해결한다.

5.

쓰는 대로 이루어진다

변지선

'아, 오늘 뭐 쓰지.' 밤 10시쯤에 항상 하는 고민입니다. 매일 블로그에 글을 한 편 써야 하기 때문입니다. 특별한 날은 쓸거리가 있지만, 대부분은 비슷한 일상이라 '오늘 뭐 했지' 하고 고민합니다. 이런 고민을 하는 이유는 내가 글을 잘 써야 한다는 강박 때문입니다. 누구라도 욕하지 않을 좋은 글을 쓰고 싶다는 생각, 유명 작가들처럼 좋은 문장을 써야 한다는 욕심입니다. 글은 그냥 쓰기만 하면 되는데 말입니다.

『강안독서』에서 읽은 '당연히 글은 앞뒤가 맞지 않을 수도 있고 두서가 없을 수도 있다. 엉망진창인 글. 글쓰기는 여기서부터 시작된다.'라는 문장에서 용기를 얻어 글을 써 보려고 앉았습니다. 아무렇게나 써도 된다는 말에 용기를 얻고 글을 써 보려고 앉았습니다. 그런 글도 써 보지 않아서 마음대로 되진 않습니다.

일주일 한두 번 아침에 일어나자마자 모닝 페이지를 씁니다. 깨자마자 의식의 흐름대로 종이에 10~20분 정도 펜을 들고 따라 적는 것입니다. 잠이 덜 깨서 쓴 글씨는 며칠 지나 읽으면 무슨 생각으로 썼나 싶습니다. 한 번도 떠올리지 않았던 초등학교 5학년 단짝 희정이랑 손잡고 다녔던 일을 쓰기도 했습니다. 이것이 주제도, 메시지도 없는 엉망진창인 초안입니다. 이렇게 모아 둔 기억들로 지금 이 책을 쓰고 있습니다. 부족한 글도 고쳐 쓰다 보니 책이 되는 것이 신기합니다. 뭐든 그냥 내 삶의 경험을 떠올려 적다 보니 글 한 편이 됩니다.

제 휴대폰에 단톡방이 수십 개 있습니다. 서너 명부터 많게는 1,500명이 모여 있는 단톡방도 있습니다. 모두 한마디씩만 해도 600~700개가 금방 뜹니다. 로고와 홈페이지 등 디자인에 관심 있는 사람들이 모여 있는 방, 필라테스 강사 방, 네트워크 마케팅 사업 방, 독서클럽, 이은대 자이언트 글쓰기 책 쓰기 방, 스피치 공부방, 다이어트 챌린지 방, 100일 블로그 글쓰기 챌린지 방 등 대부분이 자기 계발을 시작하면서 가입했던 단톡방입니다.

저는 2년 전까지도 자기 계발의 힘을 믿지 않았어요. 쉴 새 없이 글을 올리던 단톡방 극성 '자기 계발러'들을 욕했습니다. 사이비 종교 취급을 한 적도 있습니다. 낮에 일이 없어 한가한 사람들이라며 혀를 찬 적도 있었고요. 부정적인 생각으로 가득할 때는 '저런다고 되겠어?'라고 속단하며 살았습니다. 잘되는 일이 없었습니다. 글쓰기를 배우면서 의식적으로 긍정적인 생각만 합니다.

『글쓰기가 필요하지 않은 인생은 없다』에서 '당신 삶의 구석구석을 자세히 탐험하고, 두려움과 편견 때문에 도전하지 못한 일들을 종이와 펜이라는 마법을 빌려 용기있게 쟁취하세요.'라는 문장에서 종이에 쓰면 이루어진다는 말을 믿어 보기로 했습니다.

삶의 목표 100번 쓰기를 매일 했습니다. 감사 일기도 씁니다. '감사합니다. 사랑합니다. 고맙습니다. 못할 것도 없지.'라는 긍정 언어를 자주 끄적거렸습니다. 단톡방에도 '나는 한다면 하는 사람이다', '나는 풍요로운 사람'이라는 문장을 자주 올렸습니다. '할 수 있을까' 하고 스스로를 믿지 못했던 생각이 '뭐, 그까짓 거'라는 생각으로 바뀌며 그냥 해 봅니다. 뭔가를 자꾸 해냅니다. 마음먹은 대로 일이 잘 풀렸습니다.

월급만 받아서 30년 넘게 살던 사람이 사업자등록증을 내고 사업을 하고 있습니다. 사람들이 내가 꾸민 공간에서 생일 파티를 합니다. 프러포즈 성공했다는 후기를 읽었습니다. 좋은 공간 잘 이용했다는 감사 후기 인사말에 제가 더 행복합니다.

'2027년까지 내 주위 많은 사람을 행복하게 하는 일을 할 수 있을 만큼의 부자가 되겠다.'라고 100번씩 썼던 목표에 차츰 다가가고 있습니다.

2023년 12월, 독서 모임을 함께하던 사람들과 서울역 근처에서 만났습니다. 그날 브랜딩 디자인 강의를 하는 분의 제안으로 2024년 비전 보드를 만들어 모두 휴대폰 바탕화면에 깔았습니다. 저도 매일 휴대폰 열 때마다 생각 없이 봤는데, 그날 만든 목표 중 10월인 지금 세 개를 이뤘습니다. 5월에 공간임대업 사업장 하나를 오픈하겠다는 것과 10월에 글쓰기 초고 작성, 그리고 9월 해외여행까지. 신기하게도 그날 비전 보드를 같이 만들었던 다른 사람들도 두세 가지 이상 이뤘다고 했습니다. 글로 썼고, 늘 손에 잡히는 휴대폰 바탕화면에 시각화했기 때문입니다.

바라는 일을 지금도 계속 쓰고 있습니다. 잠시 중단해도 됩니다. 쓰는 횟수도 중요하지 않습니다. 언제든 다시 종이에 쓰기만 하면 이뤄진다는 것을 믿기만 하면 됩니다.

글쓰기 스승인 이은대 작가는 『강안 독서』에서 '많이 읽으면 잘 쓸 수 있다'라는 말을 믿으며 매일 책을 읽었다고 합니다. 감옥에서 책을 읽고 글을 쓰기 시작해서 현재 아홉 권의 책을 쓴 작가입니다. 10년 가까이 글쓰기 강연을 하며 600명이 넘는 작가를 배출한 '자이언트 북 컨설팅' 대표이기도 합니다. 항상 강조하는 건 독서입니다. 가장 먼저 해야 할 것이 책 읽기라고 강의 때마다 말합니다.

저도 책을 읽기 시작하면서 삶이 바뀌기 시작했다고 블로그 글도 썼는데, 술 마시는 시간이었던 저녁 7시에서 11시가 지금은 책 읽고 글 쓰는 시간으로 바뀌었습니다. 술 마시며 같이 놀던 사람들은 제 옆에서 사라지고, 책 읽고 글을 쓰며 자기 계발 하는 사람들로 채워졌습니다.

하루 2시간 이상 책을 읽은 지 2년 다 되어 갑니다. 500권 정도의 책을 읽었습니다. 아직 남들 앞에서 말하는 건 어렵지만, 글 쓰는 건 조금 수월해졌습니다. 쓰면서 계속 수정하면 되거든요. 그리고 그냥 내 경험을 쓰기만 하면 됩니다. 많이 읽으니 글 쓸 때 도움이 됩니다. 위대한 작가의 힘이 되는 문장이 내 글에도 튀어나옵니다. 책은 책에서 나온다는 단순한 문장에 힘을 얻습니다.

영원한 학생이 되어 배우고 싶습니다. 책을 즐기는 사람으로 살고 싶습니다. 사실 글을 쓸 때마다 힘이 들고 스트레스가 생깁니다. 힘이 되어 주는 책 속 문장을 찾는 재미가 그 스트레스를 이깁니다. 오늘도 책을 읽고 엉망진창인 글을 씁니다. 꾸준히 하다 보면 원하던 일, 내 주위 사람들을 도울 일이 많이 생길 거란 걸 믿습니다.

20여 년을 함께 했던 직장 동료들을 돕고 싶습니다. 지금 그들은 예전의 저처럼 귀를 닫고 있습니다. 함께 책 읽고 글 쓰며 대화하는 일상을 기대합니다. 저는 요즘 그 소원을 적고 있습니다. 더 많이 읽고 책을 써야 할 이유입니다.

6.
다시 일어서는 용기를 배웠습니다

송주하

책을 읽다 보면 힘이 되는 문장을 만난다. 그런 문장이 한두 개가 아니었다. 그중에서 가장 기억에 남는 몇 가지를 소개해 볼까 한다.

첫 번째는 리즈 머리가 쓴 『길 위에서 하버드까지』라는 책에 나온다. '집배원이 다가오는 것을 보며, 나는 하버드에서 보낸 편지가 나의 삶을 만들거나 무너뜨리지 않으리라는 걸 깨달았다.'

이 문장은 주인공인 리즈 머리가 무언가에 최선을 다해 본 후에 자신에게 하는 말이다. 마약 중독인 부모님이 있었다. 내일은 어느 벤치에서 자야 할지 모르는 가정 환경이었다. 우연히 인근에 있는 고등학교에 진학하게 되고 그곳에서 좋은 선생님들을 만난다. 그때부터 인생 탓하기를 멈추고 인생에 집중하게 된다.

내 처지를 누군가와 비교한 적 많았다. 초등학교 때 단짝을 보면서도 그랬다. 친구네 집은 언제나 웃음이 가득했다. 친구 아빠는 딸이

하는 이야기를 유심히 들어 주었다. 고개도 끄덕여 주고 중간에 말을 끊지도 않았다. 별것 아닌 이야기에도 크게 웃어 주었다.

엄격하기만 했던 우리 집과 비교되었다. 아빠는 언제나 일방통행이었다. 좀처럼 웃지 않았다. 예민했다. 집에 오면 분위기부터 살폈다. 아내에게 다정하기만 했던 친구 아빠와는 달리, 우리 부모님은 만나기만 하면 싸웠다. 하루는 돈 문제 때문에, 다른 날은 형제와의 갈등 문제로 서로 으르렁거렸다. 부모님이 싸우는 날에는 불안했다. 고성이 오 갔다. 물건을 던지는 일도 있었다. 방에 들어가 문을 꼭 잠그고 구석에서 울었다.

왜 나한테는 따뜻한 부모님이 없을까. 왜 세상은 공평하지 않은 걸까. 혼자 이런 질문을 많이 했었다. 하지만 아무리 물어본다고 한들 이미 주어진 것은 변하지 않았다. 리즈 머리가 살아온 이야기를 보면서 나도 탓하기를 멈추기로 했다. 책에서는 나보다 훨씬 불행했던 주인 공도 멋진 인생을 만들어 가고 있었다.

살아 보니 삶에는 어느 정도 운도 필요하다. 좋은 운이 많으면 좋겠지만, 그 또한 얽매여서는 안 된다. 묵묵하게 내 일을 해내면 된다. 그래야 인생에 미안하지 않다. 인생 끝자락에 섰을 때, 이만하면 열심히 살았다고 자부할 수 있다면 그걸로 족하다. 그 마음으로 오늘을 살아 가고 있다. 책에서 발견한 한 문장이 오래도록 내 삶에 든든한 기둥이 되어 준다.

두 번째는 이어령 작가의 인터뷰를 담은 『마지막 수업』에 나오는 문장이다. 바로 '꿈은 이루는 게 아니라 지속하는 것이다'라는 문장이다.

집이 아니라 길 자체를 목적으로 삼으라고 조언하고 있다. 역설적이지만, 꿈은 이루어지면 꿈에서 깨어나는 일밖에 남지 않는다. 남의 신념대로 살지 말고 방황하라고 말한다. 과정 자체가 제대로 살아가는 의미라고 말이다.

미용 일을 20년 가까이 했다. 그러다가 우연히 작가가 되었고 자연스럽게 다양한 강의도 하게 되었다. 한 번에 결정한 것은 아니다. 3년 정도 두 가지 일을 병행했었다. 오랫동안 해 오던 일을 놓기가 쉽지 않았다. 그동안 들인 시간과 비용이 아까웠다. 종일 일하고 자정까지 세미나를 듣던 열정을 지우기도 힘들었다. 두 가지 일을 하기가 버거워지기 시작했다. 어느 곳에도 집중하지 못했다. 그때 나에게 던진 질문이 있었다. '10년 후에 어떤 일을 하고 있으면 좋을까?'였다. 거짓말처럼 대답이 선명해졌다. 내가 선택한 길이 나에게도 좋지만, 누군가에게 도움이 되는 일이기를 바랐다. 미용 일도 누군가를 기쁘게 하는 일임이 틀림없었지만, 좀 더 많은 사람에게 닿을 수 있는 건 글쓰기나 강의라는 생각이 들었다. 답이 정해지자 과감하게 내려놓을 수 있었다.

살아가면서 무언가를 선택해야 하는 순간이 온다. 그때는 내가 궁극적으로 되고 싶은 모습이 어떤지 떠올려 보면 수월해진다. 미용 분야인가, 강의 분야인가 하는 것은 그리 중요하지 않다. 내가 살아가려고 하는 모습에 좀 더 가까운 것을 선택하면 되는 일이다. 전에 하던 미용을 그만두었다고 해서 꿈이 사라진 게 아니었다. 나는 여전히 누군가에게 도움 되는 존재가 되기 위해 노력하고 있다. '꿈'이라는 목적지도 중요하지만, 거기까지 걸어가는 과정이 더 중요하다는 말을 기억하고 있다. 나는 여전히 꿈을 향해 걸어가는 중이다. 시간이 지날수록 내 선택이 옳았다는 것을 느끼면서.

세 번째는 몽테뉴의 『수상록』에 나온다. '태어난 첫날부터 그대는 삶을 사는 동시에 죽음을 사는 것이다'라는 문장이다.

죽음을 기억하라는 의미인 라틴어, 메멘토 모리(Memento mori)와 맥을 같이 한다. 생이 영원할 것처럼 살아갈 때가 많다. 나도 다르지 않다. 누군가의 부고 소식을 듣고 장례식장에 가서야 죽음이 멀리 있는 게 아니라는 걸 실감한다.

3년 전 외숙모의 장례식 때의 일이다. 많은 장례식장에 가 봤지만, 시신을 본 것은 처음이었다. 지하에 있는 방으로 들어갔다. 유리 벽이라 내부를 훤히 볼 수 있었다. 문 하나를 더 열자 시체가 누워 있는 차가운 스테인리스 침대가 나왔다. 그 위에 고인은 삼베옷을 입고 누워 있었다. 귀가 파랗게 변한 것 말고는 잠자는 사람의 모습과 별반 다르지 않았다. 잠시 묵념했다. 장례지도사는 천으로 시신을 감싸기 시작했다. 삼베 덩어리는 더는 사람으로 느껴지지 않았다. 관속에 시신을 넣고 단단하게 묶었다. 그러고는 관 위에 이름을 썼다.

계절이 언제였는지 벌써 가물거린다. 기억에 남는 것은 유난히 하늘이 파랗고 높았다는 것뿐이다. 산속에 있던 장례식장과 화장터는 연결되어 있었다. 장례지도사가 앞에서 관을 밀고 가족들은 뒤따랐다. 시리도록 맑은 날이 사람들의 표정과 대조를 이루었다. 도착했을 때 '화장 중'이라는 문구가 전광판에 깜빡이고 있었다. 이름도 성도 모르는 누군가도 어딘가로 떠났구나 싶었다. 다음은 외숙모 차례였다. 다시 한번 고인을 위한 묵념을 했다. 육신이 사라지기 직전이어서 아까보다 좀 더 간절해졌다. 관은 천천히 화로 속으로 들어가기 시작했다. 180cm 정도 돼 보이는 살찐 담당자는 무표정했다. 모르는 사람의 관이어서 그랬을까, 아니면 늘 하던 일이라 무덤덤해서일까. 그의 움직임에는 감정이 전혀 느껴지지 않았다. 하나의 나무판을 밀어 넣듯 무심하게 힘을 주었다. 그러고는 냉정하다 싶을 만큼 화로 문을 닫아 버렸다. 누군가의 마지막 모습이라고 하기에는 무미건조했다. 엄마가 하염없이 눈물을 흘린 덕분에 건조함이 조금은 사라지는 듯했다.

꽤 오랜 시간이 걸렸다. 그러고는 다시 그곳으로 갔다. 하얀 가루만 남았다. 누군가 작은 항아리를 준비했고, 거기에 차곡차곡 담았다. 바로 옆으로 이어지는 봉안당으로 들어갔다. 항아리는 가로, 세로 50cm 정도 되어 보이는 공간에 놓였다. 그러고는 4개의 나사로 고정했다. 그게 마지막 모습이었다.

인생이라는 긴 여정을 살다가 다다르는 곳이 고작 좁디좁은 네모 안이라고 생각하니 서글퍼졌다. 이 문장을 굳이 떠올리는 것은 그만큼 하루가 소중하다는 말을 하고 싶어서다. 누군가의 말처럼 잠시 소풍 나온 게 인생이라면, 이왕이면 즐거운 여행이 되었으면 좋겠다.

책은 참 좋은 스승이다. 살아가는 데 필요한 지혜를 알려 준다. 수천 년 전의 사람도 있고, 지금을 함께 살아가는 사람도 있다. 책을 읽기 전보다 뿌리가 튼튼해지고 있음을 느낀다. 덕분에 힘든 구간을 만나도 일어서는 힘을 낼 수 있다. 마음만 먹으면 언제든 그들의 이야기를 들을 수 있으니 얼마나 감사한 일인가!

7.
문장이 다독여 주는 삶

안지영

새벽 5시에 시작된 하루는 늦은 새벽까지 끝날 줄을 몰랐습니다. 감당해야 할 하루가 빠듯했습니다. 굳은 어깨는 일주일에 두 번 침 치료를 받아야 움직입니다. 삐걱거리는 로봇 팔처럼 제 몸도 윤활유가 필요한 상태였습니다. 저만 괴로운가 싶어 다른 사람의 인생을 힐끔거리게 되더군요. 조건 맞춰 비교해 볼 겨를도 없이 부러움에 젖습니다. 하는 일이 제자리만 맴돌아 어지럽습니다. 출구를 찾아 달려도 미로였습니다. 막힌 현실이 괴로웠습니다. 가라앉는 손으로 지푸라기라도 잡고 싶었습니다. 바로 그때, 책장에 꽂혀 있는 책들이 다가왔어요. 펼쳤더니, 지푸라기가 아닌 '동아줄'이 나옵니다. 두 손으로 꽉 잡았습니다. 제가 잡은 글귀를 소개합니다.

"있는 그대로 받아들이라."

– 에크하르트 톨레, 『지금 이 순간을 살아라』

남편과 주말부부 하면서 혼자 육아와 일을 병행하는 게 힘겨웠습니다. 교통사고 후유증으로 인한 통증도 한몫했습니다. 나에게만 이런 시련이 온다고 불평할수록 고난의 늪에 빠져들었습니다. 이렇게 사는 게 맞는 건지 의문이 들었어요. 시간이 흐르면 상황이 나아진다는 확신도 없었습니다. 그저 답답했고 절망적이었습니다. '엄마의 역할'을 넘어 '작가', '글쓰기 코치', '독서 논술 교사', 각각의 '안지영'을 돌아보기 시작했습니다.

저를 제외한 모든 사람이 행복해 보였습니다. 우리 집엔 인생에서 까칠한 시기를 가진 사람들이 있어요. 고등학교 3학년 수험생, 중학교 2학년 사춘기 아들 그리고 갱년기 부부가 한집에 삽니다. 큰아들 도현이는 수능일이 다가올수록 예민해져서 사소한 일에도 불꽃이 튑니다. 애교 많던 막내도 사춘기는 피할 수 없었어요. 친구가 더 좋을 나이지만 놀 시간이 부족합니다. 점수로 평가받는 학창 시절이 신경질적으로 만듭니다. 오랜 주말부부 생활에 익숙한 우리 부부 또한 갈등이 생기곤 합니다. 건조한 낙엽처럼 바스락거리는 남편 마음이 신경 쓰입니다. 방에 있는 게 속 편합니다. 각자 시한폭탄을 안고 삽니다. 폭탄이 터지지 않기를 바라는 게 그날의 목표였어요. 매일 외줄 위에 서 있는 기분입니다.

3월부터 7월까지 큰아이를 등하교시켰습니다. 새벽 6시에 일어나 아침을 먹고 출근 정체가 시작되기 전, 서둘러 집을 나섰습니다. 출근 시간이라 왕복 1시간 40분에서 2시간 정도 걸렸습니다. 야간 자율

학습이 끝나는 밤 10시에도 아들을 데리러 가야 하니, 하루에 운전 시간이 3시간 남짓이네요. 주말부부라 혼자 감당할 수밖에 없었습니다. 운전 중, 잠 많은 막내를 깨워 등교시키는 일은 초조합니다. 학교 기숙사 대기 1순위였지만, 고등학교 3학년인데 누가 자리를 내줄까 싶었어요. 공부하느라 지친 아이의 신경질을 받아 줘야 했습니다. 제가 수강하는 책 쓰기 수업과 문장 수업 시간이 아이를 데리러 가는 시간과 겹칩니다. 운전하면서 수업을 듣거나, 1시간 반 일찍 학교에 도착해 주차장에서 듣기도 합니다. 그렇게 세 시간 넘게 운전하고 집에 돌아오면 지쳐 기절했습니다. 하는 일을 줄이고 제 마음을 깎아 냈습니다. 저를 위한 시간은 없었지만 '있는 그대로'를 받아들이니 편안해졌어요. 마침내 기숙사에서 연락이 왔어요. 그동안 데려다줘서 고맙다는 아들의 말 한마디에 그동안의 피로가 녹아내렸습니다. 만약 '있는 그대로를 받아들이라.'라는 문장을 읽지 않았다면 흔들리던 시간을 버텨 내지 못했을 겁니다.

"어디에서 사느냐의 문제가 아니라 어떻게 사느냐의 문제다."

– 이승우, 『고요한 읽기』

평범하게 살고 싶었습니다. 남들이 웃을 때 저도 함께 웃고 싶었어요. 별것 아닌 일에도 쉽게 넘어가지 못했어요. 또래 친구들을 따라가지 못하는 게 부족해서 그런 줄 알았어요. 대학 입시 원서에 써진 제 이름 석 자가 흐릿했어요. 성적만으로 평가하는 세상이 야속했습니다. 일어날 패기가 부족했습니다.

시험마다 떨어졌습니다. 대학 입시뿐만 아니라 운전면허 기능과 주행 시험, 디베이트 코치 자격증 시험까지 지겹게 실패했어요. 패배자에 대한 주변의 시선은 따가웠습니다. 운전면허 실기 시험도 네 번 만에야 통과할 수 있었지요. 제 인생에는 쉽게 얻어진 게 하나도 없었습니다. 세상을 담기엔 제 그릇이 작아서 커지기 위해 시련이 온다는 말도 안 들렸습니다.

물에 오래 잠수하려면 폐활량을 키워야 하듯, 인생의 고비를 넘다 보니 근력이 생기기 시작했습니다.

몇 년 전, 부족함 없이 살아가는 한 분의 이야기를 들은 적 있습니다. 자상한 남편, 모범생으로 유학 간 자녀들, 풍족한 삶 속에서 누리는 평온함. 그 이야기에 무심코 "우와, 부럽다."라는 말이 입 밖으로 나왔지요. 뜻밖에도 그분은 그런 인생이 행복하지 않다고 합니다. 처음엔 이해되지 않았습니다. 시간이 지나며 고개가 끄덕여졌어요. 애써 얻은 빵 한 조각이 매일 먹는 케이크보다 훨씬 더 맛있다는 사실을 알게 되었습니다.

바다는 같은 모습일 수 없습니다. 오늘은 오르고 내일은 내리기도 합니다. 바다를 보면 굴곡 있는 인생이 무조건 나쁘지 않다는 걸 알게 됩니다. 거친 파도와 잔잔한 물결이 바다의 일상이고 필요한 것처럼 우리의 삶도 그러합니다. 거친 파도 속으로 들어가는 '서퍼'가 되고 싶습니다.

> "지는 싸움도 해야 하는 이유는 나에 관한 새로운 발견을 하기 위해서이다."
> – 이남훈, 『좋은 사람 되려다 쉬운 사람 되지 마라』

보석 디자이너가 꿈이었습니다. 졸업 전시 작품을 보고 디자인 회사에서 연락이 왔을 때 꿈이 이루어진 것같이 기뻤지만, 현실은 달랐습니다. 학과장님이 정한 취업 순서가 따로 있었고, 과 대표가 저 대신 그 회사에 갔습니다. 기가 막혔습니다. 지원자 없는 지하 공방이 첫 직장이 되었습니다. 파래야 할 하늘이 흙빛이었습니다. 고통스러웠습니다.

사장님은 과거에 유명한 장인이었습니다. 다른 제자들이 있어도 막내였던 제 일이 많았습니다. 반년 동안 왁스에 선 긋기만 했습니다. 연필로 형태를 그려 본 건 1년이 지난 후였습니다. 좁고 어두운 작업실에도 해외 구매자가 방문할 정도로 선생님 실력은 여전했지만, 사업 빚과 건강 문제로 작업실 문을 닫았습니다. 그해 겨울은 옷을 껴입어도 추웠습니다. 이력서 한 장 들고 다른 공방에 들어갔고, 첫 출근부터 야근이었어요. 투덜댈 상황이 아니었습니다. 직장을 옮길수록 경력도, 월급도 한 계단씩 올랐습니다. 지하에서 시작해 지상 3층까지 오르며 귀금속 업계 전반적인 업무에 눈을 떴습니다. 행복은 짧았어요. IMF로 귀금속 업계는 한파를 맞습니다. 전 백수가 되었어요. 낭떠러지 끝에서 서 있으니 정신이 나더군요. 꿈을 향해 포트폴리오를 준비했습니다. 그림을 전문적으로 배우지 못해 투박하단 지적을 받았어요. 밤새 우며 부드러운 선 나올 때까지 그랬습니다. 구세주처럼 주얼 캐드 프로그램이 등장했어요. 귀금속 업계의 관심이 집중되었고, 주얼 캐드 학원에 등록하기 위해 적금 깼습니다. 컴퓨터가 익숙하지 않아 몇 번이나 작업물을 날리기도 했지만, 머릿속에 주얼 캐드 프로그램이 장착된 듯 그려 나갔습니다. 마침내 꿈에 그리던 보석회사 디자인실에 입성했습니다. 디자인실에 앉아 있는 것만으로 세상을 다 가진 듯한 기분이었습니다. 사장님도 다루지 못하는 주얼 캐드로 신제품을 디자인하며 공장장과 조율하는 일은 대단한 경험이었습니다. 고가의 제품을 디자인할 때는 약간의 실수도 용납되지 않았습니다. 창의력보다 손님과 회사 요구에 맞춰 작업해야 했습니다. 꿈을 이루고도 허무함이 밀려왔습니다. 몇 년 후, 새로운 목표를 세웠습니다. 직접 디자인한 제품을 브랜드화하고 싶었지요. 다시 원점에 섰습니다. 작업할 수 있는 공간을 찾았습니다. 작업대 없이 톱 대와 망치, 줄 세트만 가지고 다닌 건 '용기'였어요. 일주일에 세 번 나가던 작업실에 매일 나갈 수 있게 되었어요. 제품이 나올 때마다 손가락 지문이 닳아 없어졌어요. 제 손으로 완성한 첫 제품을 봤을 때, 첫 월급을 받던 날보다 더 큰 기쁨이 몰려왔습니다. 그렇게 만든 제품이 MD의 눈에 띄어 홍대 앞, 인사동, 백화점에 진열되었습니다.

여기까지 오기까지 여러 겹의 껍질을 뚫고 왔습니다. 머물던 세계를 넘어 밖으로 나왔습니다. 성장한 지금의 저를 돌아보면 이 문장이 딱 들어맞습니다. 꿈을 향해 고민하고 노력하는 사람들에게 이 말을 전하고 싶습니다. 생생하게 꿈꾸면 이루어집니다. 나에 관한 새로운 발견을 하기 위해 때로는 질 수 있는 용기도 필요합니다.

8.
상처, 그 후의 성장

이경옥

길을 걷다 아빠와 닮은 아저씨를 보면 속에서 아릿한 것이 올라옵니다. 어릴 적 아빠가 양손에 술을 들고 오시는 날에는 가슴이 두근거려 잠을 자지 못했습니다. 아빠는 술을 드시면 항상 엄마를 때렸기 때문입니다. 그때 저는 아빠를 미워했었습니다. 아빠와 좋은 기억보다 나쁜 기억이 더 많았으니까요.

우리 자매가 결혼해 자식을 낳고 살아갈 때쯤, 엄마는 이혼을 결심하셨습니다. 아빠는 이혼하지 않겠다고 화를 내셨습니다. 결국 이혼을 할 수밖에 없는 상황까지 가서야 이혼 서류에 도장을 찍었습니다. 아빠는 혼자 부산에 내려가서 사시고, 엄마는 저와 가까운 곳으로 이사 왔습니다. 아빠는 혼자 잘 지내지 못했어요. 술만 드시면 엄마와 제게 전화했습니다.

"경옥아, 미안하다. 우리 같이 살면 안 되겠냐?"

울먹이는 소리를 할 때면 마음이 아팠습니다.

어느 날 엄마와 밥을 먹고 있는데, 부산에 사는 고모에게 전화가 왔습니다. 꿈자리가 이상하다고, 아빠가 전화도 안 받고, 무슨 일이 생긴 것 같다고 하셨습니다. 우리와 통화한 후, 고모는 아빠 집으로 먼저 가셨습니다. 문이 잠겨 있어 119를 불러 문을 열고 들어갔습니다. 아빠는 문 앞에 쓰러져 계셨습니다. 번개탄을 피워 자살 시도를 했던 겁니다. 정신없이 병원으로 모셔 갔지요. 다행히 생명에는 지장이 없었지만, 경과가 좋지 않았습니다. 뇌 손상이 오기 시작했어요.

아빠는 성격이 온순해졌고, 기억력이 나빠졌습니다. 마치 어린아이 같았어요. 나중에는 음식을 먹지 못하고 영양제에 의지한 채 병실에 누워만 계셨습니다. 갈수록 상태가 나빠졌습니다. 어느 날 동생에게 전화가 왔습니다.

"언니, 아빠 상태가……. 빨리 병원으로 와야 할 것 같아."

아빠가 계신 부산병원으로 달려갔습니다. 아빠는 눈꺼풀만 힘없이 살짝 뜨신 채, 말도 잘 못 하고 누워 계셨습니다. 저도 모르게 눈물이 흘러내렸습니다. 의사는 며칠은 괜찮을 것 같다고 했습니다. 하룻밤 아빠 곁을 지키다 집으로 돌아왔습니다. 다음 날 오후, 동생에게 연락이 왔습니다. 아빠가 돌아가셨다고요. 병원에 도착하니 원장이 '집에 가시지 말고 아빠 옆에서 임종을 지켜 드리지 그러셨어요. 혼자 외로우셨을 텐데.'라고 말했습니다. 그때는 경황이 없어서 아무 생각도 들지 않았습니다. 어느 날부터 아빠를 돌아가셨을 때는 느끼지 못했던 감정들이 올라오기 시작했습니다. 가족들이 잠들고 거실에 혼자 앉아 있다 보면 아빠 생각이 났습니다. '아빠, 혼자 외롭게 보내 드려 죄송해요.' 이불을 뒤집어쓰고 울었습니다. 미운 아빠였지만 잘해 드리지 못한 게 사무쳤습니다.

"지난 일은 어쩔 수 없는 바 슬퍼한들 이미 엎질러진 물이다."

– 윌리엄 셰익스피어, 『셰익스피어 명언집』

아빠는 이미 돌아가셨습니다. 아무리 후회해 봐야 돌아오시지 않아요. 이제는 편하게 쉬시라고 기도하는 수밖에 없겠지요. 부족했던 자신을 용서하고 앞으로 나가기로 했어요. 같은 실수를 반복할 수는 없잖아요.

엄마한테 다정한 딸이 되기로 했습니다. 매일 전화를 드려 밥은 드셨는지, 오늘은 무엇을 하며 보내셨는지 안부를 물었습니다. 올해 1월 엄마와 단둘이 여행을 다녀왔습니다. 여행 내내 어린아이처럼 즐거워하시며 활짝 웃는 엄마의 모습을 보았습니다. 아빠에게 다 전하지 못한 마음 엄마와 함께 나누며 살아가고 있습니다.

저는 심각한 발표 불안이 있었습니다. 한번은 회식 자리에서 건배 제의를 하게 되었습니다. 너무 떨려서 제가 무슨 말을 했는지 기억도 안 납니다. 그때 제게 건배 제의를 시키신 선생님께서 건배사는 그렇게 하는 게 아니라고 핀잔을 주셨습니다. 그 자리에는 제 일과 관련된 사람들이 많았기에 너무 부끄러워 고개를 들 수가 없었습니다. 생각해 보면 초등학교 때도 수업 시간에 발표하는 것을 두려워했었습니다. 발표시킬까 봐 항상 고개를 푹 숙이고 선생님과 눈을 마주치지 않으려고 노력했던 게 기억납니다. 사람들 앞에서 자신감 넘치는 목소리로 당당하게 말할 수 있는 그런 제가 되고 싶었습니다.

2022년, 코로나19로 인해 온라인 강의 열풍이 일었습니다. 저는 그때 MKYU 대학에서 운영하는 미니 챌토링을 통해 '발표 불안 극복' 스피치 수업을 알게 되었습니다. 수강 신청을 할지 하루 동안 고민했습니다. 대담 수업에서도 발표를 시킬까 봐 두려웠기 때문입니다.

첫 시간, 자기소개를 했습니다. 선생님과 수강생들이 '표정이 밝다', '목소리가 좋고 발음이 정확하다'고 칭찬해 주었습니다. 기분이 좋았어요. 가르쳐 주는 대로 따라 하면 나도 변할 수 있을 것 같다는 기대가 생겼어요. 선생님이 알려 주신 나사랑 다섯 가지, '긍정 확언, 감사 일기, 셀프 칭찬, 미소 셀카, 나에게 선물'을 매일 실천했습니다. 나사랑 효과는 생각보다 컸습니다. 나를 사랑하는 힘이 자존감을 올려 주어 당당하고 자신감 있는 나로 만들어 주거든요. 제가 만약 용기 내어 수강 신청을 하지 않았더라면 지금까지도 발표 불안을 이겨 내지 못하고 떨고 있었을 것입니다.

"아무런 일도 하지 않는다면, 상처도 없겠지만 성장도 없다. 하지만 뭔가

하게 되면 나는 어떤 식으로든 성장한다."

– 김연수, 『소설가의 일』

이 문장이 발표 불안으로 괴로워할 때 힘이 되어 주었습니다. 어떠한 기회가 왔을 때 두려워하지 말고 용기 내어 부딪쳐 봐야 합니다. 잘해 내지 못해도 괜찮습니다. 부딪치는 과정에서 우리는 성장하며 자신감을 얻을 수 있습니다.

"어떤 상황에서도 끈기와 인내를 잃지 않는다면, 마침내 승리의 꽃을 맺을 것이다."

– 오은환, 『꽃은 누구에게나 핀다』

초등학교 4학년 때 배드민턴을 시작했습니다. 나중에 선수로 활약했어요. 선수 시절, 대회에 나가면 과도한 불안증세로 제대로 뛰어 보지도 못하고 나오는 일이 많았습니다. 떨지 않고 잘 뛰고 싶었습니다. 하지만 몸이 마음먹은 대로 움직여지지 않았습니다. 라켓을 들고 코트에 설 때마다 심장이 튀어나올 듯이 빠르게 뛰었습니다. 머리는 백지장처럼 하얘져서 아무런 생각도 나지 않았습니다.

그랬던 제가 불안을 극복하고 이겨 낼 수 있었던 것은 강복승 코치님 덕분입니다. 코치님은 집안 사정이 어려웠던 저에게 한약이며, 영양식 등을 챙겨 주셨습니다. "체력이 받쳐 줘야 운동 잘할 수 있다." 하시면서요. 훈련할 때는 하나라도 더 가르쳐 주려고 애썼습니다. 훈련은 힘들었지만 코치님이 저를 생각하는 마음을 느낄 수 있었습니다. 그 마음에 보답하고 싶었습니다. 새벽부터 야간까지 강도 높은 훈련을 할 때도 꾀부리지 않고 열심히 했습니다.

고등학교 때, 첫 시합을 나갔습니다. 경기 시작 전 몸을 풀기 위해 코트가 보이는 관중석 둘레를 뛰고 있었습니다. 달리고 있는데 '나 정말 죽고 싶을 만큼 지독하게 훈련했는데 코트 안에 들어가서 뛰어 보지도 못하고 나오면 억울할 것 같아.' 하는 생각이 들었습니다. '그래, 후회 없이 한번 뛰어 보자.' 다짐하고 코트에 들어갔습니다. 긴장은 되었지만 나를 믿고 셔틀콕만 보고 뛰었습니다. 그해, 전국 대회 '전승'을 했습니다. 불안을 극복해 낸 거지요.

제가 심적 불안을 이겨 낼 수 있었던 첫 번째 이유는 코치님에 대한 믿음이 있었기 때문입니다. 두 번째는 피나는 노력과 연습을 했기 때문이지요. 힘든 훈련을 이겨 내고, 극복했던 과정이 있었기에 가능한 결과였습니다. 원하는 결과를 얻기 위해서는 자신의 부족한 부분을 채워 넣어야 합니다. 그리고 어떤 상황에서도 할 수 있다는 믿음과 끈기만 있으면 우리는 어떤 식으로든 성장합니다.

9.
달팽이도 마음만 먹으면
바다를 건널 수 있다

이성애

'책 읽어 주는 햄미'로 활동하고 있습니다. 외손주 친손주 아침 6시 줌에서 만나 읽었습니다. 손주들은 초등 6학년 동갑내기입니다. 오빠들이 읽은 것이 부러웠나 봅니다. 2학년 외손녀가 자기도 할머니랑 책 읽겠다고 떼를 썼습니다. 외손녀와도 읽었죠. 발음이 어눌하던 아이가 소리 내어 읽으니 책 읽는 소리가 명확해졌답니다. 학교 반 친구들이 같이 읽고 싶다고 했습니다. 이렇게 해서 손녀들과 독서 모임을 하게 되었어요. 책 읽어 주는 햄미로 블로그와 유튜브도 개설했습니다. 늦은 나이에 1인 기업인이 된 거지요. 얼떨결에 시작은 했는데, 못 하는 게 많았습니다.

1인 기업인이 컴퓨터를 다루지 못하니 불편한 일이 한둘이 아니었습니다. 간단한 문서 하나, 강의 자료 하나 만드는 것도 컴퓨터를 만져야 할 수 있는 것들이었습니다. 컴퓨터를 배우기 시작했습니다. 인터넷 강의를 신청해서 배우다 보니 영어를 못해 알아들을 수 있는 용어가 없었습니다. '그래, 목마른 사람이 샘 파는 거지.' 생각하고 컴퓨터를 배우기 위해 영어 공부를 했습니다. 그 과정이 쉽지만은 않았습니다.

그때 『내 인생에 용기가 되어 준 한마디』라는 책에서 찾은 문장을 떠올렸습니다. '달팽이도 마음만 먹으면 바다를 건널 수 있다.'

달팽이는 느리지만, 멈추지 않고 꾸준히 자기의 길을 갑니다. 저는 컴퓨터도 다룰 줄 모르고 영어도 못하지만, 달팽이처럼 천천히, 그러나 쉬지 않고 나아가려 합니다. 중요한 것은 그 느림 속에서도 멈추지 않는다는 사실입니다. 힘들어서 그만두고 싶은 순간에도 바다도 건널 수 있는 달팽이가 되렵니다. 움직이는 사람만이 목적지에 도달할 수 있다는 걸 저는 알고 있거든요.

칠십이 넘어 영어를 배웁니다. 강사는 단모음과 장모음을 외우라고 하네요. 연속 자음과 이중 자음도 외우라고 했습니다. 하지만 외우기가 쉽지 않았어요. 외웠다고 생각했는데, 강사가 물어보면 입에서 뱅뱅 맴돌기만 하고 바로 말하지 못했어요. 강사 보기가 민망했습니다.

문득 칭기즈 칸 어록에서 읽은 명언이 떠올랐습니다.

"배운 게 없다고 힘이 없다고 탓하지 말라. 나는 내 이름도 쓸 줄 몰랐으나,

남의 말에 귀 기울이며 현명해지는 법을 배웠다."

이 문장이 많은 위로가 되었어요. 칭기즈 칸도 자기 이름조차 쓰지 못했다고 합니다. 저는 제 이름은 쓸 줄 압니다. 칭기즈 칸은 66년 동안 전장을 떠난 적이 없다고 했습니다. 저는 겨우 1년 남짓 영어 공부를 했어요. 틈나는 대로 단어를 중얼거립니다. 중얼거리면서 노트에 단어를 씁니다. 영어 선생님이 내준 숙제를 하는 거지요. 다 쓴 다음 영어 선생에게 검사받습니다. 그 과정을 꾸준히 반복합니다. 외우고 또 외우다 보면 언젠가는 단어가 저절로 튀어나오지 않겠어요. 배운 게 없다고, 힘이 없다고 탓만 하지 않습니다. 100번 외워 안 되면 101번 외우면 되니까요.

영어 공부를 하면서 좌절도 많이 했습니다. 발음 하나 외우기도 쉽지 않았어요. 단어들이 머릿속에서 날아다니는 것 같았습니다. '이 나이에 영어를 꼭 해야만 하나? 영어 모르고 살 때도 잘 살아왔는데.' 별별 생각이 다 들었어요. 그래도 포기하지 않았습니다. 칭기즈 칸도 자신의 이름을 쓸 줄 몰랐지만, 남의 말에 귀 기울이며 현명해지는 법을 배웠다고 했습니다. 지금 부족함에 주눅 들지 않으렵니다. 언젠가 나 스스로 컴퓨터로 비행기표를 예약하고 배낭을 멜 날이 올 것입니다. 도전하는 자에게 불가능은 없다는 것을 저는 믿습니다.

바닥이 판판한 돌만이 주춧돌이 되는 게 아니다. 울퉁불퉁해도 주춧돌이 될 수 있다.

잘 다져진 길만 걷고 싶어 했습니다. 잘 다듬어진 주춧돌이 있어야 집을 지을 수 있다고 생각했어요. 은평 한옥 역사박물관에서 전통 가옥을 돌아보고, 한옥 짓기 공부를 하면서 생각이 달라졌습니다.

궁궐 같은 큰 건물을 지을 때는 잘 다듬은 돌을 주춧돌로 씁니다. 하지만 일반적인 가옥에는 울퉁불퉁한 자연 그대로의 돌을 씁니다. 끌과 정으로 다듬은 반질반질한 돌이 아니어도 주춧돌 역할 훌륭하게 해냅니다. 그걸 보고 깨달았습니다. 반드시 매끈하고 완벽한 돌만이 주춧돌이 되는 게 아니라는 것을요.

저는 컴퓨터를 잘 다루지 못합니다. 컴퓨터를 못 하니 내 힘으로 할 수 있는 것이 거의 없습니다. 컴퓨터로 할 일이 있으면 아들이나 딸에게 부탁해야 하니 여간 성가신 일이 아닙니다. 바쁜 자식들에게 이거 해 달라, 저거 해 달라 부탁하기가 염치가 없었어요.

동기 부여 강사가 되는 것이 꿈입니다. 그러나 발표 불안 때문에 두렵습니다. 낯가림이 심합니다. 처음 보는 사람에게 말도 못 붙입니다. 나이도 많고 크게 내세울 것 없단 생각 들 때가 많습니다. 제가 울퉁불퉁 돌입니다. 하지만 울퉁불퉁한 저의 단점들이 저를 떠받쳐 주는 중요한 주춧돌이 될 수 있다는 걸 배웁니다.

전통 건축 기법 중에 '그랭이질'이라는 것이 있습니다. 돌을 다듬지 않고 나무 기둥을 돌에 맞추어 조화롭게 연결하는 기술입니다. 저도 마찬가지로, 저의 불안정함과 부족함에 맞추어 그랭이질을 하며 조금씩 적응하고 있습니다. 그 과정을 통해 완벽하지 않은 나도 든든한 주춧돌이 될 수 있다고 확신합니다.

10.
길을 잃었을 때
문장에서 답을 찾는다

이승희

주말 오전 11시. 한 달에 한 번 있는 독서 모임 장소에 나갔다. 생긴 지 3년 된 '금잔디'라는 모임이다. 나는 합류한 지 다섯 달이 되었다. 카페에 일곱 명이 모였다. 이번 책은 조지 맥도널드가 쓴 창작 동화 『황금 열쇠』라는 책이다. 우리는 가볍게 근황을 나누고 각자 가져온 책을 꺼냈다. 한 사람씩 돌아가면서 간단한 감상을 얘기하기 시작했다. Y가 먼저 입을 열었다.

"전 이 책 별로였어요. 내용도 너무 현실감이 떨어지고 도대체 무슨 얘기를 하는지 이해 못 하겠더라고요. 뒷부분에서 무지개 뒤쪽의 계단 얘기 나오는데, 너무 종교적인 색채가 짙은 것 같아 언짢았어요."

그녀의 목소리가 카페의 음악 소리를 뚫고 쨍하게 울렸다. Y는 말하는 동안 유독 내 눈을 똑바로 쳐다보았다. 마치 싸움을 걸어오는 것

문장을 수집하는 시간

처럼. 당황한 나는 애써 웃음을 지어 보였다. 눈 밑이 파르르 떨리는 것이 느껴졌다. 질세라 내 감상을 얘기하기 시작했다.

"저는 주인공이 황금 열쇠를 들고 그림자 나라로 가는 열쇠 구멍을 찾아가는 여정이 흥미진진했어요."

말하는 동안 저절로 목소리가 높아지고 빨라졌다. 『황금 열쇠』는 내가 좋아하는 판타지 소설이라 할 얘기가 많았다. 쉬지 않고 한 10분은 얘기한 것 같다. 그러자 내 옆자리에 앉아 있던 B가 손을 들더니 "저도 승희 샘 의견에 동의해요." 하고 말을 보탰다.

Y는 그때부터 입을 꾹 다물었다. 토론이 끝나자마자 인사도 제대로 안 하고 쌩하니 나가 버렸다. Y와 친한 C가 허둥지둥 뒤따라 나갔다. 남은 사람들이 나를 보며 어색하게 웃었다. 토론이 끝나고도 30분 정도는 앉아서 이런저런 얘기를 나누곤 했는데, 그 자리에 끼어 있기가 민망했다. 나도 급한 일이 생겼다며 밖으로 나왔다.

집에 와서도 계속 독서 모임 생각이 났다. 기분 좋게 보낼 수 있는 시간을 망치고 말았다는 생각에 편치 않았다. 남은 주말 이런 찜찜한 기분으로 보내게 될 걸 생각하니 몸에서 힘이 빠졌다. 커피를 한잔 타, 거실 책상 앞에 앉았다. 책상 위에 읽던 책이 펼쳐진 채 놓여 있었다. 밑줄 그은 문장이 보였다.

"자존심을 죽여라. 말싸움 하나에 이기거나 내 말이 맞다는 것을 증명한 다고 해서 장기적으로 어떤 해결책이 나오는 게 아니라는 사실을 기억하라."

─로버트 그린, 『인간 본성의 법칙』

사실 나는 Y와 토론하는 시간이 좋았다. 그녀는 나와 정반대의 시각을 가지고 있어서 내가 생각하지 못한 부분을 들여다볼 수 있게 해주었다. 돌이켜보니 내 잘못이 보였다. 진즉 지기 싫어하는 Y의 성향을 파악했으면서 그녀의 의견에 고개 한번 끄덕이지 않았다. 마치 말싸움하는 것처럼 Y와 반대하는 주장을 내세웠다. 상대가 도발한다고 바로 맞받아쳤다. 뭐 대단한 논쟁을 한다고 그랬을까. 다음 모임에 가서는 내 말은 좀 줄이고 Y의 의견을 집중해서 들어야겠다.

뭘 하지? 방 안을 둘러보았다. 할 일이야 넘쳐난다. 책상 위엔 읽어야 할 책이 무더기로 쌓여 있고, 쓰다 만 개인 저서 초고도 이어 써야 한다. 집안일도 쌓여 있다. 해야 하는 일에 눈길을 주자마자 속에서 '하기 싫어!' 하는 감정이 올라온다.

휴대 전화를 켰다. 잠깐만이라도 얘기 나눌 사람이 있었으면 하는 마음이 들었다. 좀 떠들다 보면 울적한 마음도 가라앉고 글 쓸 생각이 들 것 같았다. 휴대 전화에 저장된 전화번호를 검색하기 시작했다. 'ㄱ'부터 'ㅎ'까지. 이름을 들여다보며 한 사람 한 사람 얼굴을 떠올렸다.

500개 넘는 전화번호를 훑어 내려갔다. 그중 하나의 번호도 누르지 못했다. 우울한 기분 달래자고 다른 사람의 시간을 할애해 달라고 말할 염치가 없다. 나 역시 별 용건도 없이 연락한 친구 얘기 무람없이 들어 줄 만한 여유가 없으니까.

이럴 때 할 수 있는 자가 치료는 책을 펼치는 것이다. 이병률의『혼자가 혼자에게』라는 책이 눈에 들어왔다. 포스트잇을 붙여 놓은 페이지를 열었다.

> "혼자 있는 시간을 목숨처럼 써야 한다. 그러면서 쓰러지기도 하고 그러면서 일어서기도 하는 반복만이 당신을 그럴듯한 사람으로 성장시킨다."
>
> — 이병률, 『혼자가 혼자에게』

이병률 작가는 시인이자 여행가이다. 수많은 나라를 여행할 때 대개는 홀로 다닌다고 한다. 쉽고 편하게 읽히는 그의 글은 은유와 시적인 언어로 가득 차 있다. 전혀 다른 단어를 조합해 새로운 언어를 만들어 낸다. '마음의 보온병', '균형 김밥', '슬픔이 구체적으로 만져지는 기분', '혼자의 권력'. 『혼자가 혼자에게』라는 책에 나오는 단어들이다. 질투가 난다. 훔쳐 오고 싶다. 부러워하다가 '혼자 있는 시간'에 대한 단상 앞에서 멈췄다. 그 문장을 손가락으로 쓸어 보았다. 처음 이 문장을 발견하고 숨이 멎을 것 같은 느낌이 들었는데. 볼 때마다 그 느낌이 살아난다.

작가는 여행하면서 깨달은 것들을 이토록 아름다운 문장으로 길러 내기 위해 얼마나 많은 시간을 혼자 벼려 냈을까? 나는 혼자 있는 시간에 찾아오는 두려움, 자책에서 벗어나기 위해 게임, 자극적인 소설, 유튜브에 빠지곤 했는데, 꼭 작가가 조용한 시선으로 물끄러미 바라보는 것 같다. 괜히 부끄러워져서 얼굴이 달아올랐다. 잠시 생각한다. 혼자 있는 시간을 목숨처럼 쓰려면 어떻게 써야 하는 걸까. 모르겠다. 모르겠지만 지금처럼 써야 할 글 앞에서 딴짓하지는 말아야겠지.

의자에서 일어나 기지개를 켰다. 당장 급한 일을 하자. 공저 초고부터 써야지. 책상 앞에 앉아 노트북을 켰다. 마감이 얼마 남지 않았다. 이번 책 제목은 『문장을 수집하는 시간』이다. 그동안 읽어 온 책 중 내 인생에 영향을 준 책, 인상 깊은 문장이 있는 책을 골라 쌓아 놓았다. 그중 한 권을 꺼내 문장을 고르기 시작했다. 필요한 문장이 있는 페이지를 펼쳐 놓는다. 노트북의 하얀 여백을 들여다보며 두 손을 키보드에 올려놓았다.

빈 화면에 커서가 깜빡인다. 커서를 한참 노려보다 마침내 문장 하나를 쓰기 시작했다. 문장이 나타나자마자 머릿속에서 '오, 그걸 쓰려고? 너무 진부해하는 거 아니야?', '맙소사! 정말? 이게 최선이야?' 이런 소리가 울린다. 생사 대적을 만난 듯 머릿속의 감독관과 싸우며 A4 한 페이지를 채웠다. 잠깐 멈추고 커피를 탔다. 커피를 물처럼 들이키면서 방금 쓴 글을 읽어 본다. 미친, 이걸 글이라고 썼냐. 욕이 나온다. 눈을 질끈 감았다. 차마 눈 뜨고 볼 수가 없어서. 처음부터 다시 써야 할까. 고민하다 한숨을 쉬고 어설프게나마 마무리했다. 마감 시간이 얼마 남지 않았기 때문이다. 대신 나 같은 초보 작가를 위한 문장이 가득한 책을 골랐다. 나탈리 골드버그의 『뼛속까지 내려가서 써라』를 펼친다.

"나는 세상에서 가장 볼품없는 쓰레기 같은 글을 쓸 수도 있다고 생각하라."

— 나탈리 골드버그, 『뼛속까지 내려가서 써라』

무슨 말이 필요할까. 주문처럼 문장을 외운다. '모든 초고는 쓰레기다. 나는 쓰레기 같은 작품을 쓸 권리가 있다.' 머릿속 감독관을 치우고 손가락을 움직여 글을 쓰기 시작했다.

//.
생각하는 대로 된다

이은설

    여의도에서 재가센터 요양보호사로 근무할 때 일입니다. 시범아파트와 한양아파트, 대교아파트에서 근무했습니다. 집이 있는 신길 방향으로 오는 길에 여의도자이 아파트를 지나게 됩니다. 큰 도로가 있고, 도로 옆에는 6m 정도의 인도가 있고, 인도에는 수령이 오래된 벚나무가 줄지어 서 있습니다. 여의도 윤중로입니다. 봄이 되면 길 양쪽으로 벚꽃이 장관을 이루고, 여름에는 무성한 벚나무 그늘이 좋았습니다.

    자이 아파트 울타리 너머에 있는 사람들은 여유로워 보였습니다. 작은 연못이 있고 부들과 연꽃이 자라고 있었습니다. 이동식 정자 하나가 연못 가장자리에 나지막하게 앉아 있고, 늘어진 수양버들이 머리를 풀어헤치고 연못을 품고 있었습니다. 아파트 마당에는 조경수가 군데군데 서 있고 벤치가 여기저기 있었습니다. 가끔 강아지 데리고 산책하는 사람들이 눈에 띄기도 했지요. 초등학생쯤 되어 보이는 아이들은 공놀이도 하고 연못 주변을 뛰어다녔습니다. 연못에서 개구리

잡는 아이들도 있었습니다. 울타리 안이지만, 모든 것이 한가롭게 보였습니다. 아이들도 자유롭게 놀고 있었습니다. 저곳에 사는 사람들은 어떤 사람들일까. 나도 들어갈 수 있을까. 막연하게 생각한 적이 있습니다. 목표를 이루는 간절함이 아니라, 그냥 마음으로 혼자 점을 찍었습니다.

시간이 지나서 구직하다 보니, 여의도자이 아파트 어느 댁에서 근무하게 되었습니다. 2023년 2월 말경 보호자를 만나 면접을 보고 89세 할머니를 모시게 되었습니다. 체격이 좋으신 할머니는 성격도 호탕하셨습니다. 아들이 출근하고 며느리가 외출하고 나면 적적해하셨습니다. 이야기를 해 드리다가 MBC 라디오 〈여성시대〉(매달 발간되는 소책자)에 나온 이야기들을 설명하면서 읽어 드리기도 했습니다. 나름 1% 다른 요양보호사가 되겠다는 생각으로 최선을 다했습니다. 눈물샘이 말라 인공 눈물을 넣으시던 할머니 눈에서 눈물이 나왔다고, 좋다고 하신 적도 있었습니다. 그 댁 할머니가 돌아가시고 잠시 쉬고 있었습니다. 2024년 3월 어느 날. 입주 요양사가 쉬는 휴일에 근무해 달라는 요청을 받고 면접을 보고 여의도자이 아파트에서 근무한 적이 있습니다. 별일이 아니고 우연의 일치라고 할 수도 있겠지요. 우연이라 생각하지 않습니다. 그곳에 근무하고 싶다고 무심코 생각한 곳에서 근무하게 되었다고 생각합니다.

영등포에 있는 주간 보호센터에 근무할 때 일입니다. 주로 여의도에서 낮에는 재가센터에 소속된 댁에서 근무하고, 야간 근무가 시작되는 4시경 자전거를 타고 당산으로 이동하게 됩니다. 영등포 경찰서 맞은편에 당산 유보라 팰리스가 있습니다. 센터 어르신 중에 그곳에 사는 어르신도 계시지 않고, 내가 들어갈 일이 없는 아파트였습니다. 아파트 입구가 다른 아파트보다 고급스럽고, 평수가 넓고, 비싼 느낌이 들었습니다. 큰 도로를 끼고 넓은 인도가 있고, 아파트 울타리가 있었습니다. 지나다니면서 '저 아파트에 언제 한번 들어가 보면 좋겠다' 생각하면서 다녔습니다. 밖에서 잘 보이지는 않았지만, 무성한 나무들과 경비실이 보였습니다. 주간 보호센터 사표를 내고 그쪽으로 갈 일이 없었습니다. 당연히 그 사실은 까마득하게 잊어버리고 있었습니다. 그런데 얼마 전 목욕 서비스를 당산 유보라 팰리스에서 하게 되었습니다. 우연의 일치인가. 내가 생각하는 대로 된다는 것이 딱 들어맞는 것이 이상할 정도였습니다.

2022년 코로나19 때 강서구 마곡에 일주일에 한 번씩 가는 일이 있었습니다. 내가 가는 목적지 몇 정류장 앞서 KBS 스포츠 예술과학원을 지나다녔습니다. 버스를 타고 그곳을 지날 때마다 저곳에는 어떤 사람들이 들어가는 곳일까. 어떤 사람들이 무엇을 배우는 곳일까 생각한 적이 있습니다. '나도 갈 수 있을까' 생각한 적 있었습니다. 1~2년간 그곳에 갈 일이 없어서 그 일을 잊었습니다. 그런데 며칠 전 그곳에 가서 강의를 듣게 되었습니다. 다른 사람들은 별것 아니라고 할 수도 있고, 우연의 일치라고 할 수도 있겠지요. 그러나 나는 생각하는 대로 된다는 것이 나에게는 너무 딱 들어맞는다고 생각이 듭니다.

"세상에 중요하지 않은 사람은 단 한 사람도 없고 중요하지 않은 일은 한 가지도 없다."

– 케빈 홀,『겐샤이』

혼자서는 살 수 없는 세상입니다. 서로 도움을 주고받으며 살아가야 합니다. 주간 보호센터 김 원장님은 전체적인 관리는 잘하지만, SNS나 줌 사용은 잘하지 못했습니다. 제가 아는 것을 가르쳐 드리기도 했습니다. 원장님은 제가 줌 수업을 듣는다고 하니 화면 공유를 어떻게 하는지 물었습니다. 공유 버튼을 누르고 화면이 새로 뜨면 공유 버튼을 다시 누르면 된다고 말씀드렸습니다. 줌에서 화면과 음성 공유하는 것도 가르쳐 드리고, 카카오톡과 문자에서 예약 메시지 보내는 법도 알려 드렸지요. 제가 가르쳐 드린 대로 해서 할 수 있었다고 하시는 원장님 얼굴이 환했습니다. 내가 모르는 것을 배우고 내가 아는 것은 서로 가르쳐 주고 나누면서 원장님과 더 가까워지는 계기가 되었습니다. 감사한 것은 '너는 요양보호사인데 뭘 알아' 이런 식으로 대하는 원장님도 있지만, 김 원장님은 직원들을 인격적으로 대우해 주셨습니다. 한 사람의 요양보호사에 지나지 않지만 그들 또한 누군가의 딸이고, 누군가의 어머니입니다. 한 사람 한 사람은 모두가 서로 존중받아야 하고 존중해야 합니다. 우리는 모두 소중한 존재이기 때문입니다.

우물 효과를 배웠습니다. 우물물은 퍼내면 퍼낼수록 새 물이 다시 채워집니다. 제가 어릴 때 우리 집 앞에 동네 사람들이 함께 이용하는 우물이 있었습니다. 상수도가 없던 때라, 우물에 물이 고이면 누군가 물동이에 물을 길었습니다. 밤늦게 또는 새벽에는 우물에 물이 가득 고여 있었습니다. 마을에 수도가 들어오고 우물을 이용하는 사람들이 없어졌습니다. 지금은 사람들이 그 우물물을 채소밭에 물을 주는 용도로 사용하고 있습니다. 마을에 수도가 들어오고 식수로 사용하지 않을 때부터 물은 가득했지만, 우물은 본연의 의무를 하지 못했습니다.

작년 12월 말, 주간 보호센터를 그만두고 실업 급여를 받게 되었습니다. 1월 실업 급여를 받기 위해 고용 노동부 가서 서류 작성을 하고 필요한 현장 교육과 온라인 교육을 받았습니다. 일하지 않고 돈을 받고 보니, 나라에 공짜 돈을 받는다는 생각에 정신이 퍼뜩 들었습니다. 왜 받아야 하지. 근무할 때 동료들이 실업 급여를 받았다고 자랑처럼 말할 때는 '그런가 보다. 일하지 않고 공짜 돈을 받아서 좋겠다.' 정도로 생각했지만, 나와 상관없는 일이라 관심을 두지 않았습니다. 받고 보니 마음이 불편했습니다.

일하지 않았으면 밥을 먹지 않고 굶어야 합니다. 법에 따라 정당하게 받는 것이라고 하지만, 대가를 치르지 않은 돈은 받고 싶지 않았습니다. 내가 거지인가. 왜 일하지 않고 공짜 돈을 받아야 하지. 얼떨결에 반달치 실업 급여를 받았습니다. 공짜 돈을 받고 가만히 있을 수 없었습니다. 대신 집 가까이 있는 천사 무료 급식소에 봉사 활동이라도 해야 할 것 같았습니다. 월요일, 수요일, 금요일 문을 여는 곳에 가서 봉사했습니다. 오전 9시부터 11시까지였습니다. 그러나 며칠 가지 못하고 급식소 사정으로 문을 닫는 바람에 나가지 못했습니다. 출근할 곳도 자원봉사 할 곳도 없이 집에 꼭 박혀 있었습니다.

할 일이 없었고, 세상은 나를 필요로 하지 않는 것 같다는 생각이 들기도 했습니다. 갑자기 외톨이가 된 느낌이었다. 사실은 시간이 있을 때 글도 쓰고, 책도 많이 읽고 싶었습니다. 생각처럼 쉽지 않았습니다. 할 일이 없고, 갈 곳이 없다는 것이 이런 것이구나. 이런저런 생각만 했습니다. 마음은 할 일이 많은데 행동이 움직여지지 않았습니다. 우연히 라디오 방송을 듣다가 생각이 많을 때는 집에만 있지 말고 밖으로 나와서 산책도 하고, 걷는 것이 좋다고 했습니다. 방송을 들었지만, 집 밖으로 나가기는 쉽지 않았습니다. 일을 만들었습니다. 인스타그램에서 시니어 모델 모집을 한다고 했습니다. 내 나이 또래의 사람들이 모델로 활동하는 것이 멋있게 보였습니다. 떨어지면 어때. 신청하고 집 밖으로 나올 수 있었습니다.

무슨 일을 시도하기 힘들 때는 할 수 있는 조건을 만들고 시도하면 됩니다. 집에서 혼자 머리 싸매고 있는 것보다 무조건 무엇이든 시도하기 위해서는 집 밖으로 나와야 무엇이라도 할 수 있습니다. 그날 일기에는 '집 밖으로 나간 것만으로도 성공이다.'라고 적은 기억이 납니다. 우물물을 퍼내야 새로운 물이 고이듯, 내가 무엇을 하든지 생각만 하지 말고 행동으로 옮겨야 인생이 변한다고 생각해 봅니다.

제3장

문장은 어떻게
글이 되는가

1.
PREP 템플릿으로 글쓰기를 쉽게

권시원

글을 쓰기 위해서는 명확한 메시지가 필요하다. 메시지는 떠오른 생각이나 책에서 읽은 문장일 수 있다. 또, 영화나 드라마 속 대사도 괜찮다. 어디서 접했든, 메시지는 하나의 문장으로 간결하고 쉽게 전달되어야 한다. 그러나 메시지를 정해도 내용을 어떻게 전개할지 막막할 때가 많다. 이럴 때 유용한 것이 글의 구성을 돕는 템플릿이다.

나는 글의 구성이 필요할 때 가장 먼저 PREP 템플릿을 떠올린다. PREP은 Point(핵심 메시지), Reason(이유와 근거), Example(사례와 경험), Point(핵심 메시지)의 약자로, 말하거나 글을 쓸 때 사용할 수 있다. PREP 템플릿을 활용하면 글의 흐름이 명확해져 메시지나 주장을 효과적으로 전달할 수 있고, 상대방을 설득하기도 쉬워진다. 비즈니스 커뮤니케이션이나 프레젠테이션에서 설득력 있는 구성을 위해 자주 사용되는 기법이다.

　　　　　　　　문장을 수집하는 시간

PREP 템플릿의 각 단계는 다음과 같다.

1단계, Point(핵심 메시지). 먼저 전달하고자 하는 핵심 메시지 또는 주장을 간결하게 제시한다. 독자가 핵심을 쉽게 파악할 수 있도록 명확하게 표현하는 것이 중요하다.

2단계, Reason(이유와 근거). 메시지를 주장하는 이유와 이를 뒷받침하는 근거를 설명한다. 이유와 근거가 명확할수록 논리적인 타당성이 높아진다.

3단계, Example(사례와 경험). 구체적인 사례 또는 본인 경험을 통해 메시지의 신뢰도를 높인다. 구체적인 내용일수록 독자가 쉽게 이해하고 공감할 수 있다.

4단계, Point(핵심 메시지). 마지막으로 핵심 메시지를 다시 한번 강조한다. 논리와 신뢰성을 갖춘 메시지를 독자가 기억할 수 있게 한다.

Point는 화자의 주장을 담은 메시지로, 간결하게 표현할수록 전달력이 높아진다. Point와 Reason이 명확하게 연결되어야 논리의 흐름이 자연스럽고, 독자가 핵심을 파악하기 쉽다. Example에서는 과거의 좋지 않았던 경험과 변화로 개선된 현재의 경험을 연결해 보여 주는 게 좋다. 그렇게 하면 논리가 더 타당해지고 독자의 신뢰도도 높아진다.

다음 예시는 책에서 얻은 문장을 핵심 메시지로 정하고, 이유와 근거를 제시한 뒤, 내 경험을 사례로 하여 PREP 템플릿에 맞춰 쓴 글이다.

1단계, Point(핵심 메시지)

"돈에 내재하는 가장 큰 가치는 내 시간을 내 마음대로 쓸 수 있게 해준다는 점이다."

- 모건 하우절,『돈의 심리학』

2단계, Reason(이유와 근거)

왜냐하면 충분히 모아 둔 돈이 있다면, 언제 어디에서 쓸지 내가 선택할 수 있는 폭이 넓어지기 때문이다. 좋아하는 음식을 먹거나, 가고 싶은 곳으로 여행을 떠날 수 있으며, 갖고 싶은 걸 살 수 있다. 내가 원하는 때 원하는 일을 할 수 있다.

3단계, Example(사례와 경험)

십여 년 전, 대출이 많아 경제적으로 어려운 시기를 겪었다. 높은 금리의 신용대출을 받았기 때문에 매달 원리금 상환 부담이 컸다. 월급에서 대출금을 갚고 나면 이전처럼 자유롭게 돈을 쓸 수 없었다. 마이너스 통장은 이름처럼 늘 마이너스 상태였다. 경제적인 어려움으로 선택의 폭이 좁아졌다. 큰 금액의 지출은 엄두조차 낼 수 없었다. 상황을 바꾸기 위해선 대출을 갚아야 했다. 대출 상환이 중요한 목표가 됐고, 소비를 엄격히 제한해야 했다.

지금은 대출을 모두 갚았다. 경제적으로도 여유가 생겼다. 마이너스 통장은 이름과 달리 플러스 상태로 바뀌었고, 생활도 안정됐다. 돈에 여유가 생겨 고민도 줄었다. 필요하지 않아 사지 않는 일은 있어도, 돈이 부족해 사지 못하는 일은 거의 없다. 저축도 하고, 주식이나 펀드에 투자도 하며, 재테크를 할 수 있는 여유도 생겼다. 그리고 인생에서 중요한 결정도 할 수 있었다. 올해 1월부터 1년 동안 휴직하고 있다. 회사에 '재충전 휴직' 제도가 있어 신청할 수 있었고, 월급이 나오지 않아도 저축한 돈 덕분에 용기 낼 수 있었다. 월급 없이 버틸 수 있을 만큼 충분한 준비가 되었기에, 1년이라는 소중한 시간을 얻을 수 있었다. 휴직 기간 값진 경험을 쌓아 가면서, 선택의 자유가 많아졌다는 사실을 실감하고 있다.

4단계. Point(핵심 메시지)

돈은 우리에게 선택의 폭을 넓혀 주고, 원할 때 하고 싶은 걸 할 수 있는 자유를 준다. 물론 돈으로 살 수 없는 가치도 있지만, 돈이 없어 해야 할 일을 하지 못한다면 자유로운 삶이라 할 수 없다. 선택의 자유를 넓혀 주는 것, 이것이 돈의 가장 큰 가치다.

PREP 템플릿에 따라 글을 작성하면, 처음부터 끝까지 자연스럽게 연결되고 논리적인 설득력을 갖추게 된다. 읽어 보니 공감이 가는가?

만약 설득이 어렵다면, 반대되는 메시지를 정해 PREP 템플릿에 맞춰 글을 써 보는 것도 생각을 정리하는 데 도움이 된다.

처음 글을 쓸 때는 템플릿 사용이 익숙하지 않아서 어려울 수 있지만, 반복하다 보면 점점 더 나은 글을 쓸 수 있게 된다. 여러 가지 템플릿이 있지만, PREP 템플릿 하나만 잘 활용해도 누구나 쉽게 글을 쓸 수 있다.

2.
시작하기 좋은 날, 바로 오늘입니다

김미예

시작하기 좋은 날은 내일이 아닙니다. 바로 오늘! 지금입니다. 오늘 시작해야 하는 이유는, 더 나은 자신을 만들기 위해서입니다.

2024년, 작년과는 다르게 미루지 않고 계획적으로 살고 싶었습니다. 시작할 때는 욕심을 부려 계획을 잔뜩 세웠지만, 작심삼일이 반복되었습니다. 매번 벼락치기로 위기를 넘기며 계획을 미뤘습니다. 반성도, 변화도 없었습니다.

2월은 바쁘다는 핑계로 그나마 하던 블로그마저 아예 손을 놓았습니다. 하다가 하지 않으면 다시 시작하기 힘들다는 것을 우습게 여겼습니다. 내가 뒤처지고 있다는 것을 느끼지 못했습니다. 언제든 다시 시작할 수 있다는 자만이 있었습니다. 3월엔 글쓰기와 자기 계발을 시도했지만, 회사 업무와 의정부로의 출퇴근 때문에 허덕였습니다. 대행사 대표의 폭언에 시달리며 아무것도 할 수 없다는 핑계만 댔습니다.

그렇게 간단히 그날 일기를 끄적일 뿐이었습니다. 4월에는 이사 때문에 회사에 사표를 냈지만, 사표 수리가 되지 않았습니다. 대표의 안일한 태도에 몸과 마음이 지쳐 갔습니다. 결국 인수인계로 바빠 계획은 이사 후인 5월로 미뤄졌습니다.

5월, 서울을 떠나 남편 직장이 있는 온양으로 이사했습니다. 이사만 하면 여유가 생길 거라 생각했습니다. 새로운 환경에 적응하고 아이들 학교와 필요한 곳들의 위치를 익히는 데 한 달이 훌쩍 지나갔습니다. 6월에는 기존에 했던 부동산 광고대행사 영업을 재개하며, 네이버 부동산의 정책 변화와 여러 대행사의 상품을 다루다 보니 해야 할 일도 많았습니다. 자연스럽게 초고 집필을 또 미뤘습니다. 7월에는 '써야지' 하고 과제를 붙잡았으나 두 달을 허비했습니다. 더는 안 되겠다 싶어 글쓰기 선생님에게 과제를 제출하고 목차를 받았습니다. 그러나 '내일 하면 되겠지'라는 자기 합리화로 한 달을 또 보냈고, 내일, 내일 하다가 결국 앞으로 나아가기는커녕 쪼그라들고 있었습니다. 10월이 되었지만, 나는 변명만 늘어놓았습니다.

"김미예 작가님! 개인 저서 언제쯤 나와요? 초고 다 쓰셨다면서요. 빨리 읽어 보고 싶어요."

이런 질문을 받았지만, 차일피일 미룬 결과로 변명과 핑계만 늘어났습니다. 행동은 하지 않고 결과만을 기대했습니다. 시작과 실패를 반복하고 있습니다. 하지만 오늘 아침 책을 읽고 한 줄 감상평을 쓰듯 계속 나아가고자 합니다.

중학교 1학년 때 영어를 처음 배웠습니다. 일주일이라는 시간을 두고 말하기 대회가 있었지요. 그때 발음이 좋다는 이유로 발표를 하게 되었습니다. 여유롭게 느껴졌던 일주일이었지만, 3일째 되는 날까지 친구들과 목각 치기, 그림 그리기, 고무줄놀이에 정신이 팔려 영어 발표회가 있는 걸 까맣게 잊고 있었습니다. 발표 하루 전, 선생님이 준비 정도를 물으셨습니다. 나도 모르게 거짓말을 했습니다. 마지막 부분만 외우면 된다고 했지만, 사실 단어도 모르고 있었습니다. 그제야 사전을 뒤적였지만 머릿속에 들어오는 건 없고, 앞으로 일어날 일을 생각하니 눈앞이 깜깜했습니다. 결국, 영어 발표를 망쳤고, 호되게 혼났습니다. 그 사건 이후로 나는 영어를 싫어하게 되었습니다. 선생님 탓을 하며 오늘 할 일을 내일로 미루는 습관이 생겼습니다.

이 경험은 오늘 할 일을 내일로 미루면 삶이 나아지지 않음을 깨닫게 해 주었습니다. 그래서 나는 '시작하기 좋은 날은 오늘'이라고 강조하는 바입니다.

"뭐라고 써야 할지 모르겠어요."
"나는 글쓰기 실력이 없나 봐요."
"시작하고 싶은데 어떻게 해야 할지 감이 안 와요."

"습관을 고치고 싶은데 잘 되지 않아요."

많은 사람이 글쓰기보다 말하기가 쉽다고 느낍니다. 중얼거리듯 쉽게 글을 쓰고 싶어 합니다. 이를 돕기 위해 효과적인 글쓰기 방법을 소개합니다.

글쓰기 템플릿을 활용하면 훨씬 수월하다는 걸 알 수 있습니다. 이 방법을 알았으니, 하나씩 실천해 보는 것이 중요합니다. 그럼 연습해 볼까요?

첫째, 오늘 할 일은 미루지 않고 바로 실천하는 것이 중요합니다.(먼저 사람들에게 전하고자 하는 주제를 말합니다.)

둘째, 미루면 계획에 차질이 생기기 때문입니다.(왜 이런 주제를 말하는지 이유를 설명합니다.)

셋째, 오늘 할 일을 미루고 힘들었던 경험과 그 일을 제때 마쳐서 좋았던 경험을 씁니다.(이런 일이 있었습니다. 사례를 추가합니다.)

넷째, 미룬 경험과 이뤄 낸 경험을 통해 느낀 바를 나눕니다.(그런 경험을 통해 깨달은 생각, 메시지를 전달합니다.)

다섯째, 그래서 나는 오늘 할 일을 미루지 않고 꼭 해내고자 합니다.(그래서 나는 이 '메시지'를 강조하는 것이라고 글의 주제를 마무리합니다.)

글쓰기 템플릿을 활용하면 논리적이고 강한 메시지를 담은 글을 쓸 수 있습니다. 독자에게도 큰 도움이 될 것입니다.

책에서 인상 깊은 문장을 골라 자신의 경험을 적으면 생각하는 힘을 기르는 데 도움이 됩니다. 삶에 활력도 생깁니다. 그 글이 다른 사람에게 도움이 된다면, 작가로서 진정한 보람을 느낄 수 있겠지요. 작가는 글로 사람들에게 힘을 주는 존재입니다.

글쓰기에는 다양한 템플릿을 활용할 수 있습니다. 평소 메모와 낙서를 자주 하며, 하고 싶은 말을 중얼거리듯 글을 쓰는 연습을 한다면, 한 편의 글을 쓰는데 재미와 논리성을 더할 수 있을 것입니다. 지금 바로 시작해 보세요!

3.
문장 하나가
한 편의 글이 되기까지

김태경

책 읽고 글 쓰는 초보 작가입니다. 매일 글을 쓰고 싶은데 무엇을, 어떻게 써야 하는지 고민되시죠? 저도 그랬습니다. 제가 글감을 찾는 방법이 있습니다. 저와 같은 고민을 하는 사람들을 위해 메시지 찾는 방법과 그 메시지로 글 한 편 쓰는 방법을 준비했습니다.

글을 쓰기 전에 세 가지 준비 단계가 있습니다.

첫째, 오늘이나 어제 있었던 일을 메모하거나 낙서처럼 기록해 둡니다.

둘째, 메모와 낙서를 보며 독자에게 전하고 싶은 메시지를 정합니다. 키워드의 공통점이나 느낀 점, 깨달은 것을 찾으려 노력하다 보면 쓰고 싶은 글이 떠오릅니다. 완벽할 필요는 없습니다. 대충 엉성하더라도 편하게 적어 보는 연습을 합니다.

셋째, 책 속의 좋은 문장을 가져와 내가 적은 메시지와 조합해 내 문장으로 바꿉니다. 이를 위해 평소에 책을 읽다가 공감되는 문장을 수집해 두면 좋습니다. 요즘은 틱톡, 인스타그램 릴스, 유튜브 쇼츠 같은 곳에서도 동기 부여 명언이나 인생 명언을 쉽게 찾을 수 있습니다.

이제 바꾼 내 문장으로 글을 쓰면 되는데, 지금부터 예시를 들어가며 설명해 보도록 하겠습니다.

위에서 말씀드렸듯이 가장 먼저 어제 한 일과 오늘 한 일을 메모합니다.

메모- 독서 모임 전날, 미루는 습관, 발표 준비 못 했다, 수요일 저녁 9시부터 11시까지 책 쓰기 수업, 책, 문장 찾기, 스토리 생각, 글쓰기, 목요일 새벽 1시나 2시, 잠, 목요일 새벽 5시 30분, 독서 모임, 이야기, 공감, 배움, 의미, 성취감

내가 만든 메시지- 힘들게 준비한 만큼 성취감 느꼈다.

책 속의 좋은 문장- 성장하려면 의식적으로 안전지대에서 벗어나야 한다. (수잔 애쉬포드, 『유연함의 힘』)

내 문장- 성장은 편안함을 거부할 때 찾아오고, 성취감은 도전에 대한 보상이다.

여기까지의 과정이 생각보다 시간이 오래 걸립니다. 내 문장으로 만드는 게 처음에는 잘 안 될 수 있지요. 하지만 시간을 충분히 들여 반복적으로 연습하면 자신도 모르는 사이에 익숙해져 있을 겁니다. 이 과정이 어렵게 느껴진다면 익숙해질 때까지 책에 나온 문장 그대로 사

용해도 괜찮습니다. 단, 출처는 꼭 밝혀 주셔야 합니다.

이 과정을 통해 나온 내 문장을 활용하여 글을 씁니다. 스토리텔링으로 글을 써 보겠습니다. 스토리텔링은 세 가지 특징을 갖고 있습니다. 첫째, 목적이 분명해야 합니다. 이 이야기를 누구한테, 왜 하는지 분명해야 한다는 겁니다. 둘째, 단순 명료 해야 합니다. 셋째, 본인의 경험과 메시지로 독자의 공감을 얻을 수 있어야 합니다. 그러기 위해서는 구성에 맞춰서 써야 하는데, 제가 글 쓸 때 사용하는 구성으로 시작, 중간, 결말을 써 보겠습니다.

첫째, 시작 부분에서는 배경 설명을 하면서 이 글을 쓰게 된 계기를 이야기하듯 씁니다.

수요일, 해야 할 일들이 끝없이 이어져 아침부터 저녁 늦게까지 마음이 무겁고 초조합니다. 퇴근 후 저녁을 준비하고 먹고 정리하는 동안, 어떤 일부터 시작할지 순서를 정합니다. 잠들기 전까지 머릿속은 해야 할 일들로 가득합니다. 내일 새벽 5시 30분에 있을 독서 모임 발표 준비를 못 했기 때문입니다. 책을 읽어도 어떤 문장으로 이야기를 풀어 나갈지 쉽게 정하지 못하고 머뭇거리는 때가 많습니다. 여유 있게 책을 읽고 생각할 시간이 부족합니다. 아홉 시부터 열한 시까지 책 쓰기 수업을 들어야 해서 조급해집니다. 수업에 집중하기 어렵습니다. 미리 준비했다면 독서 모임이 기다려졌을 겁니다. 미루는 습관을 고치기가 쉽지 않습니다.

둘째, 중간 부분에서는 시작 부분에 언급했던 사건이나 문제를 해결하기 위해 목표를 정해 도전하고 변화된 이야기를 씁니다.

독서 모임 이틀 전인 화요일까지는 준비를 마치자고 목표를 세웠습니다. 저녁에 아무 일정이 없는 날이 화요일이기 때문입니다. 미리 준비해 놓으면 수요일 수업에 집중할 수 있습니다. 일찍 잠자리에 들 수도 있습니다. 하지만 지키기가 쉽지 않았습니다.

일주일 중 유일하게 저녁 시간에 여유가 있다는 것을 아는 친구에게 만나자는 연락이 옵니다. 해야 할 일이 잔뜩 쌓여 있어도, 그 순간만큼은 즐기고 싶어집니다. 마음이 말랑말랑해져 거절 못 하고 퇴근 후 약속 장소로 갑니다. 같이 밥 먹고, 맥주도 한잔 마시며 수다 떠는 시간이 좋습니다. 주말이면 가족 행사나 동호회 모임이 있습니다. 일요일에 집에 있을 때는 피곤해서 침대에 누워 있거나 드라마를 보며 시간을 보냅니다. 주말을 허비하고 나면 한 주가 정신없이 시작되지요.

노벨문학상을 받은 한강 작가의 인터뷰를 봤습니다. 가장 좋아하는 소설을 쓰기 위해 술과 카페인을 끊고 여행도 거의 가지 않는다고 했습니다. 앞으로 책을 쓰는 동안 참을성과 끈기를 잃지 않고 싶다고도 했습니다. 한 분야에서 전문가가 되려면 욕망을 절제할 수 있어야 합니다. 좋아하는 일을 포기하지 않고 꾸준히 해 나가는 정신력도 필요합니다.

얼마 전, 최주선 작가의 『악착같이 그리고 꾸준하게』라는 책을 읽었는데, '악착같이'라는 말에서 강한 의지와 포기하지 않는 마음이 느껴졌습니다. 어떤 상황에서도 끝까지 해내려는 작가의 끈기와 꾸준함이 큰 힘과 동기 부여가 되었습니다. 게을러질 때마다 '악착같이'라는 말을 떠올립니다. 한강 작가의 참을성과 끈기를 떠올립니다. 성공한 사람들의 포기하지 않고 끝까지 해내는 힘은 저를 벌떡 일어나 시작할 수 있게 해 주는 원동력입니다.

일요일 밤늦게라도 책상에 앉으려 노력합니다. 책 읽고 문장을 찾은 후, 짧게라도 글을 씁니다. 화요일 저녁이 되면 반드시 시간을 비워 두고 책상에 앉아 책을 펼칩니다. 일요일에 작성해 놓은 글을 읽어 보고 자연스럽게 수정하기도 합니다. 작은 실천이 일상을 바꾸는 큰 변화로 다가옵니다.

셋째, 결말 부분에서는 해피엔딩으로 마무리를 짓고 독자에게 도움을 주는 메시지가 있어야 합니다.

독서 모임 준비를 미리 하니 시간적인 여유가 생겼습니다. 예전에는 전날 밤에 허겁지겁 마무리하느라 조급했습니다. 새벽 두 시가 넘어 잠들기 일쑤였지요. 세 시간 정도밖에 못 자면 다음 날 일정을 소화하기도 버거웠습니다. 요즘은 화요일 저녁까지 준비를 끝냅니다. 모임 전날에는 발표 내용을 한 번 더 읽어 보며 어색한 부분을 수정할 수 있는 여유가 생겼습니다. 모임 당일 아침에는 차분하게 대화를 이끌어

갈 수도 있었습니다. 미리 준비하는 것이 시간을 효율적으로 쓰는 최고의 방법이었습니다.

글감 찾는 방법은 평범한 일상을 돌아보며 하루 동안 있었던 일을 키워드로 메모하는 것입니다. 메모 속에서 독자에게 전하고 싶은 메시지를 떠올려 보세요. 다음으로, 책 속에서 좋은 문장을 가져와 내가 전달하고자 하는 메시지와 조합해 나만의 문장으로 만들어 봅니다. 그리고 그 문장을 기반으로 자신의 경험을 이야기로 쓰는 연습을 합니다. 처음에는 쉽지 않습니다. 어렵더라도 이 과정을 반복하며 연습하다 보면, 여러분의 글이 독자에게 의미를 전하고 도움이 되는 글로 성장하게 될 것입니다.

4.
문장에 양념 치기

박정재

문장이 몽당연필인가? 처음 글을 쓸 때 짧은 글이었다. 무슨 글을 쓸까, 내용은 어떻게 채울까, 이 글을 세상에 공개해도 될까? 키보드만 두드렸다가 백스페이스를 눌렀다. 초보 글 쓰는 사람은 백스페이스 키보드를 자주 눌러서 백스페이스 모양 글자가 사라진다. 나도 마찬가지였다. 주제가 있어야 하고, 신선한 글감도 찾아야 한다. 글감을 찾았다면 글의 구성도 필요하다. 독자에게 한 방 때리는 메시지로 감동을 줘야 한다. 이것저것 생각하다 보면, 끄적끄적하다 보면, 한 시간이 훌쩍 지나간다.

글을 쓸 때 기본으로 템플릿을 사용하면 편리하다. 템플릿은 플로차트 순서도이다. A4 용지 한 장을 쓰는 방법이 있다. 순서도에 맞도록 글을 넣으면 된다. 템플릿은 다양한 종류가 있다. 템플릿 하나를 소개한다. 노트에 핵심 메시지, 안 좋았던 경험, 좋았던 경험, 다시 메시지 순으로 작성한다.

흰 노트를 채우기 위해 글감이 필요하다. 메모와 낙서는 글감으로 최고의 도구이다. 하루 중 가장 기억에 남는 일, 성과를 낸 일, 희로애락을 느낀 일, 깨달았던 내용, 혹은 하고 싶은 말을 간략하게 적는다. 주변에서 하는 말을 관심 있게 들어 본다. 물건이나 건물을 관찰해도 글감이 생긴다. 책을 읽었다면 좋은 문장 하나를 발췌해서 좋은 이유를 적어 보고, 반대하는 이유도 적어 본다. 글감은 관심 정도에 따라 무궁무진하게 확장된다. 글감 제조기는 관심이란 것을 기억했으면 좋겠다.

먼저 핵심 메시지를 종이에 적거나, 워드에 작성한다. 예를 들어, "주변 환경이 중요하다." 핵심 메시지이다. 주변 환경에 대해 생각을 하며 낙서한다. 주변 환경이 좋았던 경험, 주변 환경이 안 좋았던 경험을 떠올려 본다.

맹모삼천지교, 공부 잘하는 아이와 함께, 밖에서 노는 아이와 함께, 사업하는 사람들, 직장 생활 하는 사람들, 유흥가, 학원가, 독서 모임, 드라마 보는 친구, 운동하는 친구, 부모의 든든한 지원, 부모의 부재, 전자파, 공사장 근처 등등 생각나는 대로 적는다. 키워드 중 하나를 선택하여 적어 본다. 사례는 많을수록 좋지만, 두 가지에서 세 가지가 좋다.

사례 1

좋았던 경험을 적는다.(ex. 건전한 직장 생활)

안 좋았던 경험을 적는다.(ex. 술 마시는 직장 생활)

사례 2

좋았던 경험을 적는다.(ex. 공부가 잘되는 곳)

안 좋았던 경험을 적는다.(ex. 공부가 안 되는 곳)

마무리 메시지를 미리 작성해 본다.

"성취하려면 성공할 수 있는 환경을 만들어야 한다."

'사례 1'로 문장을 작성한다.

대학교를 코스모스로 졸업을 했다. 취업이 되지 않았다. 생활하려면 돈이 필요했다. 급한 대로 건설 현장 잡부를 했다. 운 좋게 일당직이 아닌 직영으로 들어갔다. 삐삐로 손가락이었는데, 마디가 굵어져 아몬드 삐삐로 손가락이 되었다. 굵어진 만큼 일을 잘한다고 소문이 났다. 토목기사로 스카우트 제의를 받았다. 잡부에서 토목기사로 승진을 했다. 옷도 바뀌었다. 깔끔했다. 점퍼도 다르다. 그러나 그 길로 가면 술을 자주 마셔야 한다. 작업을 마치면 저녁 먹고 술을 마시러 갔다. 새벽까지 마셔서 잠이 부족했다. 출근은 6시까지다. 출근해서 작업반장에게 작업 지시 하고 아파트 한구석에서 잠을 잤다. 2주 정도 근무하다가 사직서를 제출했다.

잡부로 일하면서 만난 형님들이랑 사업을 시작했다. 사무실도 마련하고 침대도 사고, 컴퓨터도 구매하고 가구도 샀다. 연탄 난로도 사무실 중앙에 설치했다. 사무실이 내 집이었다. 일본 박람회도 갔다 왔다. 그런데 또 술이 문제다. 직장 생활 해야겠다는 생각으로 이력서를 냈다. 면접 보고 취업했다.

직장 동기는 나보다 세 살이 많다. 술고래다. 구미에서 근무하면서 술고래와 함께 지냈다. 일주일에 5일은 술이다. 덩달아 같이 마셨다. 한 병이 두 병이 되었다. 마실수록 술이랑 친해졌다.

마침 수원에서 연구 인력이 필요했다. 바로 지원했다. 발령 났다. 수원 생활을 할 때에는 술을 안 마시도록 노력해야겠다는 다짐을 했다. 회식 자리에서 내 소문을 들었는지 술을 권했다. 하지만 난 마시지 않았다. 술 많이 마시는 분위기는 아니었다. 다행이었다. 처음부터 마시지 않는다고 하니 권하지도 않았다.

'사례 2'로 문장을 작성한다.

군대 제대 후 토익 공부를 해야겠다고 마음먹었다. 토익 공부는 서울에서 해야 한다는 말을 들었다. 서울은 아니지만, 인천에 사는 누나 집으로 갔다. 인천에서 서울로 지하철 타고 학원에 다녔다. 멀었지만 지하철에서 단어를 외우면 잘 외워지고 시간 가는 줄 몰랐다. 결혼을 앞둔 누나다. 요리 학원에 다니고 있었다. 요리 연습을 하고 있었다.

맛은 내가 보기로 했다. 맛은 보통이었다. 맛있지도 않았고, 맛없지도 않고, 대답은 항상 "먹을 만하네."였다.

용돈이 필요했다. 공부에만 전념할 수 없는 상황이다. 집 앞에 택배 회사가 있었다. 지하철에서 무가지 신문을 봤다. 집 앞에 있는 택배 회사에서 송장 입력하는 사람을 구하고 있었다. 바로 전화했다. 새벽 늦은 시간까지 숫자를 눌렀다. 토익 공부 하는 시간이 줄었다. 명절이라 송장이 많았다. 이러다가 공부를 더 못 할 판이었다. 일주일 근무하고 무단결근했다.

셋째 누나는 서울에 살고 있다. 본인 집에서 공부하라고 했다. 매형도 중국어 자격증을 공부한다고, 같이 하면 좋을 것 같다고 했다. 매형과 비슷한 루틴으로 공부했다. 아침 6시부터 시작되었다. 운동을 먼저 하고, 공부했다. 공부는 거의 목소리 내며 공부했다. 나의 일과는 토익 학원 가고, 그 외엔 영어만 생각하며 단어 외우고, 문제를 풀었다. 성적은 오르지 않고 그대로였다. 6개월 정도 했다. 공부하는 것이 어느 정도 자리 잡혔다. 누나한테 대구에 간다고 했다. 매형은 환경이 중요하다고, 절대 가지 말라고 했다. 6개월 정도 더 공부하고 가라고 했다. 가서 할 수 있다고 말하고 대구로 내려갔다.

대구 고시원에서 누나 집에서 한 것과 같은 루틴으로 공부했다. 불청객이 찾아왔다. 친구가 당구를 치러 가자고 한다. '마저 공부하고 갈게.' 세 번 정도 거절하고 어쩔 수 없이 갔다. 하루 이틀 놀다 보니 어느새 공부는 안 하고 당구장에 있다. 게임방에서 튀김우동 컵라면을 먹으면서 스타크래프트를 하고 있다.

이렇게 두 개의 사례를 적고 나서 마지막 메시지를 작성해 준다.
"성취하려면 성공할 수 있는 환경을 만들어야 한다."

커서가 깜빡이는 흰 공백에 마음대로 키보드를 두들기면 두서없는
글이 된다. 초보라서, 글 쓰는 것이 서툴러서 완벽하지 않지만 템플릿
을 활용하면 자신의 글을 적을 수 있다. 글감을 생각하고 낙서와 메모
를 한다. '독자에게 혹은 나에게 어떤 도움의 글을 쓸까?' 생각하며 메
시지를 적는다. 메시지와 연관된 경험을 두 개 혹은 세 개를 적고, 마
지막에 한 번 더 메시지를 적으면 한 편의 글이 된다. 마지막으로 팁
을 드리자면 오감을 활용하여 짧은 글에 양념을 살짝 뿌리면 된다. 시
각은 보이는 대로 적는다. 청각은 들리는 소리 그대로 적는다. 촉각은
손으로 옷을 만질 때 느낌을 적는다. 미각은 혀가 느끼는 다섯 가지
맛을 적는다. 후각은 향긋한 냄새를 적는다. 오감 양념을 뿌리면 글이
생동감 있게 된다. 당신의 문장이 맛있는 글이 되었으면 한다.

5.
그래서 하고 싶은 말이 뭡니까

변지선

사실 에세이를 읽지 않았습니다. 남의 이야기라고 생각했거든요. 그의 상황과 내 상황이 다른데 무슨 도움 될까 생각했지요. 글쓰기를 배우면서 에세이를 자주 읽습니다. 대부분의 작가가 자신의 경험을 바탕으로 책을 쓰고 있더군요. 제가 지금 쓰는 글들도 모두 제 경험을 쓰는 겁니다. 그것이 에세이였습니다. 글쓰기를 배우고 있는데, 그것이 에세이 쓰는 방법이었습니다. 제가 배운 에세이 쓰는 방법을 소개해 보려고 합니다.

대답하는 방법만 알면 되는, '그래서 하고 싶은 말이 뭡니까'라고 묻는 형식입니다. 먼저, 내가 하고 싶은 핵심 메시지를 씁니다. 다음은 '왜냐하면'으로 시작하는 그 메시지를 주장하는 이유를 간단하게 적습니다. 세 번째는 구체적인 나의 경험이나 사례를 적어서 이해를 돕고, 다시 핵심을 요약하는 식입니다. 예시로 보여 드리겠습니다.

제가 하고 싶은 말은 '직장 내에서 억지로라도 독서 환경을 만들어야 한다'라는 겁니다. 왜냐하면 직장에서 자투리 시간에 책 읽고 삶이 바뀐 사람들 많기 때문입니다. 지금 삶이 힘들어서 다른 삶을 생각한다면 5분, 10분이라도 독서를 해야 합니다. 책에 그 방법이 있기 때문입니다.

패트릭 브링리의 책 『나는 메트로폴리탄 미술관의 경비원입니다』에서 '나는 모두가 그러듯 인터넷을 뒤적이고 책을 읽지 않는 법을 배우면서 시간을 허비했다.'라고 쓴 문장을 읽으면서 감탄이 나왔습니다. 제가 느끼던 불만이었거든요. 저자 '패트릭 브링리'는 자신의 우상이었던 형이 암으로 죽고 나서 잘나가던 〈뉴요커〉 잡지사에서의 직장 생활을 4년 만에 그만뒀습니다. 사무실 풍경은 어느 나라나 똑같나 봅니다. 컴퓨터로 인터넷은 뒤적여도 되지만, 책은 읽으면 안 되는 사무실 관습이 싫었나 봅니다.

직장에서 결재를 올려놓고 지시가 내려올 때까지 기다리거나, 외부 공모전 서류가 들어와야 일을 시작할 수 있는 때처럼 당장 급하게 해야 할 일이 없을 때가 종종 있습니다. 그럴 때 인터넷을 뒤적이거나, 뉴스를 검색하거나, 카카오톡을 하기도 했는데, 그런 건 아무도 시비를 걸지 않습니다. 하지만 책을 펼쳐 읽고 있으면 무슨 책을 읽냐면서 눈치를 줍니다. 책을 덮어야 했습니다. 저자의 말처럼 책 읽지 않는 법을 오랫동안 배운 거지요.

책을 읽지 않았을 때는 생각 없이 살았고, 사는 대로 생각했습니다. 저녁에 누가 술 한잔 먹자고 하면 무조건 오케이 했습니다. 직장 상사와 동료들 스캔들, 근무 평정에 대한 불평, 시답잖은 정치인 이야기와 드라마 이야기로 시간을 허비했습니다. 다음날이면 어젯밤 술자리에서 무슨 이야기를 했는지 기억도 나지 않는 생활을 10년 넘게 했습니다. 술 때문에 사람들과 싸운 적도 있고, 친하게 지냈던 동료와 원수처럼 보지 않고 살고 있기도 합니다. 반복되는 생활은 행복하지 않았고, 삶은 늘 불안했습니다.

화제로 떠오른 작가나 베스트셀러 책 중 유명한 책만 골라 읽는 과시형 독서를 했습니다. 지난 2022년 겨울, 『역행자』라는 책을 읽고 블로그를 처음으로 개설했습니다. 글을 쓰기 시작했고, 책에서 추천하는 책을 읽으면서 내가 사는 모습을 생각하게 되었습니다. 술 마시며 노는 시간이 점점 재미가 없어졌어요. 다른 사람 험담이나 연예인 가십거리 대화가 자꾸 불편해졌고요. 책을 읽으면서 자신을 돌아보게 되었습니다. 나도 완전하지 못한 사람이면서 누굴 욕한단 말인지. 차츰 약속을 잡지 않게 되었고, 스스로 외톨이가 되어 집으로 들어갔습니다.

책에서 '무자본 지식창업', '경제적 자유'라는 말을 처음 봤습니다. 어릴 때 아버지가 사업하다 파산해서 집 안에 소위 말하는 빨간딱지가 붙은 적이 있었습니다. 삼 남매 공부에 필요한 물건 외에 냉장고와 장롱, 세탁기까지 집 안 모든 재산을 나라에서 가져가는 것을 봤습니다.

그 후 엄마는 사업은 절대 하지 마라, 선생님이나 공무원 하란 말을 입에 달고 사셨지요. 그래서인지 삼 남매 모두 월급쟁이가 되었고, 사업은 꿈도 꾸지 않았습니다.

점심시간에 직장 내 도서실에서 『나는 4시간만 일한다』라는 책을 잠시 읽었을 때입니다. 하루 10시간 넘게 직장에서 시간 '때우며' 시간 외 근무 수당 4만 원을 더 받고 좋아하던 제가 어리석게 느껴지더군요. 시간과 돈은 반비례한다는 이야기에 도끼로 맞은 듯했습니다. 자투리 시간에라도, 이렇게 5분이라도 도서관에 책을 읽었더라면 이런 깨달음을 빨리 얻었을 텐데 말입니다.

책 읽고 글을 쓰기 시작하면서 닥치는 대로 강의를 들었습니다. 퇴사 준비를 위해서입니다. 블로그 글쓰기, 쇼츠, 유튜브, 브랜딩 블로그, 쉐어하우스&에어비앤비, 공간임대업, 경공매, 부동산 투자 강의까지.

책도 계속 읽었습니다. 출퇴근길 전철 안에서도 읽었고, 점심을 먹고 난 후 커피숍에서 이야기하자는 것을 마다하고, 남 눈치 보지 않고 10분이 아깝다고 생각하며 책을 펼쳤습니다.

업무가 비교적 편한 사업소로 자리를 옮겼습니다. 출퇴근 시간이 두 배나 걸린다는 게 단점이었습니다. 길에서 허비하는 시간이 아까워 평소보다 한 시간 일찍 출근했습니다. 아무도 오지 않은 사무실에서 책 읽었습니다. 자리를 옮기고 6개월 후인 2024년 5월, 소자본 창업을 하게 되었고, 6월 말 조기 퇴직을 했습니다.

내 시간을 살고 있습니다. 휴가를 가고 싶으면 누구의 결재 없이 비행기표를 예약합니다. 몸이 아파도 내 업무를 대신해 주어야 하는 옆 동료 눈치가 보여 조퇴를 잘 못 했었는데, 지금은 아프면 무조건 병원 가고 쉽니다. 내 일을 하기 때문입니다. 책을 읽고 생긴 변화입니다. 월급을 받아야 하니 시키는 대로 하는 게 당연하다 생각했습니다. 사는 대로 생각한 거지요. 책을 읽으면서 그게 당연하지 않다는 걸 알았습니다.

월급쟁이 마인드에서 사업가 마인드로 바뀌고 있습니다. 예전엔 시키는 일이 아니면 하지 않았습니다. 지금은 내가 찾아서 일합니다. 돈을 만들 수 있는 일을 늘 생각합니다. 게다가 목표가 뚜렷해지고 있습니다. 부자가 돼서 북카페를 열겠다는 것과 작가와 강연가가 되어 주위 사람들을 도우며 살겠다는 목표. 자투리 시간에 책 읽고, 내 미래를 생각하고 그려 본 덕분입니다.

사실 직장에서 인터넷을 뒤적이며 시간을 보내는 것은 허용되지만, 책을 읽으면 눈치 보입니다. 그렇다면 점심시간 10여 분과 출퇴근 전후 10여 분, 총 30분 정도라도 책 읽는 습관이 필요합니다. 그렇게 한두 사람이 읽다 보면 책 읽는 문화가 만들어질 거라 믿습니다.

저는 오늘도 아침 6시에 일어나 가장 먼저 한 일이 독서입니다. 퇴사 후 게을러지는 저를 다잡기 위해 아침 독서 모임이라는 강제적인 환경을 만들었습니다. 책은 억지로라도 읽어야 합니다. 책에 모든 답이 있었습니다.

6.
건축하듯 글을 짓는다

송주하

　무슨 글을 쓸까 고민이 될 때가 있다. 글감도 중요하고 글 쓰는 방법도 필요하다. 글감을 찾는 방법은 다양하다. 하루 동안 있었던 일을 쓰고 그 안에서 메시지를 전달하는 방법이 있다. 또는 과거에 있었던 일도 하나의 글감이 될 수 있다. 영화나 드라마 같은 영상을 보고 생각한 바를 적는 것도 도움이 된다. 또 다른 방법이 바로 책이다. 책에 나왔던 문장을 가지고 한 편의 글을 쓸 수 있다. 어떤 문장인가에 따라 주제는 달라진다. 글감은 그렇게 정했다고 해도 어떻게 써 내려가야 하는지 막막할 때가 있다. 이때 활용할 수 있는 것이 바로 템플릿이다.

　템플릿의 사전적인 의미는 형판이나 형틀, 어떤 특정한 모양을 만들기 위해 만들어진 틀을 의미한다. 빵이나 주먹밥 같은 것의 모양을 내기 위해 찍거나 채워 넣도록 만든 틀도 템플릿에 해당한다. 여기서 파생된 의미로 특정한 서식 구조를 만들어 놓은 '양식'이라는 뜻도 있다. 건축으로 치자면 설계도와도 비슷하다. 기본 구조를 만들어 놓은 다음 거기에 벽돌도 쌓고, 시멘트도 바르고, 색도 입히는 것이다. 하나씩 채우다 보면 멋진 건물이 완성되듯 글도 마찬가지다. 템플릿으로 어느 정도 형식을 정하고 거기에 맞게끔 내용을 구성하면 좋다.

내가 많이 사용하는 템플릿 중 하나가 프렙(PREP)이다. 메시지를 쓰고 이유를 이어서 쓴다. 다음에 실패했던 경험 하나와 성공했던 경험을 하나씩 가져온다. 마지막에 같은 맥락의 메시지로 마무리하는 방법이다. 가령 이런 것이다. 행복한 삶을 위해서 다이어트를 해야 한다고 주제를 정했다고 치자. 다음은 이유를 쓰는 거다. 다이어트를 하면 각종 성인병 예방에 도움이 되기도 하고, 덕분에 에너지가 증가하면서 자존감이 올라갈 수 있기 때문이라고 쓴다. 다음이 경험이다. 다이어트를 생각하지 않고 마구 먹었던 이야기를 먼저 가지고 온다. 비만으로 인해 건강이 나빠졌던 경험을 쓰면 된다. 다음에는 다이어트를 열심히 해서 삶이 더 나아졌던 경험을 쓴다. 경험을 다 쓴 후에는 다시 활기찬 삶을 위해서 모두 운동하고 식단 조절 하면서 살을 빼면 좋겠다고 마무리하는 방식이다.

실제로 적용해 보면 이렇다. 책에서 마음에 들었던 문장을 하나 가지고 온다. 내가 말하고 싶은 주제와 맥락이 같아야 한다. 톨스토이의 『안나 카레니나』의 한 문장을 가져왔다.

행복한 가정은 모습이 다들 비슷하지만, 불행한 가정은 저마다 다른 이유가 있다. 우리가 바라는 행복한 삶은 거의 같지만 각자 좋지 않은 사정이 있게 마련이다. 건강이 나쁠 수도 있고, 경제적 상황이 어려울 수도 있다. 가족 간의 관계가 소원해질 수도 있기 때문이다.

예전에는 내 감정대로 할 때가 많았다. 종일 일하느라 피곤해진 몸을 끌고 집으로 왔다. 내가 기분이 나쁘면 말도 좋게 나가지 않았다. 아이가 밥을 먹다가 음식을 흘리면 그게 마음에 들지 않았다. 짜증 섞인 목소리가 먼저 나왔다. 주눅이 든 아이는 밥을 먹는 둥 마는 둥 했다. 남편에게도 마찬가지였다. 내 기준에서 불필요한 물건을 사면 잔소리부터 했었다. 남편은 아이가 5살쯤 되었을 때, 별다른 의논 없이 4인용 텐트를 샀다. 가격은 20만 원대 초반이었다. 캠핑을 자주 하는 것도 아닌데 굳이 이런 걸 샀나 싶었다. 텐트는 관리가 필요하다. 곰팡이가 생길 수 있어서 자주 말려 줘야 한다. 듣기 싫은 소리를 몇 번 했더니 남편도 화가 났는지 반품한다며 언성을 높였다. 아이가 있어 더 큰 싸움으로 이어지진 않았다. 지나고 보면 아무것도 아닌 일인데 왜 그렇게까지 했나 싶다.

책을 읽고 글을 쓰면서 조금씩 달라졌다. 감정으로부터 조금 떨어져 보게 된 것이다. 내가 가진 생각과 마음이 얼마나 옹졸했는지도 알 수 있었다. 아이가 자기 물건을 잃어버려도 다음부터는 잘 챙기라고 말해 준다. 잘 잃어버리는 모습이 나를 닮았다. 남편이 결정하는 일에 웬만해서는 토를 달지 않는다. 이유가 있겠거니 생각하고 넘어간다. 조금만 마음의 품을 넓히면 되는 일이었다. 그때는 왜 그리 날이 서 있었는지 모르겠다.

사람마다 사연이 많다. 하지만 부정적인 마음조차 결국은 내가 선택한 거다. 핑계나 변명을 찾기보다 해결하려고 노력한다면 행복은 한 걸음 더 가까이 오지 않을까 싶다.

수전 손택이 쓴 『타인의 고통』에 나오는 문장으로 한 편의 글을 쓸 수도 있다.

'사진을 찍는다는 것은 구도를 잡는다는 것이며, 구도를 잡는다는 것은 뭔가를 배제한다는 것이다. 우리는 누군가에게 행복하고 좋은 모습만 보여 주려는 마음이 있기 때문이다.'

인스타그램이나 블로그 같은 SNS를 보면 전부 멋진 사진뿐이다. 해변을 거니는 사진도 있고, 눈이 휘둥그레질 정도로 맛있는 음식을 먹는 사진도 있다. 예쁜 드레스를 입고 있는 모습도 있고, 합격이나 승진처럼 자랑하고 싶은 일을 올리기도 한다. 종일 보고 있으면 내 모습이 초라하게 느껴질 때가 있다. 나는 여행도 못 가고 일만 하면서 사는가 싶다. 먹고 있는 반찬 몇 개와 밥이 화려한 뷔페 사진에 오버랩 되기도 한다. 누군가가 올려놓은 자랑을 보고 있으면, 나만 뒤처지고 있다는 느낌이 들 때도 있다.

하지만 이 책을 읽고 많이 공감했다. 사람은 자신의 불편한 점은 드러내지 않으려 한다. 책에서 말했듯, 구도를 잡는다는 것은 무언가를 선택한다는 의미다. 우연히 'SNS의 실체'라는 블로그 포스팅을 본 적이 있다. 인스타그램에 올라온 사진이 얼마나 조작된 부분이 많은지

꼬집는 내용이었다. 실제로 그랬다. 백포도주가 담긴 와인 잔 두 개와 화려한 식기. 그 안에 놓인 치즈와 몇 개의 체리 사진이 있었다. 바로 옆 사진은 수정하지 않은 원본 사진이었다. 사진에서 잘린 배경은 짐과 쓰레기로 가득했다. 사진을 찍는 딱, 그 부분만 신경을 썼다.

프로필 사진도 크게 다르지 않다. 미용 일을 할 때 있었던 일이다. 카톡으로 누군가 예약했다. 사진을 보니 인형처럼 예뻤다. 며칠 뒤 약속했던 시간에 손님이 나타났다. 달라도 너무 다른 모습에 적잖이 당황했던 기억이 난다. 그런 반응을 자주 겪었는지 본인이 먼저 말을 꺼낸다.

"사진이랑 많이 차이가 나지요?"

서로 어색한 웃음만 지었다. 딱히 아니라고 거짓말을 하지도 못했다.

온라인에 쏟아지는 수많은 사진이나 영상을 보면서 초라함을 느낀 적이 있었다. 하지만 보는 것이 전부가 아니다. 이럴 때일수록 내 삶에 더 집중할 필요가 있다. 내 삶이 최고라고 여기고 살면 되는 일이다. 비교하기 시작하면 삶은 불행해진다고 했다. 물론 잘되지 않을 때도 있지만, 일부러라도 나를 가꾸는 것에 더 시간을 들여야 한다. 내가 만든 어록이 하나 있다. '바라보지 말고, 바라보게 만들어라.' 내 삶의 주인공이 되면 가능한 일이다.

글을 쓰려면 참 막막할 때가 있다. 하얀 배경 화면에 깜빡이는 커서만 보고 있으면 멍해지기도 한다. 흔히 말하는 '백지의 공포'를 겪고 나면 글 쓰는 게 더 어렵게 느껴진다. 이럴 때는 내가 읽었던 문장 하나를 발췌하고 템플릿이라는 최강 무기를 장착해서 써 내려간다면 도움이 된다. 템플릿은 종류가 다양하다. 사례를 세 개 정도 쓰고 핵심 메시지를 쓰는 나열식 구성도 있고, 부족했던 과거를 쓰고 터닝 포인트를 통해 성장한 경험을 써서 메시지로 마무리하는 발전형 구성도 있다. 상처를 먼저 고백하고 달라진 이유와 달라진 모습을 써서 누군가에게 도움 되기를 바란다는 비밀 공개형 구성도 있다. 이외에도 많은 템플릿이 있다. 구성을 정하고 빈칸을 채워 넣는다는 마음으로 글을 써보면 어느새 글 한 편이 완성된다. 무슨 일이든 시작하는 게 중요하다. 방법을 알았다면 이제 적용하는 일만 남았다.

7.
내 삶에 스며든 문장을 위하여

안지영

 책을 읽으면서 마음에 드는 문장을 발견한 적 있으신가요? 마음에 와닿은 문장을 자신에게 적용해 보면 생각이 여기저기서 싹틉니다. 같은 책을 읽더라도 사람마다 인상 깊게 느끼는 글귀는 다를 수 있지요. 뽑은 문장으로 연필을 잡아도 글이 쉽게 나오지 않을 때가 있습니다. 이럴 때 '글쓰기 템플릿'에 맞춰 써 보세요. 복잡한 수학 문제도 공식에 넣으면 답이 나오듯이 글쓰기 템플릿을 사용하면 한 편의 글을 뚝딱 쓸 수 있습니다.

 템플릿의 특징은 세 가지로 정리할 수 있어요. 첫째, 고민하지 않고 쓸 수 있습니다. 둘째, 글이 산으로 가지 않도록 도와줍니다. 셋째, 내가 전하고자 하는 메시지를 명확하게 전달할 수 있습니다.

 제가 설명할 템플릿은 '헤드라인 구성 템플릿'입니다. 보통은 PREP 템플릿을 자주 쓰지만, 최근 개인 저서에 써 보니 좋아서 소개해 드립니다.

'헤드라인 구성 템플릿'은 전하고자 하는 핵심 메시지를 가장 먼저 제시하고, 바로 다음에 그 이유와 근거를 간략하게 언급한 후 두 가지 사례로 뒷받침합니다. 마지막에 다시 한번 핵심 메시지로 정리하는 방식입니다. 간단하지요? 이 템플릿의 특징은 핵심 메시지 바로 다음에 이유와 근거를 직접적으로 제시하기 때문에, 독자가 이미 내용을 파악한 상태에서 글을 읽을 수 있게 도와줍니다. 또한 타당성을 드러냈기 때문에 작가로서 자신감 있게 글을 쓸 수 있다는 장점도 있습니다.

일단, 책에서 마음에 와닿는 문장을 하나 고릅니다.

"인생의 무게 중심을 밖에서 안으로 옮겨라."

– 강용수, 『마흔에 읽는 쇼펜하우어』

1단계 Point- 핵심 메시지

인생의 무게 중심을 밖에서 안으로 옮겨야 합니다.

2단계, Reason- 이유와 근거

무게 중심이 밖에 있는 사람은 출세, 승진, 명예, 부 등을 추구하며 각종 모임에 빠져 즐거움을 추구합니다.

3단계, Example- 사례와 경험 1

과거, 사람들 만남을 중요시했습니다. 그러다 상처받기도 했습니다. 지금, 혼자 있는 시간을 늘리고 철학을 배양하고 있습니다.

4단계, Example- 사례와 경험 2

과거, 사람들과 비교했습니다.

지금, 나만의 장점을 찾고 있습니다.

5단계, Point- 핵심 이미지

타인에게 방해받지 않는 나만의 시간을 만드세요.

인생의 무게 중심을 밖에서 안으로 옮겨야 합니다. 무게 중심이 바깥에 있는 사람은 출세, 승진, 명예, 부 등을 추구하며 각종 모임에 빠져 즐거움만 좇게 됩니다.

인생을 향유하는 방식에는 세 가지가 있습니다. 재생적 즐거움, 육체적 즐거움, 정신적 즐거움입니다. 사람은 매일 먹고, 마시고, 소화하고, 휴식하며 일정한 시간을 수면에 할애합니다. 주변을 산책하거나 땀을 내며 달리면 에너지가 솟구치기도 합니다. 혼자 책 읽고 사색하거나 명상하는 시간도 이 즐거움에 해당합니다. 이러한 세 가지 방식은 각자의 능력이나 성격에 따라 달라질 수 있습니다.

어릴 적, 내성적인 아이였습니다. 말하고 싶은 걸 글로 썼습니다. 대학에서 방송 동아리에 가입하면서 인생의 전환점을 맞이했습니다. 외향적으로 바뀌게 되면서 대화에 자신이 생겼고, 사람들과 어울리는 게 즐거워졌습니다. 일하면서 스트레스를 풀기 위해 모임에 나가기도 했습니다. 결혼 전에는 생일 있는 한 달 동안 친구들의 약속으로 찼습니다. 어울리는 삶은 즐거웠지요, 웃는 시간은 길지 않았습니다. 시간이 지날수록 눈이 충혈되고 피부도 까칠해졌어요. 휴식할 시간과 재충전할 시간이 부족했으니까요.

결혼 후, 아기 또래의 엄마들과 만나 육아 정보를 얻었습니다. 유아 문화센터 수업, 엄마들 모임에 다니느라 살림할 시간이 부족했습니다. 외동아이라 친구를 만들어 주고 싶었어요. 매주 월요일부터 금요일까지 저의 취미와 아이 체험 활동으로 일정이 채워졌습니다. 연예인 못지않은 스케줄이었지요. 누군가와 함께 시간을 보내는 게 좋지만은 않았어요. 신경 쓸 게 많았거든요. 모임에서 나누는 대화가 재력에 의해 좌우되는 것을 보면서 허망했습니다. 이상한 세계였어요. 집 평수, 매매가, 차종 등이 이야기의 중심이 되어 갔어요. 제가 원하던 분위기가 아니었어요.

아이가 세 돌이 되던 해에 일을 다시 시작했습니다. 육아도 중요하지만, 엄마의 자존감도 채워야 했어요. 가치관이 아닌 겉모습만 비교하는 삶에서 벗어났습니다. 속이 후련하고 떳떳한 나로 태어난 것 같았어요. 미래를 준비하면서 겉이 아닌 내면을 채워 갔어요. 혼자 있는 시간이 늘어날수록 책에 빠졌습니다. 주부지만 자기 계발 하는 사람들과의 만남은 삶에 새로운 의미를 주었습니다. 명품 옷 자랑보다 어떤 책을 읽었다는 이야기에 솔깃했거든요. 신선한 충격을 받았고, 이러한 시간이 쌓여 결국 제2의 직업을 얻게 되었습니다. 독서 논술 교사를 하면서 엄마들 모임에 갈 시간이 자연스레 줄었어요. 학교 출강과 공부방 운영하면서 시간이 턱없이 부족했어요. 혼자 밥 먹고, 책

문장을 수집하는 시간

읽고 글 쓰는 시간이 재미있었어요.

제가 만나는 사람들에게는 공통점이 있어요. 책 읽고 내면을 채우는 사람들이지요. 세상 밖이 아닌, 내 안의 면적을 넓힙니다. 자기 계발 하는 사람들은 바쁩니다. 일 년에 한 번 만나도 이야기 나누는 데 거리낌이 없어요. 상대방의 겉모습보다는 그가 무슨 공부를 하고, 어떤 깨달음을 얻었는지에 더 관심을 두게 됩니다.

운동 모임만 여러 개인 남편의 저녁 시간이 아쉽습니다. 전생에 만능 스포츠인이었나 착각할 정도입니다. 운동은 건강에 좋지만, 삶을 조화롭게 균형 잡는 것도 중요하지요. 남편은 운동하면서 내면을 채우는 시간은 잊었나 봅니다. 책 읽고 함께 나누는 시간이 있다면 바랄 게 없겠는데 말입니다.

명품으로 휘감는 삶은 속 빈 강정처럼 느껴집니다. 겉모습뿐만 아니라 속도 꽉 차야 값어치가 있을 텐데, 때로는 빈말만 요란하게 들리기도 합니다. 사람과의 시간을 줄이고 스스로 생각하는 힘을 키우는 시간이 절실하다고 생각해요.

저는 스트레스를 풀고 글감을 찾기 위해 아크릴화를 배웁니다. 예전엔 커피 마시며 스트레스를 풀었어요. 과다한 양을 마셔 밤을 지새웠습니다. 무엇이 나에게 진정한 힐링이 될까 탐색했어요. 좋아하는 색을 보면 기분이 새롭게 바뀝니다. 책 표지나 노트의 색, 핸드폰 색, 볼펜 색에도 민감합니다. 색이 마음에 안 들면 시선을 거둡니다. 다양한 색을 만들어 그리는 아크릴화를 배웁니다. 색칠하는 시간은 날 예술가로 변신시키는 마법의 시간이 됩니다.

자신과 대화를 나누고 나에 대해 알아 가다 보면 나만의 철학이 눈처럼 쌓입니다. 자신이 좋아하는지 탐색해 보는 시간이 필요합니다. 내가 행복해야 가정도 행복합니다. 내가 웃어야 아이들에게 미소를 보여 줄 수 있듯이요. 내면을 쌓는 일은 마음의 근육을 키우는 것과 같습니다. 그 시간은 살면서 난관에 부딪혔을 때, 당신을 보호하는 '안전모'가 되어 줄 것입니다.

8.
글쓰기 성장을 위한
기본 4단계 레시피

이경옥

글을 쓰려고 하면 무엇을 써야 하는지, 어떻게 써야 하는지 고민됩니다. 글 한 편 쓰는 데 시간이 너무 오래 걸립니다. 바로 제 이야기입니다. 저도 글 한 편을 쓸 때마다 시작을 어떻게 해야 할지 어려워 힘들었습니다. 하지만 글쓰기 강의를 듣고 연습을 거듭하면서 조금은 편하게 쓸 수 있게 되었습니다. 제가 익힌 '글쓰기 기본 4단계 템플릿'을 통한 글쓰기 방법을 나누려고 합니다. 평상시 모아 두었던 책 속의 좋은 문장과 메모, 낙서를 기반으로 '글쓰기 기본 4단계 템플릿'을 사용하면 글쓰기가 좀 더 쉬워집니다. 일관성 있는 글을 쓸 수 있습니다.

템플릿을 이용한 글쓰기 방법에는 4가지 장점이 있습니다.

첫째, 쓸 때마다 무엇을 써야 할지 고민하는 기간을 줄일 수 있습니다.

둘째, 글의 구조와 형식을 갖추어 가독성을 높일 수 있습니다.

셋째, 글의 구성 요소를 제시하여 작가가 주제에 집중할 수 있도록 도와줍니다. 이를 통해 작가가 전달하고자 하는 핵심 메시지를 명확하게 전달할 수 있습니다.

넷째, 글의 구조와 요소를 고려하여 작성되므로 독자에게 전하고자 하는 내용을 빠뜨리지 않고, 논리적으로 명확하게 전달할 수 있습니다.

글쓰기 기본 4단계 템플릿

핵심 메시지	- 일상적인 시간, 장소에 변화가 필요합니다.
이유와 근거	- 어제와 똑같은 일상과 의미 없는 시간은 우리의 성장을 가로막습니다.
사례 2가지	- 강의를 듣거나 집중해서 공부해야 할 때, 익숙한 장소에서 벗어나니 집중이 잘되었습니다. - 넷플릭스를 보다 보면 드라마에 빠져 시간이 어떻게 지나가는 줄 몰랐습니다.
핵심 메시지	- 일상적인 루틴에서 벗어나 새로운 것을 계속 시도해 봐야 합니다. 새로운 배움을 통해 우리는 앞으로 나아가며 성장할 수 있기 때문입니다.

독자에게 전하고자 하는 핵심 메시지를 가장 먼저 씁니다. 바로 다음에 이유와 근거를 간략히 언급합니다. 본인이 경험했던 두 가지 사

례로 뒷받침하고, 마지막에 다시 핵심 메시지로 정리합니다.

글쓰기 기본 4단계

〈핵심 메시지〉

- 인생의 변화를 원한다면 새로운 경험과 도전을 통해 자신을 성장시켜야 합니다.

〈이유와 근거〉

- 어제와 똑같은 장소에서 의미 없는 시간을 보내는 행동은 우리의 성장을 가로막습니다. 인생이 지금보다 나아지길 바란다면 자신을 발전시킬 수 있는 일들을 해야 합니다. 변화를 이루기 위해서는 다양한 경험을 하고, 새로운 사람들을 만나며, 새로운 도전을 통해 성장해 나가야 하기 때문입니다.

〈사례, 근거〉

- 저는 강의를 들어야 할 때나, 집중이 필요한 작업을 할 때는 집 근처 카페에 갑니다. 집에서는 신경 써야 할 일들이 많아 일에 몰두할 수 없기 때문입니다. 집에서 줌 수업을 듣다 보면 아이들의 시선이 느껴집니다. 무언가 할 말은 있는데 제가 이어폰을 끼고 있으니 제 앞에 와서 멀뚱멀뚱 저를 쳐다봅니다. 아이들을 챙기다가 수업 좀 듣고 하다가 보면 무슨 말을 들었는지 정리가 안 됩니다. 그래서 줌 수업을 들

거나 작업을 할 때는 남편과 아이들에게 양해를 구하고 집에서 카페로 갑니다.

  - 예전에 저는 일 끝나고 집에 오면 집안일을 먼저 하고 샤워했습니다. 그다음 넷플릭스 드라마를 보면서 밥을 먹었습니다. 드라마에 빠져 시간이 어떻게 지나가는지 몰랐습니다. 의미 없이 하루를 보내곤 했어요. 그 시간이 편해서 좋았을 때도 있었습니다. 하지만 성장과는 거리가 먼 의미 없는 시간이었습니다. 지금은 넷플릭스 드라마가 보고 싶을 때 책을 들고 카페로 갑니다. 습관처럼 드라마를 보던 장소에서 벗어나면 책과 친해질 수 있기 때문입니다.

〈핵심 메시지〉
  - 일상적인 행동이 항상 의미 없는 것은 아닙니다. 하지만 어제와 똑같은 시간, 똑같은 장소에 머물러 있으면 성장하는 쪽으로 나아가기 힘이 듭니다. 일상에서 벗어나 자신이 바라는 모습에 도움이 되는 행동을 하면 변할 수 있습니다. 앞으로 나아가며 성장할 수 있습니다.

  전하고자 하는 메시지 바로 다음에 이유와 근거를 제시 함으로써 메시지를 주장하는 이유와 이를 뒷받침하는 근거를 제시했습니다. 내 경험을 불러와 예를 들어 주면 설득력이 생깁니다. 예를 들 때는 좋았던 경험 하나, 좋지 않았던 경험을 나란히 보여 주는 것이 좋습니다.

마지막으로 핵심 메시지를 한 번 더 정리하여 논리적으로 독자에게 전달할 수 있습니다.

글을 쓸 때 템플릿 유형을 참고하여 꾸준히 하다 보면 글쓰기 실력이 향상됨을 느낄 수 있습니다. 글을 잘 쓰기 위해서는 좋은 글을 많이 읽어야 합니다. 책을 읽으면서 배우고 글을 쓰고 고치는 것을 반복하다 보면 글쓰기 실력 부쩍 늘어날 것입니다.

9.
역사를 잊은 민족에게
미래는 없다

이성애

    손주와 우리 동네 역사 공부를 하고 있습니다. 집 앞 이말산에 올라왔어요. 등산로 옆으로 궁녀들의 직책과 그에 대한 설명이 적힌 표지판이 나란히 세워져 있네요. 순서대로 서 있는 표지판 앞에서 손주와 사진을 찍고 설명을 읽었습니다. 집에 돌아와 인터넷에서 궁녀들에 관련된 정보를 찾아보았습니다. 그동안 몰라던 그들의 삶을 이해하게 되었지요. 그러던 중, 이말산에 이조판서를 지낸 이린의 묘가 있다는 사실을 알게 되었습니다. 손주와 그 묘를 찾아갔어요. 묘비에 적힌 글을 읽어 보고 이린에 대해 더 공부했습니다. 동네 역사를 공부하다 보니, 우리 집안의 역사도 알려 주고 싶었습니다. 손주들과 족보 공부를 했습니다. 그 과정에서 퇴계 이황 선생님이 우리 선조라는 것을 알게 되었어요. 이 이야기들을 손주 블로그에 올리라고 했습니다. 손주는 글쓰기가 어렵나 봅니다. "할머니, 뭐 먼저 써야 해요?"라며 엄두를 못 내고 있네요. 그래서 할머니가 글쓰기 템플릿을 이용하여 쉽게 쓰는 방법을 알려 주려고 합니다.

우선 글쓰기를 세 단계로 나누었습니다.
첫 번째, 대주제를 정합니다.
두 번째, 대주제를 뒷받침할 수 있는 소주제 이야기 3가지를 씁니다.
세 번째, 핵심 메시지를 씁니다.

대주제: '역사를 잊은 민족에게 미래는 없다'로 글 전체의 내용을 대주제로 잡았습니다

우리 집안의 뿌리, 퇴계 이황 할아버지에 관한 이야기를 나누며, 조상의 위대함을 느끼는 시간을 가졌습니다. '역사를 잊은 민족에게 미래는 없다'라는 말을 떠올리며, 손주들에게 자부심을 심어 주고 싶었습니다.

소주제 1: 우리 동네 역사 공부와 이린 묘 탐방

손주와 동네 역사를 공부하러 이말산에 올라왔어요. 등산로에서 궁녀들의 직책에 대한 표지판을 보며 그들의 삶을 공부했습니다. 집에 돌아와 표지판에서 찍은 사진을 정리하였어요. 그리고 추가로 인터넷에서 궁녀에 대한 정보를 더 찾아보았습니다. 그러던 중 이말산에 이조판서를 지낸 이린의 묘가 있다는 사실을 알게 되었지요. 손주와 그

묘를 찾아 사진을 찍고 이린에 관해서도 공부했습니다.

소주제 2: 퇴계 이황 할아버지와 족보, 진성 이씨 변화 이야기

손주들에게 우리 집안의 뿌리를 알려 주고 싶었습니다. 족보 공부를 했습니다. 보조 선생님으로 아이들의 작은 할아버지(제 시동생입니다)에게 보조 선생 역할을 맡겼습니다. 옛날 족보는 한문으로 되어 설명해 줄 사람이 필요했거든요.

족보를 펼쳤어요. 손주들은 처음 보는 족보에 호기심이 가나 봅니다. 작은할아버지가 말하는 것을 놓칠세라 머리를 맞대고 족보에서 눈을 떼지 않네요. 그러나 한참이 지나니 몸을 비비 꼬면서 지루해했습니다. 두꺼운 책에 세대를 찾아보는 것이 여간 복잡한 일이 아니었습니다. 세대별로 찾아갔다가, 찾았는가 싶으면 생년월일이 맞지 않았어요. 또다시 찾아가서 보면 이름이 틀리고, 다시 찾아가면 조금 전 바로 그 자리였습니다. 족보를 앞으로 갔다. 뒤로 갔다 몇 번씩이나 되풀이했습니다. 결론은 현재 쓰는 이름과 족보에 올라가 있는 이름이 다르다는 사실이었어요. 어렵게 찾아낸 족보에서 퇴계 이황 할아버지의 이름을 발견했어요. 이때 "와! 이분이 우리 조상님이야?" 소리를 지르며 좋아했습니다. 족보에서 찾은 계보는 진보 이씨 퇴계 이황이 6대이었어요. 손주 서현이는 퇴계 이황의 23대손이었고요.

퇴계 이황 선생님은 우리나라가 자랑하는 학자이십니다. 천 원권

지폐에 나오는 그분이 바로 우리 집안의 조상이라는 사실을 알게 된 손주들은 친구들에게 자랑한답니다. "퇴계 이황이 우리 조상이야. 내가 23대 후손이라고." 그 모습을 보고 가문의 역사를 알려 주는 것이 단지 옛날이야기를 들려주는 것이 아니라, 아이들에게 자부심을 심어 주는 일임을 느꼈습니다.

족보 공부는 여기서 끝나지 않았습니다. 작은할아버지는 진성이씨 가문 이야기와 함께, 일제강점기 때 우리 성씨가 어떻게 변했는지에 대한 이야기도 들려주었습니다.

진보 이씨에서 진성 이씨로 바뀌게 된 계기는 일제강점기 때였답니다. 일제강점기에서는 누구나 개명해야 했대요. 개명하던 과정에서 진보는 여자의 생식기라는 뜻이 담겨 있어 후손들이 "상스럽지 않냐?" 해서 진성 이씨로 바꿨답니다.

지금도 경상북도에 진보면이 있고 진보 이씨 집성촌이 그대로 현존하고 있다고 합니다. 그러므로 진보 이씨든 진성이씨든 다 같은 뿌리랍니다. 그날 우리는 단순히 족보 속의 이름들을 읽는 게 아니라, 조상이 걸어온 길을 더 깊이 이해하게 되었죠.

소주제 3: 손주들에게 죽음이 두려운 것만은 아니라는 것을 알려 주고 싶었습니다

그 후, 종중 묘를 찾아가 조상들의 묘를 설명해 주었어요. 묘가 어떻게 배치되어 있고, 가묘가 무엇인지도 알려 주었습니다. 우리 집에서는 손주들의 가묘까지 만들어 놓았습니다. 손주에게 가묘를 가리키며 "서현아, 너도 죽으면 이곳에 묻힐 거야. 기분이 어때?"라고 물었습니다. 손주는 "할머니, 죽기 싫어요."라며 죽어서 땅속에 묻히는 것도 싫다고 했습니다. 아직 어린아이에게는 죽음이 무섭기만 하겠지요. 하지만 손주도 언젠가 죽음이란 인간이 자연스럽게 도달하는 여정이라는 것을 받아들일 거라 봅니다.

핵심 메시지: 나무는 뿌리를 통해 영양분을 공급받으며 자랍니다. 삶도 이와 다르지 않다고 봅니다. 훌륭한 가문의 피를 이어받았다는 자부심은 뿌리가 단단한 나무처럼 흔들리지 않게 만듭니다. '역사를 잊은 민족에게 미래는 없다'. 우리 손주들이 이 말을 가슴에 새기며 더 큰 꿈을 꿀 수 있기를 바랍니다. 조상의 이야기는 아이들에게 길을 밝히는 등대와도 같으니까요.

글쓰기 단계를 다시 정리해 봅니다.
대주제: '역사를 잊은 민족에게 미래는 없다'로 글 전체의 내용을 대주제로 잡았습니다

대주제를 뒷받침할 수 있는 이야기 3가지를 썼습니다.
소주제 1: 우리 동네 역사 공부와 이린 묘 탐방
소주제 2: 퇴계 이황 할아버지와 족보, 진성 이씨 변화 이야기

소주제 3: 손주들에게 죽음이 두려운 것만은 아니라는 것을 알려주고 싶었습니다

마지막으로 핵심 메시지를 썼습니다.

글쓰기가 어려우시죠? 그렇다면 이 세 단계 템플릿을 활용해 보세요. 이 템플릿은 글쓰기가 익숙하지 않거나 시작이 막막할 때 도움이 됩니다. 문단이 세 단계로 나누어져 글의 구조를 명확하게 잡아 줍니다. 그리고 내용이 흐트러지지 않아 깔끔하게 정리할 수 있습니다. 이 템플릿은 손주에게 추천할 만큼 완성도 높은 글을 쓰는 방법입니다. 오늘 블로그에 글 한 편을 작성해 보세요. 글쓰기에 대한 자신감이 생길 겁니다.

10.
한 줄 문장에서 길러 낸 메시지

이승희

자이언트 책 쓰기 강좌를 듣고 나서 책 속에서 건져 낸 문장 하나, 그와 연결된 내 경험만으로도 글을 쓸 수 있다는 것을 배웠다. 그 글에 메시지를 담아내면 다른 이를 도울 수 있다는 것도 알게 되었다. 책에서 발견한 문장을 어떻게 글로 확장할 수 있는지 방법을 적어 보려고 한다.

1. 책을 읽고 발견한 문장에 밑줄을 긋는다. 그 문장을 독서 노트에 써 둔다. 그 문장을 읽고 떠오른 경험에서 자신이 배운 점, 깨달은 점을 적어 둔다. 예전부터 좋아했던 논어의 문장을 확장해 한 편의 글로 써 보았다.

三人行(삼인행)에 必有我師焉(필유아사언)이니 擇其善者而從之(택기선자이종지)요 其不善者而改之(기불선자이개지)니라.

세 사람이 길을 가면 그중에 반드시 나의 스승이 있으니, 그중에 선한 것을
찾아 따르고, 선하지 못한 것을 보면 거울로 삼아 내 잘못을 고쳐야 한다.
— 공자, 소준섭 옮김, 『논어』

세 사람 중 한 사람에게서 배울 것이 있다는 말은 살면서 만나는 거의 모든 사람에게 배울 것이 있다는 말이나 마찬가지라는 생각이 들었다. 얼마 전 독서 토론 논술을 가르치고 있는 초등학교 3학년 주영이를 보면서 따뜻한 응원과 격려가 얼마나 큰 변화를 만들어 낼 수 있는지 알게 되었다.

2. 메모지에 떠오르는 경험을 써 본다. 무슨 일이 있었는지, 핵심 사건이 무엇인지 그 사건에 따른 핵심 감정을 놓치면 안 된다.

핵심 사건: 독서 토론 논술 수업 중인 주영이. 책 읽기에 관심 없었음. 잘하는 것도, 좋아하는 것도 없다고 시무룩해함. 엄마의 한결같은 믿음과 교사의 관심으로 달라짐.
핵심 감정: 대견하고 기특함. 응원과 격려가 얼마나 큰 힘인지 느낌.

3. 그다음 친구에게 이야기를 들려주듯이 쉽고 편하게 글을 쓴다. 단 한 명의 친구와 카페에서 커피 마시며 수다 떨고 있다고 생각하며 쓰면 어려운 단어, 그럴듯한 문장을 써야 한다는 부담감을 내려놓을

수 있다.

　나는 작은 공부방을 하며 독서 토론 논술을 가르치고 있다. 일주일에 한 권의 책을 읽고 함께 토론하고 글쓰기를 하는 프로그램이다. 주영이와는 1학년 겨울에 만났다. 주영이는 책 읽기에 관심이 없는 아이였다. 수업하려면 책을 미리 두 번 이상은 읽어 와야 하는데, 읽지 않고 올 때가 많았다. 그런 경우에는 부모가 책을 읽어 주는 것이 좋다. 그런데 주영이의 부모님은 둘 다 직장에 다녀 책 읽어 줄 시간을 내지 못하셨다.

　할 수 없이 수업 시간에 책을 소리 내어 읽어 주었다. 책을 한 번만 읽고 수업을 해서 그런지 주영이는 내용 파악을 잘하지 못했다. 글쓰기도 늘지 않았다. 아이의 실력이 늘지 않으면 신경이 쓰인다. 부모가 실망하고 몇 달 다니다 그만두는 경우가 많다. 주영이도 그러리라 생각하고 반쯤은 마음을 접었다.

　뜻밖에도 주영이 어머니는 아이를 계속해서 보냈다.

　"괜찮아요. 일주일에 한 번 선생님이랑 책 얘기 하는 것만으로도 고맙게 생각해요. 꾸준히 하다 보면 언젠가는 늘겠죠."

　그렇게 말해 주니 부담이 덜했다.

　주영이가 3학년이 되었다. 여전히 문해력과 글쓰기 실력은 좀 아쉬웠지만, 예의 바르고 수업 태도는 좋다. 주영이가 쓴 글의 맞춤법, 띄어쓰기, 문장 표현을 고쳐 주고 있을 때였다. 시무룩한 표정을 한 주영이가 내게 물었다.

"선생님, 저는 잘하는 게 뭘까요?"

아차, 싶었다. 평소에 뚱한 표정으로 다니고 말이 없어서 향상심이 없는 친구라고 생각했는데. 잘하고 싶은 마음은 있는데 뜻대로 안 돼서 속상했을 마음이 읽혔다. 나는 얼른 표정을 밝게 하고 물었다.

"주영이는 뭘 잘하고 싶은데?"

주영이는 우물쭈물 대답을 못 하고 말끝을 흐렸다. 아이를 데려다주는 길, 마음이 쓰여서 얘기해 줬다.

"뭘 꼭 잘해야 할 필요는 없어. 너는 아직 어리고 앞으로 뭐든 잘할 가능성이 엄청나게 크기 때문이야. 잘하는 것 말고 네가 좋아하는 걸 찾아보면 어떨까?"

주영이는 말없이 고개를 끄덕였다.

그다음 주 수업 끝나고 집에 데려다줄 때 주영이가 또 물었다.

"선생님, 그런데요, 저는 잘하는 것도 없고, 좋아하는 것도 없는 것 같아요. 그럼 어떻게 해요?"

제법 심각한 표정이었다. 일주일 동안 한 가지 주제에 골몰했고, 잊지 않고 다시 질문을 했다는 것이 기특했다.

나는 좋아하는 건 앞으로 찾아보면 된다고 얘기해 주었다. 주영이와 문답이 이어졌다.

"저는 좋아하는 게 없어요."

"왜 없어. 너 먹는 거 좋아하잖아."

녀석의 눈꼬리가 샐쭉 올라갔다. 먹는 거 좋아하는 게 뭐 별거냐는 표정. 나는 먹는 걸 좋아하면 먹방 유튜버, 요리사, 푸드 스타일리스트 등 할 수 있는 일이 많다는 걸 얘기해 주었다. 주영이 얼굴이 한결 밝아졌다.

그날 이후, 나는 수업 끝나고 아이들 데려다주는 시간을 이용해 주영이와 한마디라도 더 얘기하려고 노력했다. 알고 보니 주영이는 해리 포터를 좋아했다. 매주 만날 때마다 해리 포터를 주제로 얘기를 했다.

"선생님은 해리 포터 시리즈 중 몇 권이 제일 재미있었어요?"

"난 1권, 너는?"

"저는 5권 불사조 기사단이요."

단지 좋아하는 책을 소재로 가볍게 이야기를 나누었을 뿐이다. 그런데 점점 주영이의 수업 태도가 달라졌다. 책 내용이 이해되지 않을 때는 뚱한 표정으로 앉아 있다 마지못해 대답했는데. 질문에 답을 찾으려고 노력했다. 그럴 때마다 "오오, 대단한걸." 반응을 보이며 칭찬해 주었다. 다음 시간에는 글씨체가 확 바뀌었다. 기특하다며 칭찬을 아끼지 않았더니 함박웃음을 지었다. 지난주에는 "선생님, 저, 하고 싶은 일이 생겼어요." 하고 말했다. '뭔데?' 눈으로 물었다.

"저 작가가 될 거예요. 해리 포터같이 재미있는 이야기 쓰고 싶어요."

나는 "멋지다!" 얘기해 주고 머리를 쓰다듬어 주었다. 그날 마침 아이를 마중 나온 주영이 엄마에게 "어머님, 글쎄 우리 주영이가 작가가 되고 싶대요." 하면서 손을 잡고 팔짝팔짝 뛰었다. 작가가 되고 싶은 건 주영이인데 내 가슴에 잔물결이 일었다. 주영이의 눈에서 반짝이는 별이 보였다.

4. 지금까지 문장을 읽고 그와 연결된 경험을 풀어냈다. 여기서 글을 마무리하면 혼자 쓰는 일기와 다를 게 없다. 한발 더 나아가 내가 깨달은 것을 독자에게 전달해야 한다. 그래야 누군가를 도울 수 있다. 메시지는 평범한 것이어도 좋다. 자신의 경험을 통해 얻은 것을 독자가 느낄 수 있도록 풀어내고 마무리한다.

나는 요즘 내가 살아온 이야기를 담은 책 초고를 쓰고 있다. 처음에는 의욕에 가득 차서 시작했지만 딱 중간쯤에서 멈췄다. 글 쓰지 않고 보낸 세월이 너무 오래되었기 때문이다. 머리는 굳었고, 손끝은 무뎌졌다. 자판을 몇 시간씩 두들겨도 그럴듯한 글 한 편 제대로 나오지 않았다. 속이 바작바작 타들어 갔다. '이대로 나이만 먹고 책 한 권도 못 쓰면 어쩌지.'하는 두려움이 밀려왔다. 문예창작을 전공했으면서 이 정도밖에 못 쓰나, 하는 생각이 들면 땅속으로 기어들어 가고만 싶었다.

그러다 주영이의 변화를 보았다. 주영이는 엄마와 교사가 응원하고 격려해 주는 말을 듣고 서서히 변화했다. 나는 왜 주영이에게 하는 것처럼 스스로에게 눈 맞추고 웃어 주지 못했을까? 글 못 쓰는 현재 내 상태를 인정하고, 꼭 잘해야 할 필요는 없다고 얘기해 주고, 기를 살려 주었어야 했다. 그랬다면 이렇게 오래 초고를 쓰다 손 놓고 있지는 않았겠지. 요즘 나는 일기를 쓰면서 스스로 '수고했어. 잘했어.' 하고 칭찬해 주는 연습을 하고 있다. 그리고 내일은 조금만 더 나아지려면 어떻게 해야 할까. 질문을 한다. 처음에는 어색하고 잘되지 않았지만. 일주일쯤 지나자 다양한 표현으로 나를 응원하게 되었다.

11.
나도 속 시원하게 제대로
글 한번 써 봤으면

이은설

'나도 속 시원하게 제대로 글 한번 써 봤으면 좋겠다.'

이 문장을 한 편의 글로 쓰려고 하면 정말 막막하고 답답합니다. 그 렇지만, 걱정할 필요가 없습니다. 템플릿에 맞추어 글을 쓰면 쉽게 한 편을 쓸 수 있습니다. 먼저 부족했던 과거의 경험을 생각나는 대로 적 습니다. 터닝 포인트가 된 기회나 계기를 적으면 됩니다. 다음은 글을 제대로 한번 쓰고 싶었는데, 쓰지 못한 부족했던 경험을 적으면 됩니 다. 있는 그대로 솔직하게 씁니다. 누구나 부족함에서 배우고, 연습과 훈련을 하면서 체득되고 성장할 수 있습니다. 이어서 성장한 경험을 쓰면 됩니다. 마지막으로, 핵심 메시지를 씁니다. 직접 예시를 들어 가 며 적어 보겠습니다.

먼저, 부족했던 과거를 씁니다.

내가 전하고 싶은 내용을 제대로 전달하지 못했습니다. 할 이야기는 마음속에 가득한데, 밖으로 끄집어낼 수가 없었습니다. 시골에서 농사지을 때 농장에서 있었던 여러 가지 이야기를 속 시원하게 한바탕 글로 풀어내고 싶었지만, 혼자서 끙끙거렸습니다. '차라리 글자를 몰랐다면 이렇게까지 답답하지는 않았겠지' 하는 생각이 들 정도였습니다. 글을 쓰지 못해 늘 답답한 마음으로 살았습니다. 간혹 시간이 있어 책을 읽으면 무슨 뜻인지 잘 알 수 있는데, 내가 쓴 글은 도대체 무슨 뜻인지 알 수가 없었습니다. 내 글은 왜 이렇게 횡설수설하는가. 글이 산으로 간다는 말이 나를 두고 하는 말 같았습니다. 그나마 농사짓는 일을 블로그에 있는 그대로 몇 자 올리는 것이 전부였습니다. 메시지는 생각하지도 못하고 사실만 쓰고 짧은 생각만 올리는 것이 전부였습니다. 정말로 글을 잘 쓰고 싶었습니다.

여기까지는 글은 쓰고 싶었는데 잘 쓰지 못해 답답했던 과거의 경험을 적었습니다. 이번에는 터닝 포인트가 된 기회나 계기를 쓰면 됩니다.

블로그를 통해 자이언트 글쓰기 무료 특강을 알게 되어 두어 번 수업을 듣고 등록했습니다. 3년 정도 수업을 들었습니다. 글 쓰는 법과 함께 인생을 살아가는 자세와 태도도 함께 배웠습니다. 글쓰기의 본질과 함께 글쓰기의 의미와 가치도 깨달았습니다. 환한 표정과 반듯한 자세를 가지기 위해 노력했습니다. 중요한 것은 글쓰기와 문장 수업을 통해 나의 이야기가 타인에게 도움을 줄 수 있다는 것을 알게 되었다는 것입니다. 글을 잘 쓰는 방법을 배우고, 배운 것을 꾸준한 연습과 훈련을 통해 조금씩 나아질 수 있음을 알았습니다. 글을 잘 쓸 수 있는 비결은 매일 책을 읽고 꾸준히 읽고 쓰는 연습의 결과라는 사실을 깨달았습니다. 그리고 남과 비교를 할 게 아니라, 어제의 자기 자신과 비교해서 조금이라도 나아지면 된다는 것을 배웠습니다.

여기까지는 터닝 포인트가 된 계기를 썼습니다. 다음에는 부족했던 경험을 써 보겠습니다.

농장에서 하루 일을 마치고 글을 썼지만, 내 마음속에 있는 이야기를 전부 끄집어내기는 역부족이었습니다. 마음속에는 있지만 밖으로 표출하지 못하는 답답함은 뭐라고 표현할 수 없었습니다. 글을 쓰고 싶어 낮에 일하면서 퍼뜩 떠오르는 생각을 종이에 메모는 했지만, 글로 옮기기는 쉽지 않았습니다. 글을 쓰고 싶다는 마음은 태산 같지만, 책상에 앉으면 고단한 몸으로 꾸벅꾸벅 졸기만 했습니다. 낮에 메모해 둔 종이는 호주머니에서 닳아서 나오기도 하고, 주머니 밖으로 나오지 못한 메모는 세탁기 속에서 작업복과 함께 돌아가기도 했습니다. 그런 날에는 세탁물 속에 종이 부스러기가 가득 묻어 있어서 다시 세탁기를 돌린 적도 있습니다. 글쓰기 수업을 들으면서도 글을 쓰는 것이 부끄러웠습니다. 워낙 부족했기 때문입니다. 그런 저에게 이은대 작가는 얼굴에 철판을 깔고 쓰라고 힘주어 말씀하셨습니다. 명동 한복판에서 옷을 홀딱 벗을 각오 하고 글을 쓰라고 하셨습니다. 아기가 태어날 때 이 세상 살아갈 준비 다 하고 나옵니까. 못 쓰는 것이 당연하다는 말씀으로 힘을 주셨습니다. 그렇지만, 잘 쓰지 못한다는 생각에 글쓰기는 늘 제 마음을 무겁게 만들었습니다.

지금까지 부족했던 경험을 적었습니다. 이번에는 성장한 경험을 쓰겠습니다.

글쓰기 수업을 들으면서 매일 대학 노트 한쪽 분량의 일기를 씁니다. 저의 첫 책 『나는 꿈을 이루는 요양보호사입니다』도 요양보호사 일을 하면서 쓴 일기를 바탕으로 쓸 수 있었습니다. 일기가 없었다면 그 많은 일을 전부 기억할 수도 없었을 것이고, 요양보호사로 근무한 사실은 연기처럼 사라졌을 겁니다. 근무하면서 기록한 일기 덕분에 수월하게 책을 쓸 수 있었습니다. 수업을 통해서 기록의 중요성을 배우고, 일기를 써야 하는 이유를 알았습니다. 물론 2004년부터 다이어리를 적으면서 기록의 중요성을 체험한 적이 여러 번 있었습니다. 요즘은 스마트폰 카메라를 사용하지만, 2010년경에는 디지털카메라로 사진을 찍어 블로그에 올리곤 했습니다.

카메라를 구입한 지 얼마 되지 않아서 A/S를 받아야 했습니다. 택배로 보냈더니 서비스 기간이 경과되어 수리비를 전부 내야 한다고 했습니다. 다이어리에 적어 둔 내용을 사진 찍어 보냈습니다. 서비스센터에서 고객님 믿고 무상 수리 해 준다는 답변을 받았습니다. 만약에 다이어리에 기록해 두지 않았다면 수리비를 지불해야 했습니다.

그뿐만 아닙니다. 이웃에 사는 할아버지에게 돈을 두 번 갚을 뻔한 적도 있었습니다. 일이 너무 바빠서 돈을 갚았지만, 까마득하게 잊고 있었습니다. 어느 날 할아버지가 입금해 달라고 하셨습니다. 평소에 누구에게 줄 돈이 있으면 바로 드리는 편입니다. 생각은 나지 않고 답답했습니다. 2~3년 된 다이어리 적은 것을 훑어보며 넘겼습니다. 다행히 돈을 입금했다는 기록을 찾을 수 있었습니다. 이튿날 농협 가서 그날짜의 통장 거래 내역을 확인할 수 있었습니다. 이중으로 돈을 갚지 않아도 되어 가슴을 쓸어내린 적이 있습니다.

다른 사람은 전부 잘하는데 나만 못한다는 생각에 늘 불안하고 초조했지만, 처음보다 조금씩 나아지고 있습니다. 남과 비교할 게 아니라, 어제의 나보다 조금 더 나아지면 된다는 말씀을 수업 시간에 들었습니다. 나의 삶은 타인에 비해 늘 부족하고 모자라다는 생각을 했습니다. 글쓰기 수업을 들으면서 문득 내 삶에도 가치가 있다는 사실을 깨달았습니다. 있는 그대로 나를 받아들이고 부족한 그대로 쓰고 있습니다.

여기까지는 성장한 경험입니다. 다음은 핵심 메시지를 쓰면 됩니다.

글을 잘 쓰지 못하지만, 정성껏 씁니다. 못 쓰는 글 잘 쓰겠다는 욕심을 내려놓고 누군가를 돕겠다는 편안한 마음으로 쓰면 됩니다. 글쓰기를 잘하고 싶지만, 하지 못해 안타까워하는 한 사람 그 누구를 위해 돕겠다는 마음이면 충분합니다. 글을 잘 쓰고 못 쓰는 것은 중요하지 않습니다. 진실한 마음이 글에 얼마나 담겼는지가 중요합니다. 마지막으로 평가는 독자의 몫입니다. 평가를 받는 것은 나의 한계를 벗어나는 일입니다. 평가에 연연하지 말고, 얼굴에 철판 깔고 멋대로 한번 써 보자고 권하고 싶습니다. 아이들이 걸음마 배울 때 한 걸음 떼는 것이 중요하듯, 그냥 한번 써 보는 것이 중요하다고 생각합니다.

제4장

좋은 글을
쓰고 싶습니다

1.
글쓰기 성장 4단계

권시원

내 경험을 통해 글쓰기가 성장하는 과정을 이해하게 됐다. '자이언 트 북 컨설팅'에서 글쓰기를 배우면서 이 과정이 4단계로 발전한다는 사실을 알게 됐다. 내가 알게 된 내용이 글쓰기에 관심 있는 사람들에 게 도움이 되었으면 좋겠다.

2020년 7월, '자이언트 북 컨설팅' 대표이자 강사인 이은대 작가의 책 쓰기 강의를 듣기 시작했다. 원래 오프라인으로 진행되던 강의가 코로 나19로 인해 온라인 강의로 전환됐다. 무료 특강을 먼저 들어 본 후, 고 민할 필요 없이 평생 무료 재수강 회원으로 등록했다. 이은대 작가는 내 글쓰기 실력 향상과 자기 계발에 큰 도움을 주고 있는 멘토다.

강의를 처음 들었을 때는 내 생각과 다른 내용에 혼란스러웠다. 나 는 독서를 통해 배운 내용을 발췌해 편집만 잘하면 책을 쓸 수 있을 거라 생각했지만, 이은대 작가는 각자의 경험을 담아서 자신만의 책을 써야 한다고 가르쳤다. 다른 책의 내용을 인용하거나 변형해 쓸 수는 있지만, 자신의 경험담이 들어 있어야 내 책이 된다는 말이었다. 그래서 내 경험을 떠올리며 글을 써 보려 했지만, 어떻게 시작해야 할지 감을 잡기 어려웠다. 당시 대학원 입학을 준비하며 분주한 시간을 보내던 터라, 글쓰기를 미루기로 했다. 글을 쓰지는 않았지만, 강의는 꾸준히 들었다. 강의를 통해 이은대 작가의 글쓰기 철학과 인생관을 배우려 노력했다. 강의에서 권유하는 방법을 하나씩 실천해 봤다. 조금씩 변화하는 나를 느낄 수 있었다.

2023년 7월, '한마음 공저 2기'에 참여해 9월에 책이 출간됐다. 올해 9월부터는 라이팅 코치 양성 과정에 참여하고, 개인 저서 집필도 시작했다. 동시에 라이팅 코치 공저에 참여해 이 글을 쓰는 중이다.

이러한 경험을 통해 글쓰기 성장 과정을 4단계로 나눠 보았다. 첫 번째는 나를 알아 가는 단계다. 처음에는 내 경험을 끄집어내는 게 힘들었다. 내 안에 숨겨진 이야기들을 자세히 들여다본 적이 없었기 때문이다. 이은대 작가의 권유로 2022년 5월부터 일기를 쓰기 시작해서, 400일 넘게 쓰다가 중단했다. 바쁘다는 핑계로 미뤄 두었던 일기 쓰기를 올해 6월부터 다시 시작해 지금까지 꾸준히 쓰고 있다. 일기를 쓰면서 나를 더 잘 알게 됐다. 내가 무엇을 좋아하고 싫어하는지, 어떤 감정을 느끼고 무슨 생각을 하는지, 그리고 내게 중요한 가치가 무엇인지도 구체적으로 확인할 수 있었다. 일기 외에도 독서 노트나 강의 후기를 쓰면서 내 이야기를 꺼내 글에 연결해 보았다. 글로 표현한 이야기가 쌓일수록 나 자신을 더 깊이 이해하게 됐다.

두 번째는 나를 알리는 단계다. 글쓰기를 통해 나에 대해 알아 가니, 나를 알리고 싶은 마음이 생겨났다. 나에 대해 가장 잘 알고, 가장 잘 말할 수 있는 사람은 바로 나였다. 나를 알리는 가장 좋은 방법은 내 이야기를 쓰고 세상에 공개하는 것이다. 공저에 참여한 이유였다. 9명이 함께 나누어 써서 내가 쓴 글은 네 편에 불과했지만, 지인들에게 책을 선물하며 나를 알리기에 충분했다. 처음 내 이름이 인쇄된 책을 손에 쥐었을 때의 감동은 여전히 생생하다. 책을 잘 읽었다는 말을 들을 때마다 기분이 좋았다. 옛 연인과의 이별, 부모님과의 여행, 회사에서의 경험, 친한 사람들과의 관계 등을 글에 담아 작가로서 첫 데뷔를 성공적으로 마쳤다고 생각한다.

세 번째는 다른 사람에게 도움이 되는 단계다. 공저에 참여해 책을 냈지만, 내가 쓴 글이 다른 사람에게 충분히 도움이 됐다고 확신하기는 어려웠다. 그래서 내가 직접 정한 주제로 책 한 권을 써야겠다고 결심했다. 내 경험을 보편적인 메시지로 만들어 책 전체를 하나의 주제로 엮으면, 독자에게 도움을 줄 수 있을 것이다. 지금 개인 저서를 집필하며, 다른 사람에게 도움이 되는 글을 쓰기 위해 노력하고 있다. 꾸준히 글을 쓰며 내 이야기를 끄집어낸 만큼, 독자에게 도움을 주는 작가가 되길 바란다.

마지막으로 네 번째 단계는 다른 사람에게 글쓰기를 강의하고 전파하는 단계다. '자이언트 북 컨설팅'을 통해 글 쓰는 삶을 배우고 내면의 성장을 경험했다. 이 경험이 나에게 도움이 되었기에 글쓰기를 다른 사람에게도 전파하고 싶다는 마음이 들었다. 라이팅 코치 강의를 들으며 1인 기업을 위한 마케팅 노하우와 글쓰기를 배우고 있다. 아직세 번째 단계를 진행 중이지만, 네 번째 단계로 나아가기 위해 준비를하고 있다. 내년 1월에는 회사에 복귀하기 때문에 휴직이 끝나기 전에 8주 과정을 마치고 싶어 등록했다. 좋은 선택이었다고 생각한다. 라이팅 코치로서 글 쓰는 삶을 전파하며 1인 기업을 운영하는 내 미래를그려 본다.

내 글쓰기 성장 과정은 계속 진행 중이다. 언제쯤 네 번째 단계에 도달해 글 쓰는 삶을 전파하며 사람들에게 도움을 줄 수 있을지 모르겠다. 하지만 확실한 것은 꾸준히 단계를 밟아 간다면, 스스로 멈추지 않는 한 계속 성장할 수 있다는 사실이다. 내 안에 숨어 있던 이야기를 꺼내면서 시작한 나의 글쓰기. 내 경험들이 하나의 이야기가 되어 나를 알리고, 다른 사람을 도울 수 있는 강력한 도구가 되어 가고 있다.

김지수 작가의 책 『이어령의 마지막 수업』에는 故 이어령 교수의 삶에 대한 깊은 혜안이 담겨 있다. 이어령 교수는 소유로 삶의 질을 판단하지 않는다고 했다. 럭셔리하고 부유한 삶은 이야기가 있는 삶이며, 스토리텔링을 얼마나 갖고 있느냐가 삶의 질을 결정한다는 것이다. 그의 삶 또한 럭셔리했으니 본받을 만하다. 글쓰기를 통해 성장하는 삶을 선택한 사람이라면 자신의 이야기를 전달하는 스토리텔러가 되는 게 필수다. 다른 사람에게 전하는 이야기가 많아질수록 삶도 점점 럭셔리해지고 풍요로워질 것이다.

글을 쓰며 자신을 성장시키는 삶은 누구나 바로 시작할 수 있다. 내 경험상 일기로 시작하는 게 가장 쉽고 효과적이었다. 매일 쓰는 게 부담스러웠지만, 하루에 정해진 양을 채우는 걸 목표로 하다 보니 익숙해졌다. 일기를 쓰면서 내가 자주 하는 생각과 고민을 알게 되고, 중요한 순간에 더 명확하고 후회 없는 결정을 내릴 수 있었다. 나에 대해 말하는 것도 쉬워져 인간관계에도 도움이 됐다. 일기 다음으로는 서평을 쓰는 게 효과가 있었다. 책을 읽고 마음에 와닿는 문장을 골라, 내 생각과 의견을 덧붙이고 경험담을 추가하여 나만의 이야기를 만들 수 있게 됐다.

내가 글쓰기를 통해 성장해 온 것처럼, 글 쓰는 삶을 권하고 싶다. 내면에 있는 경험을 끄집어내 나만의 고유한 이야기를 쓰면 내 글이 좋아진다. 내 글이 좋아질수록 인생도 점점 좋아진다.

2.
나의 인생 이력서

김미예

"오늘만 잘 살면 돼. 언제 어떻게 될지 모르는데 내일을 생각해서 뭐 해."

"야, 그 나이에 글은 뭐 하러 써? 그냥 살던 대로 살아. 피곤하지 않아? 즐기면서 살아!"

"여태까지 자기 계발 한다고 평생 공부했는데, 지금까지 네가 이룬 게 뭐야? 너 지금 하는 그거, 아무짝에도 쓸모없다니까."

2024년 9월 20일. 친구의 어머니가 돌아가셨습니다. 장례식장에서 지인 K, 나를 도와준 S 차장님, 고인의 딸 민수와 이야기를 나누었습니다. 민수는 치매 증세가 있던 엄마에게 많이 미안하다고 했습니다. 마지막으로 손이라도 한 번 더 잡아 주지 못해 후회한다고 했습니다. 순간 정적이 흘렀고, 나는 뭐라 말해 줘야 할지 난감했습니다.

그 자리에서 글 쓰는 나에게 "이제는 편하게 살아라", "건강도 좀 챙겨라"는 조언이 이어졌습니다. 장례식장을 나와 잠실의 저자 사인회장으로 가는 길에, 지금의 나를 돌아보았습니다. 나는 나를 위해 살고 있는가? 다른 사람들에게 휘둘리며 살고 있지는 않은가? 여러 가지 생각이 스쳐 갔고, 스스로에게 물었습니다. '어떤 사람으로 기억되고 싶니?'

깊은숨을 한번 쉬고 다시 생각에 잠겼습니다. 사람들은 나를 어떤 사람으로 기억할까? 그동안 깊이 생각해 보지 않아서인지 쑥스럽고 어색했습니다.

이럴 땐 종이에 써 보라는 선생님의 말씀이 떠올랐습니다. 지하철 안에서 수첩을 꺼내 적기 시작하니, 내 마음이 보이기 시작했습니다. 그때 옆 사람이 내가 쓰는 문장을 보고 "작가세요?"라고 물었습니다. 작은 소리로 "네."라고 대답하고 나니 자세가 달라졌습니다.

질문을 적으면서 따뜻한 사람으로 기억되고 싶다는 생각이 들었습니다. 예전에는 칭찬과 인정을 받고 싶었고, 모든 사람이 나를 좋아했으면 좋겠다고 생각했습니다. 그러나 삼 분의 일 법칙을 깨닫고 나서는 내려놓을 수 있었습니다. 내가 무슨 짓을 하든 나를 좋아하는 사람이 있고, 싫어하는 사람, 관심 없는 사람이 항상 있기 마련이라는 것을 알게 되었습니다. 필요한 사람이 되기로 결심했습니다.

저의 글쓰기 선생님인 이은대 작가는 '잘 쓰기 위해 잘 살기로 했다.'고 그의 저서『작가의 인생 공부』에서 말했습니다. 나도 책 읽고 글을 쓰며 잘 살고 싶었습니다. 이은대 작가의 삶을 눈으로 보며 내가 할 수 있는 것들을 따라 하기 시작했습니다.

내가 쓰는 글이 시작하지 못하고 의기소침해 있는 누군가가, 다시 한번 살아 볼 힘을 내도록 도와줄 수 있다면 좋겠다는 바람을 가지고 라이팅 코치 과정에 도전했습니다. 꾸준하게 자리를 지키고, 누구라도 내게 길을 묻는다면 기꺼이 대답해 줄 수 있는 인생의 조력자가 되기로 했습니다.

이런저런 생각을 적다 보니 어느새 잠실역에 도착했습니다. 어느 곳에 가든 처음 온 사람이 낯설지 않게 정성으로 맞이하는 사람이 되고 싶었습니다. 저자 사인회에 참여하는 자이언트 작가와 지인들에게 마음을 내어 먼저 다가가 인사하는 것도 그런 이유입니다. 그것이 오늘의 주인공인 작가에 대한 예의라고 생각했기 때문입니다. 행복한 마음으로 참여했습니다. 이은대 작가의 정성을 보며 나도 정성 어린 작가가 되겠다고 결심했습니다.

책을 읽고 마음에 남는 문장을 노트에 적으며 매일 기록합니다. 글과 삶이 함께여야 한다고 배웠습니다. 수업도 듣고, 매일은 아니지만, 복습과 반복 연습도 합니다. 소심하던 내가 책 속의 문장을 보고 글을 쓰면서 다른 사람의 시선에 신경 쓰는 일이 줄어들었습니다. 남편에게도 신중하게 대하고, 아직 부족하지만 아이들에게도 기다려 주려 노력하고 있습니다.

"엄마가 내 엄마라서 참 행복해요."

막내 지효가 다가와 하트를 날리고 갔습니다. 나는 지금도 공부하고 노력하는 중입니다. 살아온 날들보다 남아 있는 날이 더 적기에 하나하나 기록으로 남기고 있습니다. 찰나의 순간에 꼭 기억해야 하는 것들도 메모하지 않으면 잊어버리기 때문입니다.

행동하지 않았을 때는 자신감이 떨어졌지만, 책을 읽고 글을 쓰며 약속을 지키기 위해 노력했습니다. 그동안 배운 것을 노트에 적고 싶다는 생각이 들었습니다. 이렇게 적어 둔 노트를 보니 지금보다 더 잘 살도록 노력해야겠다는 마음이 생깁니다.

긴 모조지를 벽면에 붙이고, 10대부터 50대까지의 인생을 막대그래프로 그려 보았습니다. 딸들이 와서 묻습니다.

"이게 뭐예요?"

"엄마의 인생을 돌아보는 표야. 같이 할래?"라고 물었습니다. 아이들은 호기심을 보이며 펜을 집어 들었습니다. 옆에 써 보라고 했더니, 서로 가리고 뭔가를 씁니다. 쓰다가 내가 써 놓은 걸 보고, 몰랐던 엄마의 10대, 20대, 30대, 40대를 보고 놀라기도 하고, 박장대소를 하며 웃기도 했습니다. 두 딸을 보며 모조지를 붙여 두길 잘했다는 생각이 들었습니다. 엄마의 삶을 이해하는 계기가 되었으니까요.

이 또한 책을 읽고 글을 쓰면서 얻게 된 결과라고 생각합니다.

여러분도 사소한 일이라도 글로 남기며 그 기쁨을 누리시길 바랍니다. 지금 내가 처한 환경이 바쁘고 힘들다 하더라도, 혹은 하는 일이 보잘것없어 보일지라도, 그럴수록 기록으로 남기는 것이 중요합니다. 작은 일에도 정성을 쏟으면 크고 좋은 일들이 '나'에게 돌아올 것입니다. 하루를 돌아보며, 오늘의 일을 적고 스스로를 인정하는 힘을 얻어 갑니다.

처음에 물었던 '어떤 사람으로 기억되길 바라는가'라는 질문에 대한 답을 드리겠습니다. 늘 그 자리에서 따뜻하게 맞이하는 사람이 되겠습니다. 인생 이력서에 '기꺼운 마음으로 내 품을 내어 주는 사람'이라고 적었듯이, 행복한 마음으로 나에게 오는 사람들을 품어 주려 합니다.

3.
글쓰기, 나를 성장시키는 도구

김태경

2022년 2월에 자기 계발을 시작했습니다. 그해 5월, 함께 활동하던 칭찬 커뮤니티 사람들과 책을 쓰기로 했습니다. 자기 자신을 칭찬하며 자존감을 회복한 경험을 담기로 했습니다. 성인이 된 이후로는 글을 써 본 기억이 없습니다. 쓸 수 있을 것 같아 무작정 도전했습니다. 막상 글을 쓰려니 초조해서 아무 생각이 나지 않았습니다. 중간에 포기할 수도 없었지요. 다른 사람들에게 피해를 주고 싶지 않았으니까요. 방법을 찾던 중 온라인에서 글쓰기 강의를 신청해서 들었습니다. 배운 내용을 기억하며 제 이야기를 한 문장씩 써 내려갔습니다. 글 쓸 시간이 충분했기에 가능했습니다. 처음이었기에 글을 쓰는 것부터 다른 사람들과 일정을 맞추는 일까지 신경 써야 할 부분이 많았습니다. '두 번 다시는 책을 쓰지 않겠다!'고 굳게 다짐했을 정도였으니까요. 그렇게 완성한 첫 공저 『나는 나를 응원합니다』가 크리스마스날 세상에 나왔습니다. 개인 저서는 아니었지만, 작가가 되는 첫 발걸음을 내디딘 순간이었습니다.

첫 책이 나온 지 두 달도 채 지나지 않아 두 번째 기회가 찾아왔습니다. 멘탈 파워 성공 스쿨에서 스피치를 배우며 발표 불안을 극복한 사람들과 함께 책을 쓰기로 했습니다. 첫 번째 책은 우리끼리 진행하다 보니 출간까지 7개월이 걸렸습니다. 이번에는 '자이언트 북 컨설팅' 이은대 작가의 코칭을 받으며 시작했습니다. 정해진 열흘 동안 초고를 작성했습니다. 발표 불안이 생긴 과정. 학창 시절, 수업 시간에 일어나 책을 읽을 때 떨리는 염소 소리 같은 목소리가 나왔던 기억. 스피치 하는 모습을 동영상 촬영하며 발표 불안을 극복해 나갔던 과정을 떠올리며 한 문장씩 쓰다 보니 원고가 채워졌습니다. 초고 작성부터 3차 퇴고를 거친 후 출간 계약을 체결했습니다. 초고를 쓰기 시작한 지 두 달 반 만에 두 번째 공저 『발표불안은 어떻게 명품 스피치가 되는가』가 서점에 출시되었습니다.

그때부터 글쓰기가 점점 재미있어지기 시작했습니다. 말하기를 두려워하던 제가 스피치를 배우며 자존감을 회복하고, 자신감을 갖는 과정을 글로 썼습니다. 이번 책은 어린 시절의 저를 돌아볼 기회가 되었습니다. 성인이 되어서도 제 생각을 제대로 표현하지 못했습니다. 다른 사람 뒤에 숨어 지내던 이야기를 글로 풀어내며 성장한 제 모습을 발견해 기쁩니다. 두 번째 공저를 쓰면서 기회가 된다면 내 책을 내고 싶다는 생각이 들었습니다. 그래서 집필을 끝내자마자 '자이언트 북 컨설팅'의 책 쓰기 정규 과정에 등록하게 되었습니다.

글쓰기 강의를 들은 지 약 두 달쯤 되자, 스피치와 글쓰기를 제 일상의 일부로 만들고 싶다는 욕심이 생겼습니다. '스토리텔링으로 책 리뷰하기(스텔리)'라는 독서 모임을 기획했습니다. 책을 읽고 공감되는 문장을 찾아 자신의 경험과 연결해 글 쓰고 발표하는 온라인 독서 모임입니다. 같은 커뮤니티에서 공부하던 사람들을 대상으로 모집했습니다. 처음에는 여섯 명으로 시작해 지금은 열 명이 넘는 모임으로 성장했지요.

독서 모임을 시작한 지 약 9개월 정도 되었을 때, 회원들한테 그동안 쌓아온 글쓰기 경험을 바탕으로 책을 함께 써 보자는 제안을 했습니다. 열 명이 함께하겠다고 모였습니다. 라이팅 코치 자격 과정을 공부하던 중이었습니다. 수료 전이고, 경험이 없어 제가 주관하기에는 부담이 컸습니다. 이번에도 '자이언트 북 컨설팅' 이은대 작가의 도움을 받으며 글을 쓰기 시작했습니다. 공저는 보통 네 꼭지만 쓰면 된다고 하지만, 책 쓰기는 결코 쉬운 일이 아니었습니다. 처음 책을 쓰는 사람들에게는 한 꼭지마다 1.5매 분량을 채우는 것이 만만치 않았으니까요. 그럼에도 모두가 끝까지 포기하지 않았습니다. 덕분에 한 달 반 만에 출간 계약을 맺을 수 있었지요. 이후 한 달간 출판사의 퇴고 과정을 거쳐 『자기계발의 미학』이 서점에 출시되었습니다. 저에게는 함께하는 사람들과 이룬 프로젝트라 특별한 의미가 있는 세 번째 공저입니다.

책이 서점에서 판매를 시작했을 때, 함께 책을 쓴 작가들과 교보문고 합정점에 갔습니다. 직접 책을 찾아 들고 기념사진을 찍었습니다. 커뮤니티 모임에 나가면 책을 산 사람들이 사인을 부탁하기도 했습니다. 멋진 사인을 준비하지 못해 쑥스럽긴 했지만, 그 순간이 뿌듯했습니다.

책을 읽은 사람들은 초보 작가의 글 같지 않다며, 내용이 좋고 동기부여가 된다고 말했습니다. 덕분에 새벽 기상을 시작하고 다이어리를 쓰게 되었다는 사람도 있었습니다. 또 다른 지인은 책을 주위 사람들에게 선물했다고 했습니다.

두 번째 공저까지는 큰 반응 없던 가족도 이제는 제 노력을 인정해 주기 시작했습니다. 남편은 웃으며 "이제 개인 저서도 써야지!"라고 말했습니다. 요즘은 책상에 앉아 있으면 청소나 설거지도 대신해 주는 모습에 고맙습니다.

처음 글을 쓰기 시작했을 때 일기를 썼습니다. 여러 주제를 정해 놓고 에피소드를 떠올리기도 했지요. 도움을 주거나 받았던 경험, 좋은 습관과 나쁜 습관, 실수한 이야기, 좋아하는 것과 싫어하는 것, 1년 전의 나와 지금 변화된 모습 등 다양한 경험을 썼습니다. 처음에는 무언가를 말하려 해도 생각이 정리되지 않았지요. 어떻게 이야기해야 할지 몰라 횡설수설하기도 했습니다. 글로 써 놓으니 생각과 말이 정리되기 시작했습니다. 그때부터 말과 글은 바늘과 실처럼 서로 뗄 수 없는 관계라는 생각이 들었습니다.

글이 잘 써지지 않을 때는 책을 읽었습니다. 문장 독서를 했지요. 마음에 와닿는 문장을 노트에 적고, 나만의 문장으로 만들어 보았습니다. 짧은 글이라도 매일 쓰려 노력했지요. 모든 글은 어떤 상황으로 시작했든 해피 엔딩으로 마무리하려 했습니다. 그렇게 책을 읽고 글을 쓰다 보니 저의 또 다른 모습을 발견하게 되었습니다. 고쳐야 할 태도들이 보이기 시작했습니다. 자신감이 부족하고 부정적인 성향이 강했습니다. 상대방의 이야기를 들을 때 공감하고 경청하지 않았습니다. 반박할 부분을 찾으며 날을 세웠다는 것을 깨달았습니다. 그래서 '그럴 수 있지!' 하고 상대방의 입장에서 생각해 보기 시작했습니다. 글쓰기 덕분에 차분하고 편안한 성향을 조금씩 갖출 수 있게 되었습니다. 글은 저 자신을 이해하고 성장시키는 중요한 도구가 되었습니다. 앞으로도 글을 쓰며, 제 글을 읽는 독자들에게 도움을 주는 작가로 성장하고 싶습니다.

글을 쓰는 작가로 산다는 것, 한 번도 상상해 보지 않았습니다. 책은 특별한 사람들이 쓰는 것으로 생각했기 때문이지요. 우연히 찾아온 기회를 잡았습니다. 열 명이 모여 한 권의 책을 만드는 공저 프로젝트였지요. 두려움에 시작하지 않았다면 저는 여전히 며느리, 아내, 엄마로 살고 있을 것입니다. 처음부터 개인 저서를 쓰는 것은 부담스러울 수 있습니다. 경험이 부족할 때는 공저를 통해 글쓰기에 친숙해지는 것도 좋은 방법입니다.

4.
생각, 말, 행동을 선물하고 싶다

박정재

무엇을 도와 드릴까요? 무엇을 얻기 위해 글을 읽고 있나요? 앵커는 최신 정보를 주고, 은행은 돈을 빌려준다. 상인은 제품을 주고, 약사는 약을 주고, 의사는 진단하고 치료를 해 준다. 식당은 맛있는 밥을 주고, 변호사는 변호해 준다. 각자의 직업에 맞는 방식으로 도움을 준다. 그럼 작가는 독자에게 무엇을 줄까?

첫째, 생각을 주고 싶다.

중학생 때까지 대니얼 디포의 소설책『로빈슨 크루소』한 권만 읽었다. 독후감 숙제를 위해 필요한 책이었다. 망설임이 없다.『로빈슨 크루소』로 독후감을 쓰는 것이다. 한 권의 책이 유용하게 쓰인다. 한 권 이상 읽으면 도움이 될 것이라는 생각은 하지 못했다.

보통 금요일 저녁에 집으로 간다. 토요일에 가고 싶어 기숙사에서 잤다. 기숙사에서 버스를 타러 가는 길은 살포시 걸어도 등 뒤에서 누군가 밀어 주는 것 같다. 내리막이다. 자전거를 타고 내려가면 눈썹도 휘날린다. 다시 숙소로 갈 생각하면 한숨이 나온다. 시내버스 계단을 성큼성큼 올라간다. 자리가 어디에 있나 둘러본다. 빈자리로 직행이다. 가방을 집어던지고 앉는다. 집은 포항 중심지 시내를 거쳐서 간다.

시내 어느 정류장에서 마음에 드는 여성이 탔다. 그저 마음이 끌리는 이상형이 있었다. 생각 없이 들이대는 것이 맞나? 말을 준비해서 해야 하나? 그 당시 둘 다 맞았다. 자연스럽게 이야기를 해야 할까? 한 정거장 정지할 때마다 내릴까 봐 가슴이 쭈그려졌다가 펴졌다가 했다. 집 근처에서 내려야 말을 걸 수 있는데, 집에서 멀면 버스비를 한 번 더 내야 한다. 머리에 스치듯 TV 광고가 생각났다. 생각하는 힘이다. "저 내려요." 이 말은 목에 칼이 들어와도 못 한다. 얼굴에 산봉우리가 많기 때문이다. 생각하는 힘과 그릇이 너무 작았다.

이상형이 내린다. 익숙한 주변이다. 다행이다. 집이랑 한 정거장 차이이다. 내려야 한다고 몸이 반응했다. 따라 내렸다. 뒷모습을 보면서 졸졸 따라갔다. 생각 정리가 되지 않았다. 건널목 세 개를 건넜다. 뒤만 보다가 시선을 주변으로 옮겼다. 주택 단지가 보였다. 이제는 말을 걸지 않으면 안 되겠다 싶었다. "저기요." 하고 작은 목소리로 말했다. 반응이 없다. 다시 뒤따라가서 말했다. "저기요." 큰 소리로 말하니 뒤돌아본다. 떨리는 순간이었다. 일단 말을 걸었다. 결과는 불 보듯 뻔하다. 답변은 "관심이 없어요."였다.

한 권, 두 권, 책을 읽었다. 권수가 늘어날 때마다 생각의 그릇이 커졌다. 좋은 글은 구분할 수 없다. 처음에 신문, 대학교, 도서관, 출판사에서 추천해 주는 책 또는 베스트셀러 책을 읽었다. 글자를 읽고 상상하기 시작했으며, 그림으로 그렸다. 나라면 어떻게 행동했을까? 말을 했을까? 생각하게 되었다. 책을 읽어 생각하는 힘이 강해졌다. 처음에는 생각 정리가 되지 않는다. 생각 정리는 머리에 지식이 차곡차곡 쌓이다 보면 정리가 되는 순간이 있다. 생각 정리가 되면 생각하는 그릇이 커진다. 생각하는 힘을 사용해서 지금 아내를 만났다. 사랑스러운 자녀를 낳고 행복하게 살고 있다. 생각의 에너지가 많아지면 말과 행동까지 변하게 된다. 생각할 거리가 있는 글을 써서 독자에게 도움이 되는 선물을 주고 싶다.

　둘째, 말을 하도록 해 주고 싶다. 심장 뛰는 소리가 커지고, 맥박이 빨라지고, 다리를 떤다. 선생님! 제발 절 부르지 마시고, 앞자리, 옆자리, 뒷자리, 사방으로 친구 이름을 부르지 마세요. 초등학교 때 추억이다. 책 읽는 시간은 공포 그 자체이다. 수업 마치는 종소리가 울리면, 바로 엎드려 잠을 잔다.

　대학 때 발표가 있는지 모르고 선택한 교양 세미나이다. 주제 하나를 아무거나 찾아서 발표하는 것이 과제다. 발표 울렁증이 있고, 말을 조리 있게 하지 못했다. 어떻게 해야 할까? 일단 주제를 찾았다. A4 용지 한 장 반 정도의 분량으로 발표를 해야 한다. 도서관에 가서 책을 보고, 정보열람실에서 컴퓨터로 자료를 찾기도 했다. 며칠 동안 컴퓨터 앞에 앉아 딸깍딸깍 마우스 버튼을 눌렀다. 빙고, 찾았다. 발표 주제는 '박수'다. 손 박수의 효능에 대해 발표를 하기로 했다.

대본을 암기했다. 왜 이렇게 안 외워지는지. 손으로 연습장에 써도 휘발유가 금방 공기 중으로 날아가는 것처럼 금방 까먹었다. 금붕어 암기 수준이다. 외워도, 외워도 말로 표현하려니 버퍼링이 걸리고 생각이 전혀 나지 않았다. 발표문을 소리 내어 읽어도 큰 효과는 없었다. 책에서 낭독은 암기에도 효과가 있다고 했는데, 잘되지 않았다. 낭독을 반복했다. 서서히 대본을 외우게 되었다. 60% 정도였다. 책에서 본 것을 적용했다. 쉬는 곳과 억양을 주는 것만으로 말하는 것이 편했다. 박수에 효과에 대해 매일 소리 내어 읽었다. 조금씩 자연스러워졌다.

발표문을 모두 외었다. 입에서 저절로 툭 튀어나왔다. 그런데 발표하지 않았다. 기회가 없었다. "손뼉을 치면 건강해진다는 것은 아시죠? 박수를 세 번 쳐 봅시다. 짝짝짝. 감사합니다, 저를 위해 손뼉 쳐 주셔서. 다시 감사합니다." 이렇게 시작하려고 했다. 발표가 없어 한결 마음이 편했다. 하늘 위를 걷는 기분이었다. 좋은 경험을 살려 책을 볼 때 좋은 문장은 한 번씩 소리 내 읽는다.

자주 하지 않으면, 반복하지 않으면 전문가가 안 된다. 책을 읽을 때 말을 더듬거렸다. 한 문장도 겨우 말했는데 점점 문장 수가 늘어나게 되었다. 책에서 읽은 문장을 앵무새처럼 따라 말한다. 지금도 노력 중이다. 눈으로 보고, 입으로 소리 내어 말하고, 귀로 또 듣는다. 이렇게 하면 입력을 세 번, 아웃풋을 한 번 하게 된다. 말은 할수록 잘한다. 고기도 계속 씹어야 제맛을 알 수 있다. 쌀밥도 씹을수록 맛이 달라진다. 글이 말로 바뀌어 표현을 잘하는 이야기꾼을 선물로 주고 싶다.

셋째, 행동하도록 해 주고 싶다.

거인의 어깨 위에 올라타라. 나도 올라타고 싶다. 막상 올라타려고 하면 용기가 필요하다. 독서는 행동하도록 도와준다. 무료 강의가 있다. 유료 강의도 있다. 유튜브에도 수많은 강의가 있다. 강의 홍수 속에 살고 있다. 옥석을 가리는 것은 우리 힘으로는 어렵다. 강의료를 지급하고 나면 그때야 알 수 있다. 제대로 된 동아줄인지, 썩은 동아줄인지.

블로그를 하지 않으면서 블로그 강의료를 입금했다. 블로그 포스팅으로 시간을 소비하면 안 됩니다. 시간을 아껴야 합니다. 편하게 포스팅하는 방법을 찾았다. 글도 대신 AI가 써 준단다. 이미지도 AI로 하면 된다. 결국, 하지 않고 강의 기간이 만료되었다.

영어 회화가 필요해서 수강료를 카드로 긁었다. 삼 일 꾸준히 수강했다. 끝까지 동영상을 보지 못했다. 이뿐만 아니라 주식 강의도 무조건 돈 벌 수 있다고 해서 여기저기 돈을 긁어모아 입금했다. 강의가 열 페이지는 된다. 200강이다. 말도 느리고, 돈 버는 기술은 말은 안 하고, 엉뚱한 말만 한다. 결국은 내가 직접 모든 일을 해야 한다. 노트북 앞에 앉아 키보드도 치고, 이미지도 그리고, 포스팅도 해야 한다.

행동하지 않으면 성과, 성취, 결과는 없다. 행동해서 성과가 있든 없든 직접 경험을 해야 했다. 원동력은 책을 읽고 뇌가 결제 뇌로 변하고 운동 신경이 손가락을 움직였다.

좋은 문장으로 바른 생각, 바른말, 바른 행동을 유도하고 싶다. 공감하는 글, 운명을 바꾸는 글, 바른 고민 하는 글을 쓰고 싶다. 책을 읽고 있는 당신에게 좋은 생각, 창의적인 생각, 세상에 존재하지 않는 생각, 긍정의 말, 격려의 말, 칭찬의 말, 바른 행동, 활기찬 행동, 사람을 이끄는 행동을 하는 사람이 되도록 살아 움직이는 문장을 선물로 주고 싶다.

5.
당신이 기억되고 싶은 대로
써야 한다

변지선

작년 여름 여동생이 사는 캐나다에 놀러 갔을 때입니다. 제가 챙겨 간 소주를 앞에 두고 술잔을 기울이며 돌아가신 아버지 이야기를 했는데, 저는 아버지와 몇 가지 기억 때문에 다정한 아버지였다고 이야기했는데, 네 살 아래인 동생은 저와 다르게 이야기하더군요.

제가 떠올리는 아버지에 대한 기억입니다. 저는 아버지께 술을 두 번 배웠는데, 밤 늦게 제사를 마치면 늘 아버지께서 "음복"이라고 외치고 마시던 하얀 막걸리 맛이 궁금했습니다. 초등학교 5학년 때 무슨 맛이냐고 물었더니, 엄마가 말리는데도 한 모금은 괜찮다며 마셔 보라고 해서 한 모금 마셨지요. 그 후 제사상에서 막걸리를 보면 아버지가 떠오릅니다.

하얀 두부 듬뿍 넣은 된장찌개를 끓여서 대학 입학에 실패한 저에게 '별거 아니다. 인생 길다.'라며 소주 한잔 따라 주셨던 분입니다. 그

당시 가장 도수가 높았던 두꺼비가 그려져 있던 진로의 맛을 알게 해 주셨지요. 하지만 동생은 사업 실패 후 늘 술만 드셨던 어두운 아버지로만 기억하고 있었습니다.

대학 친구들과 첫 경주 여행을 갔을 때도 기억합니다. 제가 스물세 살의 나이에 일찍 결혼한다고 친구들이 서운하다며 간 여행입니다. 부산에서 고속버스를 타고 맨 뒷자리에 다섯 명이 앉아서 여고생처럼 깔깔거리며 경주로 갔었지요. 자전거도 타고, 박물관도 구경하며 하루를 보냈었는데요. 오십이 넘어 만난 그때 그 친구들은 경주 여행을 잘 기억하지 못했습니다.

"내 결혼이 4월이어서 우리가 3월에 여행한 거잖아."

제 일이기도 했고, 일기를 썼기 때문에 저는 아버지와의 일도, 친구들과의 경주 여행도 또렷이 기억하고 있었습니다.

기억하려면 기록해야 합니다. 제가 요즘 글쓰기를 배우고 책을 쓰면서 느끼는 건데, 기억하려면 일기 쓰기나 블로그 등 SNS를 활용해서 기록해야 합니다. 일기를 나의 기록이 아니라 숙제처럼 생각하고 있는 사람들이 많습니다. 블로그 글을 써 보라고 권했더니, 남들이 내 글을 읽는 게 싫다고 말하는 사람이 있었습니다. 나의 과거는 기억해서 기록하지 않으면 영영 사라집니다.

아버지를 떠올리기 싫어하던 여동생에게 제가 알던 아버지를 묘사하니 "언니는 아빠랑 추억이 많네. 좋겠다."라고 말했습니다. 동생에게 우리가 놀러 갔던 일, 아버지가 어린 진돗개를 한 마리 데려와서 키우자고 했던 일 등을 이야기하니 "맞아, 우리 아빠 좋은 분이었지." 하고 여동생은 다시 아버지의 기억을 수정합니다. 분명 동생도 아버지에 대한 좋은 기억이 있었을 텐데, 기억하지 않아서 그런 겁니다. 이제라도 아버지를 좋게 기억하게 되어 다행입니다.

생각해 보니 저도 그랬습니다. 열아홉 살 대학 입시 실패로 재수했던 기억, 스물세 살에 결혼해서 서른한 살에 이혼했던 일 이후로 내 인생 전체를 패배자로 생각하며 대충 살았습니다. 주홍 글씨처럼 스스로 낙인찍었습니다. 남들이 알지 못하게 하려 했고, 스스로 기억을 지우려고 노력했습니다. 좋은 기억도 많았는데 말입니다. 재수생 시절 친구들과 학원 땡땡이치고 서면 먹자골목에서 떡볶이랑 소주 먹었던 짜릿한 기억도 있고, 첫 딸을 낳아서 행복했던 기억도 있습니다.

스물네 살에 처음으로 아기를 낳던 날입니다. 분만 대기실에 누워 있던 다른 산모들은 모두 무통 분만 시술을 받고 조용히 누워 있는데, '산통을 겪어야 진정한 엄마지' 하는 객기로 자연 분만을 고집했습니다. 골반이 벌어지는 무시무시한 통증을 7시간이나 소리 내지 않고 견뎌서 딸을 낳았습니다. 그런 소중한 기억을 몽땅 지우고 살았던 겁니다. 이제는 아이들과 이야기하며 웃습니다. 아이들이 기억해 주길 바라면서요.

글쓰기를 배우고 책을 쓰면서 가장 먼저 떠오른 기억은 20~30대 시절이었습니다. 내 인생 중 가장 지우고 싶었던 실패의 기간이어서 꽁꽁 감추고 살았는데 말입니다. 실패한 내 경험이 오히려 더 글을 적을 거리가 많았습니다. 그 시절이 더 소중하다는 걸 깨달았습니다. '애들 아빠를 조금만 더 이해하고 참아 볼걸, 시댁과의 불편함을 조금만 다르게 생각해 볼걸'하는 반성도 했습니다. 대학교까지 썼던 일기를 쓰지 않아서 그랬는지도 모르겠습니다. 그때 계속 일기를 쓰고 자신에 대한 성찰이 있었더라면 다른 삶을 살았을지도 모르겠습니다.

남아 선호 사상이 심했던 엄마에 대한 기억, 대학 시절 친구들과 여행했을 때의 기분, 부모님 사이 관계에 대한 분위기, 시부모와의 미묘한 관계, 이런 인생 이야기를 할 수 있는 사람은 오직 나뿐입니다. 내 이야기를 내가 당당히 기록해야 합니다. 누구도 내 인생의 의미를 두고 멋대로 해석하지 않게 말입니다. 그것이 기록이고 글쓰기, 책 쓰기입니다.

멕시코에는 '망자의 날'이라는 고유 명절이 있습니다. 10월 31일부터 11월 2일까지 3일간 집안 대대로 모든 돌아가신 분들 사진과 음식을 차려 놓고 망자에 대해 이야기하며 기억한다고 하는데, 2017년 〈코코〉라는 애니메이션 영화에서도 나왔던 내용입니다. '리멤버 미(날 기억해 줘요)'라는 음악과 "살아 있는 자들의 땅에서 널 기억하는 사람이 아무도 없게 되면 넌 세상에서 사라지는 거야."라는 명대사가 있었습니다.

영화를 보고 나오는 길에 돌아가신 아버지와 외할머니, 외할아버지를 잠시 떠올렸습니다. 방학 때마다 부산에서 경기도 동두천까지 외할머니 집을 찾아갔던 기억, 젖소를 키우던 할아버지 모습, 여름밤 옥수수를 맛있게 삶아 주던 외할머니 얼굴, 손목시계 대리점을 하셨던 아버지가 직원들 부리던 모습까지. 그분들과의 추억을 떠올렸으니, 이승에서도 사라지지 않았겠다 안심하면서요.

기억하지 않으면 사라진다는 진리는 전 세계 어디서나 통하는 것 같습니다. 기록해야 기억됩니다. 매일 내 삶을 관찰하면서 적어 봅니다. 내 책상에 놓여 있는 노트 한 권, 보라색 펜 한 자루도 왜 내가 이것을 선택해서 샀는지를 적어 봅니다. 오늘 아침에는 밥을 먹었는지, 샐러드와 빵을 먹었는지도 기록합니다. 메타세쿼이아 그늘 때문에 뜨거운 가을 한낮의 땡볕을 피했던 날, 나무에 대한 고마움을 글로 적었습니다. 저는 이렇게 사소한 것도 소중하게 적었던 사람으로 기억되고 싶습니다. 당신은 어떻게 기억되고 싶으신가요? 지금 종이와 펜을 꺼내 써 봅시다. 내가 기억되고 싶은 모습과 내 주위 사람들에 대한 기억을.

6.
총보다 펜이
더 강할 때도 있다

송주하

내가 했던 쓰기는 메모가 전부였다. 흔한 일기조차도 써 본 적이 없다.

우연히 책을 읽기 시작했다. 책이 좋아서라기보다 시간을 보내기 위한 선택이었다. 그 안에는 돈 때문에 힘들어했던 누군가의 이야기가 있었다. 사람이 그런가 보다. 더 큰 문제가 드러나면 내가 가진 고민은 상대적으로 작게 느껴진다. 세상에는 나보다 훨씬 더 절박하고 힘든 사연들이 많았다. 우물 안의 개구리처럼 좁은 곳을 빠져나오지 못하고 허우적거린 게 민망할 정도였다.

책을 많이 읽을 때도 있고, 한두 장만 읽고 덮을 때도 있었다. 책장이 조금씩 채워졌다. 무슨 책을 살지 고민하지 않았다. 책 안에 또 다른 추천 책이 가득했다. 일하는 곳에서 두 블록 떨어진 곳에 교보문고가 있었다. 시간 날 때마다 서점에 들렀다. 책 표지만 보고 있어도 똑똑해지는 기분이 들었다. 그때는 책 안에 있는 글자가 좋았다기보다, 책을 고르고 있는 내 모습이 더 마음에 들었다.

우연히 시작한 독서가 모임으로 이어졌다. 생각보다 책을 좋아하는 사람이 많았다. 호기심으로 참석한 나와는 격부터 달라 보였다. 책에 나온 좋은 문장과 자기만의 생각을 거침없이 쏟아 냈다. 주눅이 들었다. 말 한마디라도 잘못했다가는 내 '무식'이 탄로 날 것 같았다. 오랫동안 책을 읽어 온 사람들은 인용하는 범위가 달랐다. 입 한번 떼지 못하고 온 적도 많았다. 그래도 모임에 꾸준히 참석했다. 내가 얼마나 모르는 게 많은지 알게 되었기 때문이다.

회원 중에는 작가가 많았다. 뭔가 있어 보였다. 자연스럽게 관심이 갔다. 그러던 찰나에 책 쓰기 특강을 들었다. 특별한 사람만 되는 게 작가라고 여겼다. 하지만 누구나 글을 쓸 수 있고 책을 출간할 수 있다고 했다. 지금 와서 하는 말이지만, 글을 쓰고 싶었다기보다 작가라는 이름이 갖고 싶었다.

인생을 살면서 누구를 만나는가에 따라 방향이 많이 달라진다. 글쓰는 사람들 속에 있었더니, 어느새 쓰는 게 자연스러워지기 시작했다. 초고를 열심히 완성하는 사람들을 보면서 나도 할 수 있겠다는 생각이 들었다. 집중하기 시작했다. 목차를 정하고 시간이 날 때마다 빈 페이지를 채웠다. 우여곡절 끝에 출판사 투고했고, 결국 개인 저서를 출간했다. 그렇게 작가가 되었다.

한동안 작가라는 타이틀에 취했었다. 어느 순간부터 부끄러워지기 시작했다. 글에 진심인 사람들을 보면서 말이다. 그렇다고 출간했던 사실이 없어지는 것도 아니었다. 본의 아니게 독서도 꾸준히 하고 글도 계속 써야 하는 처지가 되었다. 글이 형편없다는 소리를 듣는 건 싫었다. 타고난 재능이 없으니 꾸준히라도 하자 싶었다. 책 읽은 부분을 블로그에 올리기 시작했다. 일거양득이었다. 책 요약도 하면서 글 쓰는 연습도 하게 되었으니 말이다.

왜 그런 생각을 했는지 모르겠지만 읽고 쓰는 인생을 살아야겠다는 마음이 들었다. 마침 글쓰기 스승님이 글쓰기 코치를 양성하는 과정을 열었다. 고민하다가 선택했다. 수료하고 난 후, '송주하글쓰기아카데미'를 만들었다. 수강생이 조금씩 늘기 시작했다. 책임감도 점점 커졌다. 수강생들에게 글을 쓰라고 강조하면서 정작 나는 아무것도 안 하기가 머쓱했다. 책임감 때문에라도 하루도 빠지지 않고 블로그에 글을 올리고 있다.

매일 쓰겠다고 다짐했으니 지키고 싶었다. 조금씩 체계를 잡아 가기 시작했다. 섬네일을 만들었다. 주제와 관련이 있는 사진을 넣고 그 밑에는 제목을 썼다. 벌써 600일이 되었다.

생각했던 것보다 매일 블로그에 글을 올리는 게 쉽지 않았다. 일정이 많거나 몸이 아플 때는 더 그랬다. 하지만 예외를 두기 시작하면 한도 끝도 없어진다. 매일 블로그에 글을 쓰면서 좋았던 부분이 있다.

첫째, 일상을 관찰하는 힘이 생겼다.

특별한 날이면 글은 수월하게 써졌다. 기억나는 게 많으니까 쭉 쓰다 보면 금방 한 편의 글이 완성되었다. 문제는 아무리 생각해도 기억나는 게 없는 날이었다. 모니터 앞에 앉아 머리를 움켜쥐지만 쓸 게 떠오르지 않는다. 마침 모기 한 마리가 귀 옆에서 왱왱거렸다. 안 그래도 글감이 떠오르지 않아서 고민하고 있는데, 그 소리가 신경이 쓰였다. 일단 모기부터 잡고 시작하자고 마음먹었다. 일어났다. 어찌나 동작이 빠른지 손 사이로 계속 빠져나갔다. 모기의 움직임을 가만히 살폈다. 모기는 직선 비행을 하지 않는다. 불규칙한 방법으로 날아다녔다. 위로 갔다가 어느새 밑으로 뚝 떨어지기도 했다. 모기도 자기만의 생존 방식을 만들었구나 싶었다. 갑자기 모기를 소재로 글을 쓰면 되겠다는 생각이 들었다. 그날 블로그 제목은 '모기도 전략이 있다'라고 썼다. 작은 모기도 생존 전략이 있으니, 우리도 자신만의 전략이 필요하다는 내용으로 글을 마무리했다.

둘째, 내가 할 수 있는 사람이라는 걸 알게 되었다.

매일 쓰는 일이 쉽지 않았다. 그래도 다짐했으니 지키고 싶었다. 여유가 있는 날에는 괜찮았지만, 종일 바빴던 날은 밤 11시 넘어서 블로그를 열 때가 많았다. 마음이 다급해진다. 이미지도 만들어야 하고 글감도 정해야 하기 때문이다. 시간은 흘러가는데, 무엇을 써야 할지 모를 때가 있었다. 사람이 긴박해지니 나도 모르는 힘이 나왔다. 그렇게

600일 가까이 한 셈이다. 블로그 글쓰기는 나에게 작은 성공을 선물하는 일과 같았다. 예전에는 끈기가 없었다. 매일 쓰기를 통해 나도 무언가를 꾸준히 할 수 있는 사람이라는 걸 깨닫게 되었다. 한꺼번에 많은 일을 해내기는 어렵지만 작은 일을 차곡차곡 쌓아 가다 보면 나중에는 큰 성이 될 거라는 믿음도 생겼다.

셋째, 글자 공부를 하게 되었다.

매일 글을 쓰다 보니 헷갈리는 단어가 많았다. 블로그 글 한 편을 다 쓰고 나면 항상 '네이버 띄어쓰기' 창을 열어서 맞춤법이나 띄어쓰기를 확인한다. 띄어쓰기가 잘못되면 녹색 글자가 되고, 맞춤법에 오류가 나면 빨간 글자가 된다. 자주 틀리는 표현들이 있었다. 바로 어미 부분이다. '되요'나 '돼요' 같은 말끝에 오는 부분들이 많이 헷갈렸다. 그때마다 찾아봤다. '간간이'는 시간이나 공간적으로 띄엄띄엄 떨어진 상태를 말했고, '간간히'는 아슬아슬하고 위태롭다는 의미다. 구분 없이 쓸 때가 많았는데, 단어를 찾아보면서 알게 되었다. '부딪혔다'고 쓰면 내 의지가 아닌 상태로 그렇게 된 것이고, '부딪쳤다'고 하면 내가 의도해서 그렇게 되었다는 것도 글공부를 통해 알게 된 사실이다. '지그시'는 슬며시 힘을 주는 모양을 말하고, '지긋이'는 나이가 많아 듬직하다는 뜻이 있었다. 이 두 가지도 많이 헷갈렸던 부분이다. 잘못 알고 쓰던 표현은 한두 개가 아니었다. 매일 쓰다 보니 조금씩 알아 가는 중이다.

말과 글은 평생 배워야 한다. 누군가에게 내 마음을 제대로 전달하고 있다고 여기지만 실제는 그렇지 못한 경우가 많다. 강사 일을 시작하면서 더 많이 느꼈다. 내가 하는 말에 고개를 끄덕이는 사람들을 보면서 허투루 해서는 안 되겠다는 마음이 들었다. 말이라는 것은 뇌가 글로 정리해서 입으로 나오는 것이다. 글이 논리적이어야 말도 그에 따라간다. 누군가에게 진심을 전하고 도움이 되는 말을 전하기 위해서 오늘도 공부한다. 내가 걷는 발걸음이 '가치'있다고 여기면서 말이다.

7.
세상을 바꾸는 것보다
내가 바뀌면 쉽다

안지영

제 인생은 글쓰기 전과 후로 나뉩니다. 4년 전, 코로나19로 세상이 멈췄습니다. 한 번도 멈춘 적 없던 공부방 수업도 중단되었습니다. 바쁘게 살던 일상이 정지되었지요. 기한 없는 멈춤으로 불안함만 커졌어요. 처음 겪는 팬데믹은 모두를 혼란스럽게 했습니다.

사춘기 절정인 중학교 2학년인 큰아들과 감정이 충돌했습니다. 새장에 갇힌 새처럼 방에서 원격 수업 하니 답답했을 겁니다. 체육 수행평가로 줌 앞에서 저글링을 해야 했어요. 황당한 일이었지만 어쩔 수 없는 방침이었죠. 세 끼 챙겨 주고 집안일도 소음 없이 해야 했어요. 숨이 탁 막혀 집을 나와야 숨 쉴 수 있었어요. 갈 곳 없어 집 근처 공원을 걸었어요. 얼마 후 발바닥에서 통증이 올라왔어요. 걸을 시간도 없이 앉아서 수업만 하다 보니 족저근막염이 생긴 겁니다. 통증을 참고 걸었습니다. 발바닥 통증보다 마음의 통증을 잊고 싶었으니까요.

인생을 돌아보니 글 쓰고 싶더군요. 독서 논술 교사지만 제 글은 쓰지 않았어요. 제가 가르친 학생들이 상을 받을 때면 나도 기본은 쓰겠다 싶었지만 막상 펜을 잡으니 쉽게 움직여지지 않았습니다. 그러다 이은 대 작가의 책 쓰기 강의를 듣게 되었어요. 저분에게 배운다면 저도 쓸 수 있을 것 같았어요. 등록한 후에도 2년이 되도록 쓸 용기가 나지 않았어요. 자이언트 공저에 참여하면서 비로소 글쓰기를 시작했습니다.

꾸물대는 달팽이처럼 답답한 인생을 그냥 모른 척 살았어요. 뭐든 또래보다 늦었고, 남들 앞에서는 말소리도 작았지요. 적응도 느린 편이라 학창 시절 세 번의 전학은 저를 더 움츠리게 했습니다. 말할 필요가 없는 그림 그릴 때만 눈이 빛났어요. 아빠의 사업이 좋지 않아 미술 학원에 가고 싶단 말조차 삼켰지요.

전학한 곳은 학군이 좋은 동네였어요. 학교 담이 높게 느껴졌어요. 성적이 좋지 못해 땅만 보고 다녔습니다. 원하지 않는 대학도 재수해서 들어갔어요. 막연하게 하루를 얼기설기 엮으며 살았던 것 같습니다. 방송 동아리에 엔지니어로 들어갔다가 목감기 든 아나운서 대신해 방송을 맡았어요. 대본을 직접 써서 읽으니 자신감이 생겼고, 정규 방송 시간까지 맡게 되었어요.

초등학교 때는 교내 글짓기상을 많이 받았어요. 학교 대표로 나가 서울시 시화 부문 우수상도 탔어요. 독서 논술 교사로 지원할 때도 자기소개서를 제출한 학교에 거의 뽑혔습니다. 글을 쓰면 마음이 가벼워졌습니다. 말하기 전에 글로 정리하면 떨리지 않았습니다.

자이언트 책 쓰기 정규 수업을 들으면서 세상을 바라보는 관점이 달라졌어요. 사춘기 아들과 싸우다 생긴 화병이 점점 깊어졌어요. 대화가 안 되면 집이 들썩일 정도로 소리가 커졌습니다.

"엄만 내 마음을 너무 몰라. 맨날 잔소리만 하잖아! 너무 싫어! 미워! 이런 집이 어디 있어!"

아들이 씩씩거리며 내뱉은 말은 비수처럼 가슴에 꽂혔습니다. 아들과 대화로 잘 풀어 보려고 심리학 책도 읽고 주변 지인들에게 상담도 받았지만, 쉽지 않았습니다. 중학생이 된 아들은 좋아하던 영어 학원도 결석하기 시작했고, 핸드폰을 뺏으려 하자 제 손목을 비틀기까지 했습니다. 이미 저보다 키도, 힘도 커져 있었지요. 다투다 결국 둘다 주저앉고 말았습니다. 마음이 물거품처럼 부서졌습니다. 주말부부인 남편은 이 상황을 이해하지 못했죠. 부모에게 대드는 자식이 어디 있냐며 큰소리로 윽박질렀고, 사춘기 아들과의 갈등은 부부 싸움으로 번졌습니다. 남편에게서 헤어지자는 말이 밥 먹듯이 나왔습니다. 혼자 버텨 온 말 못 할 한계가 차오르며 주말마다 폭발했습니다. 지푸라기라도 잡고 싶은 심정이었어요. 그때부터 글쓰기가 시작되었습니다.

글 쓰면서 주제에 대해 생각하는데 눈물이 나는 겁니다. 갱년기라 그런가 싶기도 했습니다. 처음엔 솔직하게 쓰지 못하겠더라고요. 진심이 나오지 않으니, 글이 술술 써지지 않았어요. 양파 껍질 까듯 내면의 껍질을 벗겨 냈습니다. 마음속 상처들이 드러났어요. 그동안 꽁꽁 감싸 온 상처를 드러내고 고름을 짜내며 연고를 발랐습니다. 글쓰기는 '새살을 돋게 하는 연고'였습니다. 아들을 다른 관점으로 바라보게 되었고, 그 안에서 저를 보게 되었어요. 화낼 만했다는 사실을 깨닫고 나니 목소리가 곡선처럼 나왔습니다.

남편이 집 근처로 발령받아 숙소에 있는 물건을 챙기러 함께 갔습니다. 널찍한 방 한구석에는 거칠어진 수건이 말라 있었고, 냉장고 안에는 오래된 유자청이 있었어요. 기침이 심할 때 마시라고 보내 준 유자청이었어요. 유통 기한이 지났지만 버리지 못했더군요. 방 곳곳에 남편의 외로움이 느껴졌습니다. 일주일에 이틀만 가족과 지내는 남편이 측은해 보였습니다. 혼자 있는 시간이 섬처럼 느껴졌을 것입니다. 남편의 빈 마음을 채워 주기 위해 손을 잡고 그가 혼자 오르던 산을 함께 올랐습니다. 집을 나가겠다고 가방을 싸던 남편이 이젠 마트에 같이 가자고 합니다. 글을 쓰며 답답했던 마음이 시원하게 풀렸습니다. 저도 모르게 큼직한 불만 덩어리가 쪼개져 가루가 되었습니다.

작년 12월, 공부방 학생 수가 급격히 줄었습니다. 이사, 학원 시간표 변경, 어머니의 취업 등 여러 이유가 있었지만, 무엇보다 중심 상가에 대형 학원이 많이 생긴 것이 큰 이유였습니다. 12년간 앞만 달려온 기차가 멈췄어요. 새로운 철로를 만들어야 하는데 힘이 빠졌어요. 먹구름이 머리 위에서 비를 쥐어짜듯 제 주변에는 온통 구덩이만 있는 것 같았습니다. 시간이 지나면서 지금은 씨앗을 뿌리느라 바쁩니다. 글 쓰는 시간은 자신을 성찰하는 시간이기도 합니다. 억울하거나 화나는 일이 생기면 글로 풀어냅니다. 녹차를 우리면 녹차 물이 우러나듯, 마음을 우려서 글을 씁니다. 속상한 일들을 일기장에 쓰다 보면 속이 뻥 뚫립니다. 마음이 투명해집니다.

일상 속 깨달음을 블로그에 남깁니다. 다른 사람도 제 글을 읽고 공감할 수 있기를 바랍니다. 얼마 전, 작가가 꿈인 중학생이 제 글을 보며 글쓰기를 시작해 보겠다고 남겼습니다. 중학교 1학년인데 꿈을 가졌다는 것만으로도 대견스러웠습니다. 가끔 제 글을 읽고 용기를 얻었다는 분이 있다는 사실에 마음이 따뜻해집니다.

10개월 전, 시커먼 땅속만 보였던 때와 달리 이제는 거둘 열매를 기대합니다. 상황이 바뀐 것은 없지만, 세상을 보는 '눈'이 달라졌기 때문입니다.

글쓰기는 만병통치약이 아닙니다. 글을 쓴다고 모든 문제가 해결되는 것은 아니지만, 고난을 마주하는 자세가 달라졌습니다. 바로 글쓰기 덕분입니다. 다만, 주의해야 할 점이 있습니다. 펜만 잡는다고 글이 써지는 게 아닙니다. 저 역시 처음에는 베스트셀러 작가가 목표였습니다. 진정한 글은 독자를 생각하며 쓰는 것임을 배웠습니다.

나를 위한 글이 아니라 독자를 생각하며 돕는 글을 쓸 때 최고의 글이 됩니다. 주변을 보면 마음을 잡아 주고 싶은 분들이 많습니다.

매일 같은 하루를 살아가는 사람들, 무표정하게 하루를 보내는 사람들, 저도 그런 시간을 겪었기에 그들의 손을 잡아 주고 싶습니다. 잘 쓰려고 애쓰지 않아도 됩니다. 그저 진심으로 누군가를 돕겠다는 마음으로 쓰면 됩니다.

8.
글쓰기는
제 삶의 성장판입니다

이경옥

저는 배드민턴 선수들을 지도하는 코치입니다. 선수들을 지도하면서 "아니, 왜 그걸 못해? 이 정도는 기본적으로 할 수 있는 거 아니야?", "집중해! 제발 열심히 좀 하자!"는 말을 많이 합니다. 한번은 복식 로테이션 훈련을 할 때였습니다. 한 선수가 미리 정해 놓은 방향으로 움직이질 않고 계속 틀리는 것이었습니다. 저는 "진수야, 집중 좀해. 지금 몇 번째야. 왜 계속 틀리는 거니?"라고 물었습니다.

그러자 진수는 "제가 생각할 게 많아서 집중을 못 하는 것 같습니다."라고 대답했습니다. 저는 진수가 운동이 아닌 다른 고민으로 집중을 못 하는 줄 알았습니다. 무슨 고민이 있어서 그러느냐 물었습니다. "라켓도 들어야 하고, 스윙 자세도 생각해야 하고, 스텝도 생각해야 하다 보니 생각이 많아졌습니다."라는 대답이 돌아왔습니다.

곰곰이 생각해 보았습니다. 제 선수 시절이 생각났습니다. '아, 나도 할 일이 많아 정신없고 바쁠 때 사소한 실수 많이 했었지. 진수에게는 한 번에 너무 많은 피드백을 주지 말자. 하나씩 천천히 습득할 수 있게 지도해 보자.'라고 생각했습니다.

제자의 이야기를 듣고, 제자 처지에서 생각해 보는 과정에서 제 지도 방법에 대해 성찰할 수 있게 되었습니다. 예전에는 왜 그러는지 이유도 물어보지 않고 정신 못 차린다고 소리 지르며 화만 냈을 겁니다. 하지만 '자이언트 북 컨설팅' 이은대 대표가 글쓰기 수업에서 수강생들에게 질문하는 모습을 보면서 제 지도 방법을 돌이켜 보게 되었습니다. 거울 보듯 저를 성찰하며 다른 사람을 이해할 수 있는 마음의 힘이 생겼습니다. 글을 쓰면서 생각하는 힘이 생겼습니다. 다른 사람을 이해하고 공감하게 되었습니다. 글쓰기를 통해 성장하게 된 거지요.

다른 사람들과 잘 지내지 못했습니다. 거절하기 힘든 성격 때문에 힘들어했던 적이 많습니다. 마음의 상처가 곪지 않게 해 줄 무언가가 필요했습니다. 위로에 관한 책을 찾아 읽었습니다. 책 속의 좋은 글귀가 제 마음을 어루만져 주었습니다. 책을 통해 마음의 안정을 찾을 수 있었습니다.

사람들은 저마다 자신만의 고민을 안고 살아가고 있습니다. 그 고민을 들어 주고 상처를 쓰다듬어 줄 수 있는 따뜻한 글을 쓰고 싶었습니다. 그런 글을 쓰기 위해서는 제가 먼저 좋은 사람이 되어야 했습니다. 내 안에 예쁜 마음이 가득해야 좋은 글이 나올 수 있다고 생각했기 때문입니다.

하지만 내가 작가가 된다고? 내가 어떻게? 그런 생각에 엄두도 내지 못했습니다. 그러다 '자이언트 북 컨설팅' 이은대 대표를 만나 책 쓰기 공부를 시작할 수 있게 되었습니다. '자이언트 북 컨설팅'은 글 쓰는 방법만을 가르쳐 주는 곳이 아닙니다. 수강생이 자신만의 삶의 가치를 가지고 인생을 지혜롭게 살아갈 수 있는 길을 알려 줍니다.

글쓰기 공부를 시작한 뒤 마음 아픈 일이 있을 때면 일기를 쓰기 시작했습니다. 휴대폰 메모 앱에, 가방 속 작은 수첩에, 책상 위 포스트잇에도 씁니다. 내 안에 들어 있는 나쁜 감정들을 글로 쏟아 내고 나면 속이 좀 후련해집니다. 조금 있다가 내가 써 내려간 글 속에 나의 부족한 점, 잘못된 점들이 보였습니다. 화살표를 자신에게 돌리게 되었습니다. 그 과정을 반복하다 보니 나를 돌아볼 수 있게 되었습니다. 성찰할 수 있게 되었습니다. 이 시간을 통해 저는 한 걸음씩 지금보다 괜찮은 사람으로 나아갈 수 있었습니다.

이 글을 쓰기 전, 책장을 훑어보았습니다. 책장의 반 이상은 마음이 힘들 때 산 책으로 채워져 있습니다. '나 그동안 아프고 힘들었구나. 이 책들 보면서 많이 위로받았지.' 나도 다른 이들의 마음에 위로가 되는 글을 쓰고 싶다는 생각도 들었습니다. 좋은 글은 사람을 미소 짓게 하고, 마음에 따스한 온기를 줍니다. 마음의 상처로 힘들어하는 사람들에게 따뜻한 위로의 향기를 전해 주는 책을 전해 드리고 싶습니다.

글을 쓰면 거울을 바라보듯 나를 들여다볼 수 있습니다. 글에 비친 나를 보면서 전에는 몰랐던 것들을 발견합니다. 저는 가깝다고 생각했던 사람에게 상처를 많이 받았습니다. 관계로 인한 상처는 내가 나를 부정하고, 미워하게 했습니다. 그러다 보니 사람 만나기가 두렵고 싫어졌습니다. 관계의 편식을 하게 되었지요. 제 속마음을 이야기할 수 있는, 만남이 편한 사람만 의도적으로 만나는 습관이 생겼습니다. 하지만 계속 그렇게 살다 보면 관계의 한계 속에 갇혀서 살아가야 한다는 것을 깨달았습니다. 제 삶은 확장되지 않을 것 같았습니다.

글 쓰면서 좁은 인간관계에 묶여 있는 저를 돌아보게 되었습니다. 글을 쓰며 나를 위로하고 보듬어 줄 힘이 생겼습니다.

매일 꾸준히 글을 쓰며 내 언어의 레벨을 확장시키고 싶었습니다. 『언어를 디자인하라』는 책에서 '내 언어의 한계는 내 세계의 한계를 의미한다.'라는 문장을 만났습니다. 언어 철학자 비트겐슈타인의 말입니다.

저는 그 문장을 보는 순간, '맞아. 정말 그런 것 같아.' 무릎을 쳤습니다. 글을 쓸 때 글과 어울리는 단어, 누구나 쉽게 읽고 느낄 수 있는 단어를 쓰고 싶은데 생각도 잘 나지 않고 답답할 때가 있습니다. 이때 저는 제 언어의 한계를 느꼈습니다. 딱 맞는 표현을 하고 싶은데 어휘가 떠오르지 않을 때 가슴은 갑갑하고 머리는 터져 나갈 것 같습니다. 제 언어의 한계를 극복하고 싶었습니다. 그래서 책을 읽고 글을 쓰기 시작했습니다.

제가 글쓰기를 하면서 느낀 좋은 점은 첫째, 글을 통해 다른 사람들과 소통하며 마음을 나눌 수 있다는 것입니다. 둘째, 글을 쓰고, 읽으면서 지혜와 지식을 습득하고, 사고력을 키울 수 있습니다. 셋째, 감정을 치유하고 내면의 갈등을 해소할 수 있습니다.

> "완성된 인생을 사는 사람은 어디에도 없어. 모든 사람은 언제까지나 미완성이야."
>
> — 무라카미 하루키, 『기사단장 죽이기 2』

완벽한 사람, 완성된 사람은 없는 것 같습니다.

그저 나보다 조금 나은 사람, 괜찮은 사람일 뿐입니다. 남과 나를 비교하지 말고 내가 가고 있는 과정을 즐기면서 계속 경험하고 도전하는 살아 있는 삶을 살아가면 좋겠습니다.

9.
기록했더니 역사가 되었어요

이성애

 글쓰기는 단순한 기록에만 머무르지 않습니다. 사소한 글조차도 적어 두었더니 그것이 모여 책이 되었습니다.

 딸아이는 1982년도에 초등학교에 입학했습니다. 집에서 학교까지 한 시간이 넘게 걸어 다녀야 했어요. 게임기도 휴대 전화도 없던 시절이라 아이들이 가지고 놀 장난감이 많지 않았습니다. 시골이라 문화적인 혜택도 거의 없었고요. 딸아이는 책 읽는 것을 즐겼습니다. 그러다 보니 자연스럽게 또래보다 많은 책을 읽게 되었지요. 담임 선생님은 그런 아이를 눈여겨보고 학교 도서실에서 딸에게 맞는 책을 추천해 주었습니다. 그리고 독후감 쓰기 대회가 있을 때마다 참가할 수 있도록 도와주었습니다. 그 덕분에 여러 번 상을 받았어요. 상으로 받은 세계 문학 전집들은 집에 쌓였고, 점점 더 많은 책을 읽게 되었죠.
 하지만 이것이 끝이 아니었습니다. 독후감뿐 아니라, 일기와 편지를 꾸준히 썼습니다. 학교에서 있었던 일들, 친구들과 나눈 이야기, 책을 읽고 난 후의 감상을 하나하나 기록하며 글쓰기를 이어 갔습니다. 그리고 이 글들을 모아, 초등학교 졸업식 때『무지갯빛 추억』이란 책을 출간했습니다.

딸아이는 처음부터 '책을 내겠다'라는 목표를 가지고 글을 쓴 것이 아니었습니다. 그날 느꼈던 감정, 경험했던 사건들을 적었을 뿐입니다. 그 기록들이 쌓여 한 권의 책이 되었습니다. 소소한 일상이 역사가 된 거지요.

기록은 시간이 지나면 그저 단순한 일기장이 아니라 역사가 됩니다. 이를 증명하는 또 다른 예로는 안나 프랑크입니다. 그녀가 쓴 일기는 전쟁의 고통 속에서 자신의 감정과 일상을 기록한 작은 노트였지만, 오늘날까지도 수많은 이들에게 감동을 주는 귀중한 역사적 기록이 되었습니다. "기록은 기억을 지배한다"라는 말처럼, 오늘의 사소한 기록이 미래의 중요한 자료가 된 것이지요.

저는 손주, 손녀, 그 친구들이랑 함께 책 읽는 할머니입니다. 책을 읽고 난 후 아이들의 표정, 대화 그리고 그날의 작은 사건들을 기록하였습니다. 처음엔 일지를 쓴다는 정도로만 생각했어요. 일지를 적어 놓지 않으면 전 시간에 무슨 얘기를 나눴는지 기억이 가물가물하더라고요. 아이들과 대화하려면 그날 있었던 일을 써 두어야만 했어요. 나중에 읽으면서 이것이 얼마나 소중한 기록으로 남을지 깨달았습니다.

　어느 날, 돌이가 "할머니, 힘들어요."라며 손으로 얼굴을 가리며 고개를 떨구었어요. 아이의 말은 짧았지만, 그 표정과 말투에서 힘든 감정이 묻어 나왔죠. '그날 '돌이가 힘든 일이 있었나 봐. 표정이 좋지 않았어.'라고 일지에 적었습니다. 그다음 책 읽는 시간에 만나서는 "돌이야, 힘들다더니 괜찮아졌니?"라고 물었습니다. 아이는 할머니가 자기에게 관심이 가져 줘서 좋은가 봅니다. 선행 학습을 하는데 오늘 해야 할 숙제가 해도 해도 끝나지 않아 힘들었다고 했습니다. 그렇게 한 줄 메모해 둔 것이 아이와의 관계를 깊게 만들어 주었어요.

　매일 손녀들과 책을 읽고, 그날의 대화나 질문들, 실수했던 것들까지도 적었습니다. 어느 날, 손녀 한 명은 독서 토론 시간에 질문을 잘못 이해해서 엉뚱한 대답을 했습니다. 그날 저는 아이가 당황하면서도 다시 시도하는 모습을 기록했습니다. '알라가 실수했지만, 다시 용기를 내서 끝까지 발표했네.'라고 말이죠. 나중에 일지를 들여다보면서, 이런 작은 순간들까지 적어 놓지 않았다면 아마도 금방 잊고 말았을 것이라는 생각이 들었습니다.

　요즘 랑이는 사춘기에 접어들면서 감정의 변화가 많아졌습니다. 이때도 기록은 도움이 되었습니다. 손녀가 쉽게 화를 내거나 의기소침한 날이 있었는데, 그런 날의 표정과 행동, 그리고 이날의 대화를 짧게 적었죠. '람쥐가 오늘 유난히 예민해 보였다. 무슨 속상한 일이 있는 것 같다.'라고요. 며칠이 지난 후 그날의 상황을 다시 떠올리며 아이에게 어떻게 다가가야 할지를 생각할 수 있었습니다.

메모는 아이의 감정 변화나 고민을 이해하게 하고, 적절하게 반응할 수 있게 했습니다. 이렇게 쌓인 기록들은 단순히 하루하루를 돌아보는 것을 지나 저와 손녀들과의 관계를 맺은 귀중한 자료가 되었습니다. 그때의 작은 순간을 기록한 것이 나중에 커다란 이야기의 일부가 되었던 거죠. 그렇게 탄생한 것이 『사임 파이브 북 클럽』이라는 책입니다.

손주들과 함께한 시간, 그 과정에서 나눈 대화, 감정 그리고 성장을 기록한 이 책은 단순히 책 읽는 시간이 아니라 손주들과의 관계를 담아낸 역사가 되었습니다.

아이들에게도 강조합니다. "글쓰기는 거창할 필요가 없다. 일기 한 줄, 친구와 나눈 대화를 적는 것만으로도 충분하다. 책을 읽고 독후감을 쓸 때도 마찬가지이다. 책을 읽었으면 그 내용을 친구에게 얘기해 준다고 생각하고 써 봐라. 이렇게 쓰다 보면 네가 적은 것이 네 역사를 쓰는 거다."라고 말합니다.

기록은 오늘을 살고 있는 우리에게 미래의 선물이 됩니다. 훗날 우리가 어떤 삶을 살았는지, 어떤 생각을 했는지, 어떤 감정을 느꼈는지를 보여 줄 것입니다. 누구든지 오늘 일기 한 줄이라도 쓴다면 이는 이미 자신의 역사를 쓰고 있는 겁니다.

10.
완벽이 아닌 완성을 목표로

이승희

"언니, 개인 저서 쓴다며. 잘 되고 있어?"

오랜만에 전화한 동생이 물었다. 한 박자 늦게 대답이 나갔다.

"응, 뭐. 노력하고 있어."

눈치 빠른 동생은 얼른 말을 돌렸다. 또 글 쓰다 막혀서 손 놓고 있다는 걸 눈치챈 모양이다. 동생은 안부 전화 한 거라며 얼른 전화를 끊었다. 휴대 전화를 내려놓고 가만히 앉아 있었다.

책상 앞에 앉아 노트북을 열었다. 개인 저서 파일을 불러낸다. 중간쯤에서 멈춰 버린 원고를 가만히 들여다보았다. 쓰다 만 챕터는 재혼 생활에 관한 내용이다. 한참 전남편과 갈등이 최고조로 이르렀을 때 이야기를 쓰고 있었다. 처음엔 나오는 데로 마구 쏟아냈다. 쓰다 보니 정해진 원고량을 훌쩍 넘었다. 덜어 내려다 보니 앞뒤 내용이 잘 연결되지 않는다. 영 못 쓰겠다. 처음부터 다시 쓰기 시작했다. 이번에는 너무 내 처지에서만 쓴 것 같다. 지우고 다시 쓴다. 이번에는 글을 관통하는 핵심 메시지가 선명하게 다가오지 않는다. 일주일째 글 한 편 가지고 주물럭거리고 있다니. 머리에 김이 오른다. 노트북 전원을 꺼 버렸다.

산책을 해 봐도, 좋아하는 작가의 책을 읽어 봐도 그럴듯한 문장이 떠오르지 않는다. 에라, 모르겠다. 좀 쉬었다 쓰자. 선생님도 글이 안 써질 때는 쉬라고 했어. 속으로 변명을 늘어놓으며 소파에 눕다시피 널브러졌다. 등을 편안하게 누인 순간, 글쓰기는 안드로메다 성운까지 멀어지고 만다. 알지만 속으로는 인정하기 싫었다. '조금만 쉬었다 쓰자'는 다짐은 '내일은 꼭 쓸 거야'로 바뀌었다. 그러기를 한 달여. 더는 미룰 수 없다. 올해 안에 책 낼 거라고 주위에 큰소리쳤는데, 이대로라면 초고도 완성 못 하게 생겼다.

"그럼 그렇지. 올해 안에 네가 책 내면 내가 성을 간다."

"에이, 책 내는 게 쉬운 줄 알아? 괜히 스트레스받지 말고 편히 쉬어."

딱하다는 듯, 생각해 주는 척하면서 은근히 고소해할 친구, 직장 동료들 반응이 그려진다. 생각만 해도 가슴이 졸아붙는 것 같다. 다시 마음먹고 손을 자판 위에 올려놓았다. 5분, 10분 시간이 흘러도 손가락이 움직여지지 않는다. 가슴이 답답하고 숨쉬기가 힘들다.

벌떡 일어나 거실과 안방을 오락가락하기 시작했다. 악, 대체 왜 이렇게 안 써지냐고. 미친 사람처럼 악을 써 봤다. 이유가 뭔지 알고는 있다. 괴로웠던 시간을 떠올릴 때마다 이젠 잊었다고 생각한 감정들이 불쑥 치받기 때문이다. 미움, 원망, 연민 같은 감정들이 아직 남아 있었던 모양이다. 어떻게 갈무리해야 할지 갈피가 잡히지 않는다. 그래도 어떻게든 써야 한다. 쓰면서 지난 시간의 전남편에 대한 앙금과 그 시간에 대한 미련을 털어 내야 한다. 그런 후에야 온전한 나로 살아갈 수 있을 것만 같다.

노트북 빈 화면을 노려본다고 글이 저절로 써지지는 않는다. 생각을 전환할 게 필요했다. 그렇다고 산책하는 것도, 친구를 만나는 것도 내키지 않는다. 소파 한쪽 상자에 여의주문보 만들다 만 것이 눈에 들어왔다. 그래, 바느질하다 보면 마음이 좀 차분해질 거야. 바늘에 실을 꿰어 조각천을 이어 여의주문보를 만들기 시작했다. 적당한 크기의 정사각형, 네 귀퉁이를 접고, 다시 뒤집어 접으면 딱지 모양이 된다. 딱지끼리 이어 붙인 뒤 동그란 원 안에 마름모꼴 조각이 들어간 문양이 만들어진다. 색색의 조각을 이어 붙이면 러너, 장식용 덮개 등으로 활용할 수 있다. 바느질하다 보면 저절로 집중되고 마음이 고요해진다. 이 상태에서 글을 쓰면 잘 나올 것 같지만 어림없다. 글을 쓸라치면 또다시 엉망인 글이 나올 게 뻔하다.

이럴 땐 책이 보약이지. 벤저민 하디의 『퓨처 셀프』를 열었다. '고통에서 교훈을 얻으면 목적 달성에 필요한 추진력을 얻고 다른 사람을 돕는 길로 나아갈 수 있다.'

'고통'이라는 단어에 실마리가 보인다. 글 쓰려고 할 때마다 심장이 두근거리고 뱃속을 누가 쥐어짜는 것 같다. 못난 내 글을 보기 싫다는 마음이 물리적인 고통까지 만들어 내고 있다. 주문처럼 '나는 쓰레기 같은 글을 쓸 권리가 있다.'라는 문장을 왼다. 이 고통에서 벗어나는 길은 직시하는 것밖에는 없다.

쿵쿵 뛰는 심장을 가만히 내려다보고 있으면 얼마 안 가 통증이 가라앉는다. 준비되었다. 다시 손을 자판 위에 올렸다. 타이머를 25분에 맞춘다. 규칙은 25분 동안 오직 글만 쓰는 것. 글이 써지지 않아도 괜찮다. 무조건 25분은 채워야 한다. 타이머가 울리면 다시 타이머를 5분에 맞춘다. 5분 동안 휴식 시간을 갖는다. 25분, 5분 타이머를 활용하는 방법은 뽀모도로 학습법이라고 한다. 집중력이 약한 나 같은 사람에게 딱 알맞은 방법이다. 몇 문장 쓰고 벌떡증이라도 난 것처럼 딴 짓하곤 하는 나라도 25분만 집중하면 쉴 수 있다는 생각은 긴장을 줄여 주는 효과가 있다.

다행히 원고 한 꼭지 초고를 완성할 수 있었다. 한 달 만에 무력감을 떨치고 글을 써내다니. 장하다. 자신을 스스로 칭찬해 준다. 물론 이것만으로 무기력증이 나았다고 할 수는 없다. 내일은 또 내 마음이 어떻게 바뀔지 나도 모르니까. 이런 경우, 이은대 작가의 자이언트 글쓰기 강의를 듣는다. 강의를 듣다 보면 정신이 번쩍 살아나고 확실히 동기 부여가 된다. 꺼져 가던 불씨를 살릴 수 있게 되었다.

글 한 편 완성하는 데 오래 걸린다. 한 달 이상 글쓰기를 이어 나가지 못한다. 중간에 지레 겁먹고 글 쓰다 도망치기도 했다. 이런 자신에게 실망해 오랫동안 글을 쓰지 못했다. 아직도 그렇다. 지금은 있는 그대로의 내 상태를 인정하고 있다. 중간에 글 쓰는 걸 멈추게 되더라도 땅굴을 파고 들어가지는 않는다. 조용히 기다리면서 글 쓰기 위한 자료를 수집하고 책을 읽는다. 매일 글이 써지건 써지지 않건 같은 시간에 자리에 앉는다. 시간을 정해 놓고, 주제를 정해 놓고 글을 쓴다. 쓰다 보면 무엇이건 글이 되어 나온다. 처음부터 끝까지 읽어 본다. 윽, 눈 뜨고 못 봐 주겠다. 싹 다 지워 버리고 싶지만 꾹 참는다. 완벽을 목표로 삼지 말고 완성을 목표로 삼으라는 말을 떠올린다.

나는 작심삼일형 인간이다. 만 보 걷기 딱 한 달 하고 때려치웠다. 가야금, 옷 만들기, 미꽃체 쓰기, 영어 공부 3년 이상 꾸준히 해낸 일이 없다. 이제는 뭔가 새롭게 하려고 시도조차 하지 않게 되었다. 딱 하나 끝까지 해내고 싶은 것이 있다. 내 삶을 글에 담아 나와 같은 일을 겪은 사람을 돕는 일. 그 과정이 만만치 않다. 글쓰기 하면서 겪는 어려움을 극복해 나가는 모습을 글에 담아 전하고 싶다. 빈 화면의 깜빡이는 커서를 보며 괴로워하고 있을 누군가 내 글을 보고 힘을 내 한 문장을 써낼 수 있기를 바란다.

11.
글을 잘 쓰고 싶다면

이은설

내 안에 있는 이야기를 속 시원하게 표현하고 타인을 도울 수 있는 좋은 글을 쓰고 싶었습니다. 하고 싶은 말을 조리 있게 잘하는 사람도 있고, 글을 잘 쓰는 사람도 있습니다. 저는 성격이 급해서 조리 있고 차분하게 말을 잘하지 못했습니다. 말을 잘하지 못하지만, 좋은 글을 쓰고 싶었습니다. 한 번 밖으로 나온 말은 고칠 수가 없지만, 글은 여러 번 수정할 수 있는 것도 이유가 되었습니다.

초등학교 때는 친구들로부터 왕따가 되었습니다. 초등학교 2학년 때 영덕에서 대구로 전학을 갔다가, 5학년 때 다시 전학을 오게 되었습니다. 마을에서 동갑내기 또래들은 있었지만 친하게 지내지 못했습니다. 내가 길을 지나가면 담장 아래 한 줄로 죽 늘어서서 괜히 놀렸습니다. 동갑내기 친구들과 한 살 많은 선배 서너 명이 모인 집단에서 한마디 말도 하지 못했습니다. 놀림을 당하기는 했는데, 뭐라고 놀렸는지 지금은 기억이 나지 않지만, 얼른 그곳을 벗어나고 싶었습니다. 우리 집 마당으로 달려 들어간 기억만 있습니다.

친구가 없다고 생각했습니다. 나를 놀리는 아이들과 친구가 될 수 없었기 때문입니다. 혼자서 지내거나 책을 읽었습니다. 책을 읽으면 무엇보다 책 속의 주인공이 될 수 있는 것이 좋았습니다. 책을 읽는 그 순간은 세상 누구보다도 행복할 수 있었습니다. 주인공처럼 공주도 될 수 있었고, 왕비도 될 수 있었기 때문입니다. 책을 읽다 보면 책 속의 주인공이 된 것 같은 착각을 느낄 때가 많았습니다. 책 속에서 주인공이 되었지만, 책을 덮고 나면 환경과 여건이 책 속이 아니라서 아쉬운 마음이 들었습니다. 꿈속에서 깨어난 것처럼 아쉬운 적이 한두 번이 아니었습니다. 어려운 가정 환경과 힘든 상황을 피할 수 있는 유일한 길은 오직 책 속에 있었습니다. 책 속에 흠뻑 빠질 때는 혼자서 행복한 경험을 할 수 있었습니다.

중학교 때 아버지께 대들지는 못하고 눈물 뚝뚝 흘리면서 속상했던 마음을 종이 위에 적은 일이 기억납니다. 아버지는 자주 술을 드시고 기분 따라 야단을 쳤습니다. 어릴 때부터 종이와 연필은 저의 단짝이 되어 주었습니다. 또래 친구들과 노는 것보다 종이 위에 글 쓰는 것이 더 좋았습니다. 무슨 말을 해도 비밀을 지켜 주었고, 무엇보다 야단치지 않았습니다. 시키는 대로 다 해 주었고, 내가 하고 싶은 대로 할 수 있었기 때문입니다.

가끔 교내 백일장이나 글짓기 대회가 있으면 장려상을 몇 번 받았습니다. 나는 글을 잘 쓰는 아이라는 착각 속에 살았습니다. 대학을 다니면서도 마음이 힘들거나 우울할 때는 종이 위에 글을 쓰면서 하고 싶은 말을 적었습니다. 글을 쓰고 나면 마음이 홀가분해지는 것을 느낄 수 있었습니다. 대구 동아백화점에서 여성 생활 수기 모집이 있을 때도 글쓰기 선생님의 도움으로 우수상을 받은 기억이 납니다.

글이 실린 책을 이모와 식구에게 보였습니다. 할머니는 글을 모르고, 동생들은 철이 없었고, 엄마만 기뻐해 주셨습니다. 팔순이 된 이모는 요즘도 제가 글을 잘 쓰는 아이라고 말합니다. 글쓰기가 좋았고, 속상한 일이 있을 때는 글쓰기를 하면 마음이 편안해진다는 생각만 하고 썼습니다.

글 쓰는 것이 좋았지만, 제 이름 석 자가 박힌 책을 낸다는 것은 언감생심 꿈도 꾸지 못했습니다. 2017년, 서울에 와서 50플러스센터에서 16주 과정으로 책 쓰기를 배우게 되었습니다. 수업을 제대로 듣기 위해 근무 시간도 조정했습니다. 16주 듣고 공저를 두 권 썼습니다. 스무 명 정도의 수강생 중에서 나만 부족해 보였습니다. 다른 사람들은 글도 잘 쓰고, 출판 기념회에 지인들과 가족들이 많이도 왔습니다. 저는 초대할 지인 한 사람도 없고, 글도 제일 못 쓰는 것 같아서 공저를 출간했지만, 글쓰기에 더 주눅이 들었습니다. 출판 기념회를 마치고 여의도 어느 호프 집에서 뒤풀이했습니다. 그 자리에 있기가 부끄러워 얼굴만 보이고 먼저 나와서 집까지 걸어갔습니다. 어떻게 하면 제대로 된 작가가 될 수 있을까. 무엇을 어떻게 해야 글을 잘 쓸 수 있을까. 맥주 한 잔 마신 탓으로 온몸에 힘이 빠져 터덜터덜 걸으면서 생각했습니다.

우연히 블로그를 통해서 알게 된 '자이언트 북 컨설팅' 이은대 작가 무료 특강을 듣고 글쓰기를 배웠습니다. 매주 다른 내용으로 수업을 들었습니다. 중요한 것은 배운 내용을 복습하고 연습과 훈련을 해야 했습니다. 시간이 나면 연습을 하기도 했지만, 하지 못한 적이 더 많았습니다. 시간 없다는 핑계로 수업 후기에 배운 내용을 내 글로 적어 보기도 했습니다. 글을 잘 쓰고 싶다면 꾸준한 연습과 훈련이 답이라는 생각을 했습니다. 아무리 많이 배워도 내 것으로 체득되지 않으면 시간 낭비하는 결과가 됩니다. 이은대 작가는 수업 시간에 일기를 쓰라고 수도 없이 말씀하셨지만, 늘 실천하지 못했습니다.

그날은 우연히 다이소를 지나다가 일기를 써야겠다는 생각이 들어 대학 노트 한 권을 구했습니다. 2021년 2월부터 썼습니다. 2년 반 조금 넘었습니다. 하루도 빠지지 않고 쓰고 있습니다. 일기에는 그날 있었던 일을 쓰면서 느낌과 가치 의미를 담기 위해 노력했습니다. 특히 수업 시간에 배운 템플릿을 연습하기도 했습니다. 힘들 때는 그날 있었던 일만 적을 때도 있었습니다. 속상하고 억울한 날에는 제 마음을 털어놓기도 했습니다. 누구에게도 말하지 못하는 이야기를 해도 일기장은 비밀을 지켜 주었습니다. 하고 싶은 이야기를 속 시원하게 털어놓을 수 있었습니다. 잘 쓸 필요도 없고, 잘 쓰지 못해도 괜찮습니다. 잔소리하지 않기 때문에 마음이 편안합니다.

그냥 매일 씁니다. 하루를 보낸 생활 일기도 썼지만, 요양 보호를 하면서 있었던 일기를 따로 적었습니다. 덕분에 출간을 수월하게 할 수 있었습니다. 글을 쓰면 속이 후련해졌습니다. 내가 무슨 말을 해도 비밀이 보장되기 때문에 글쓰기를 좋아하게 되었습니다. 글을 쓰다 보니 매일 일기를 쓰게 되었습니다. 수업 시간에 테마가 있는 일기 쓰기를 배웠습니다. 일주일 동안 매일 다른 테마로 일기를 쓰는 것입니다. 가령, 요일마다 인생, 인간관계, 배움, 일, 독서, 가족, 지인, 성장 등의 테마를 정해 일기 쓰기를 하면 전자책은 물론이고 종이책도 쉽게 낼 수 있다는 말씀을 하셨습니다. 새로운 내용을 배울 때마다 '나는 왜 꼭 배워야 알 수 있을까, 나는 왜 그 방법을 생각하지 못할까' 하는 아쉬움이 남습니다.

글을 잘 쓰고 싶다면 매일 글을 쓰면서 견디고 버티는 노력이 중요합니다. 하루아침에 되는 일은 세상 어디에도 없습니다. 꾸준히 글 쓰고, 견디며, 버텨야 합니다. 정말 글을 잘 쓰고 싶다면 내 주변에 관심을 가지고 관찰하는 눈을 가져야 합니다. 관찰한 후에는 자신을 성찰하고 세상을 통찰해야 합니다. 지금 저의 수준으로는 성찰과 통찰은 어렵지만, 관찰하는 것은 할 수 있습니다. 관찰하다 보면 성찰과 통찰도 할 수 있겠지요. 아울러 글쓰기는 연습과 훈련을 반복하는 것입니다. 매일의 노력이 쌓인다면 분명 타인을 도울 수 있는 좋은 글을 쓸 수 있다고 생각합니다. 글쓰기의 본질과 가치를 생각하며 매일 쓰는 삶을 실천하고 싶습니다.

권시원 작가

올해 휴직을 하며 계획한 개인 저서의 집필을 9월부터 시작했습니다. 책의 앞부분을 써 보니, 제가 글쓰기에 대해 가지고 있는 철학이 부족하다는 걸 알게 됐습니다. 라이팅 코치 7기 모집 소식을 듣고 고민 끝에 참가했고, 성장이 멈춘 나 자신을 다시 성장시키고자 글쓰기를 시작했던 초심을 떠올릴 수 있었습니다. 그리고 이제는 내 경험과 이야기로 다른 사람을 돕고 싶다는 마음도 갖게 됐습니다. 앞으로도 꾸준히 글을 쓰며, 사람들에게 도움을 주는 작가이자 라이팅 코치가 되겠다는 다짐을 해봅니다.

김미예 작가

"내가 가장 만나기 힘든 사람은 시대의 지성도, 어떤 삶의 대가도 아닌 내일의 나다. 내일의 나를 만나기 위해, 오늘의 자신을 섬세하게 바라보라." 지난 삶을 돌아보니 책 속 문장에서 위로와 동기 부여를 받으며 버티고 견뎌왔다는 걸 알 수 있었습니다. 다른 사람의 삶을 통해 나를 제대로 볼 수 있었고, 나와 같이 아프고 힘든 사람들에게 이제는 내 행운을 나누어 주고 싶다는 생각이 들었습니다. 책이 삶의 방향을 가르쳐 주었듯, 나와 당신의 이야기를 글로 써서 세상을 빛나게 하면 좋겠습니다.

김태경 작가

책 속 문장들에서 마음의 풍요와 삶의 지혜를 선물받았습니다. 그 안에는 간절함이 있었습니다. 글을 쓰고 싶었지요. 우연한 기회에 작가의 길로 첫발을 내딛게 되었습니다. 글쓰기는 제가 길을 잃을 때마다 방향을 찾도록 이끌어 주었습니다. 공저로 시작해 글쓰기와 친해졌습니다. 개인 저서의 꿈도 품을 수 있게 되었지요. 한 걸음씩 내딛는 과정 중요합니다. 독자 여러분도 자신의 이야기를 글로 풀어내며, 삶의 소중한 가치를 발견했으면 합니다. 함께 쓰고, 배우고, 성장하는 과정이 글쓰기가 주는 선물이니까요.

박정재 작가

독서는 묘약입니다. 책은 호전 반응을 일으킵니다. 익숙하지 않은 일을 하면 몸에서 반응을 일으킵니다. 저는 코피가 났습니다. 이제는 코피가 나오지 않습니다. 극복하는 여정은 힘들었지만, 위기에서 좋은 해결 방법이 떠오릅니다. 문장은 어떤 문제를 해결하는 데 매우 효과적입니다. 책은 용기입니다. 사람마다 읽는 책은 다릅니다. 문장 독서로 문장을 하나씩 가슴속에 담기를 원합니다. 여러 문장이 모여 조합되면 지혜가 됩니다. 삶의 어려운 일이 있을 때마다, 마음속에 있는 문장이, 묘약이 되기를 소망합니다.

변지선 작가

"현재 우리의 모습은 과거에 우리가 했던 생각의 결과다."

— 붓다(기원전 563~483년)

월급쟁이 공무원으로 평생 살려고 했다. 2023년 1월, 책에서 기원전 '붓다'의 문장을 읽었다. 월급쟁이에서 사업가와 작가로 다시 생각했다. 2024년 6월, 퇴사했다. 사업을 하며 책도 쓰고 있다. 삶이 힘들거나 만족스럽지 않다면 하루 한 페이지라도 책을 읽어 보자. 삶을 바꿔 줄

한 문장을 찾아야 한다. 오늘 밤 광안대교 보이는 집에서 불꽃 축제를 즐겼다. 작년 이때, 나는 저 축제 현장에서 교통 통제를 하고 있었다.

송주하 작가

저는 책을 좋아하는 사람이 아니었습니다. 우연히 작가가 된 이후부터 의무적으로 조금씩이라도 읽고 있습니다. 책 읽는 환경을 만들기 위해 독서 모임도 주제별로 운영하고 있습니다. 책에서 발견한 좋은 문장 덕분에 불평은 줄이고, 더 나은 방법을 찾는 방향으로 마인드도 바꾸고 있습니다. 말과 글 그리고 독서, 이 세 가지는 끝까지 공부해야 하는 것으로 여기며 살고 있습니다. 저처럼 책을 좋아하지 않았던 분들이 이 책을 통해 책과 친구가 되기를 진심으로 바랍니다.

안지영 작가

"산을 넘으며 한 사람을 생각한다. 그러면 하나도 힘이 들지 않다. 한 사람의 무게 때문이다." 공저 집필은 산 오르는 거와 비슷합니다. 독자를 생각하며 산을 넘었습니다. 넘고 나니 세상이 달라 보입니다. '가을'의 앞모습을 못 봐 아쉬웠는데, 넘은 산에 단풍이 들었습니다. 책 속에서 발견한 건 '문장'이 아니었습니다. 헨젤과 그레텔의 '조약돌'이었습니다. 길 잃은 이에게 가야 할 방향을 알려 주고, 지친 걸음을 끌어 주는 글이 되면 좋겠습니다. 당신의 산도 아름답길 바랍니다.

이경옥 작가

매일 글을 쓰며 마음에 와닿는 문장을 수집합니다. 미처 모르고 있던 내 모습을 발견하고 이해하게 되었습니다. 글을 쓰며 마음을 치유하고, 성찰합니다. 그 과정에서 어제보다는 한 뼘 더 나아진 나를 느낍니다. 내면의 목소리를 글로 표현할 때, 진정한 나를 만날 수 있습니다. 매일 글을 쓰며 나 자신과의 대화를 이어 가고 있습니다. 그 속에서 더 큰 깨달음과 성장이 나를 기다리고 있습니다. 좋은 글을 쓰고 싶은 마음은 나를 알아 가는 여정이었습니다.

이성애 작가

글을 쓴다는 게 어렵기만 했습니다. 준비가 부족하다며 세월만 보냈습니다. 완벽한 준비보다 중요한 것은 시작하는 용기였습니다. 막상 시작하고 보니, 문제는 하나씩 해결되더라고요.

'백지장도 맞들면 낫다'라는 말처럼, 어려운 일도 함께하면 힘이 덜 듭니다. 열한 명이 각자의 이야기를 모아 한 권의 책을 완성했듯, 협력의 힘이 혼자서는 불가능한 일도 가능하게 해 준다는 사실을 깨달았습니다.

이승희 작가

어릴 때는 '영원히 행복하게 살았습니다.'로 끝나는 이야기를 좋아했다. 현실이 남루하고 스스로가 초라해 보일 때가 많았기 때문이다. 나이가 들면서 책에서 발견한 문장에 밑줄 긋고 노트에 옮겨 적기도 했다. 10대, 20대에 만난 문장은 지금도 선명하다. 그때 발견했던 문장들이 내 세상을 넓혀 주었다. 10년 동안 독서와 글쓰기를 잊고 살았다. 이번 책을 쓰면서 독서를 멀리했던 세월이 내 내면을 얼마나 빈약하게 만들었는지 절감했다. 다시 책을 펼친다. 문장을 발견하고, 생각하고 밑줄 긋는 시간이 행복하다.

이은설 작가

책꽂이에 제대로 꽂힌 책은 제대로 건드려도 꼼짝하지 않습니다.

마음먹고 손으로 뽑아야 합니다. 자리가 없어 한쪽에 쌓아 둔 책은 살짝만 부딪혀도 우르르 쏟아집니다. 우리 삶도 이와 같습니다. 기록하지 않으면 나의 하루는 연기처럼 사라집니다. 책을 읽고 글을 쓰는 것은 내 인생을 탄탄하게 만드는 일입니다. 물론 쓰기 싫은 날도 있고, 읽기 싫은 날도 읽지만, 묵묵히 실천하고자 합니다. 읽고 쓰다 보면 내 인생이 좋아진 것을 느낍니다. 앞으로 더 나은 삶을 위해 노력하고자 합니다.

권시원

- 사이토 다카시, 『한 줄 내공』, 다산북스, 2017, 33p.

- 로랑스 드빌레르, 『모든 삶은 흐른다』, FIKA, 2023, 148p.

- 패트릭 브링리, 『나는 메트로폴리탄 미술관의 경비원입니다』, 웅진씽크빅, 2023, 305p.

- 강용수, 『마흔에 읽는 쇼펜하우어』, 유노콘텐츠그룹주식회사, 2023, 43p.

- 김정운, 『가끔은 격하게 외로워야 한다』, 21세기북스, 2015, 318p.

- 존 크럼볼츠, 라이언 바비노, 『빠르게 실패하기』, 스노우폭스북스, 2022, 50p.

- 모건 하우절, 『돈의 심리학』, 인플루엔셜, 2021, 141p.

- 김지수, 『이어령의 마지막 수업』, 열림원, 2021, 153p.

김미예

- 32의 네이버 블로그 <현명하고 따뜻하게>(https://blog.naver.com/4491887/223597341952)에서 참고하여 인용.

- 김성오, 『육일약국 갑시다』, 21세기북스, 2013, 19p.

- 이은대, 『작가의 인생 공부』, 바이북스, 2022, 239p.

- 이은대, 『책쓰기』, 바이북스, 2020, 73p.

- 수닐 굽타, 『결정적 기회를 만드는 힘』, 비즈니스북스, 2024, 138p.

- 이은대, 『책쓰기』, 바이북스, 2020, 94p에서 참고.

- 이은대, 『황금 멘탈을 만드는 60가지 열쇠』, 북랩, 2024, 136p에서 참고.

- 김영식, 『10미터만 더 뛰어봐!』, 21세기북스, 2018, 13p 참고하여 서문 내용 각색.

- 이은대, 『작가의 인생 공부』, 바이북스, 2022. 책 표지 문장 인용.

- 김종원, 『나를 지키며 사는 법』, 그린하우스, 2023, 75p.

김태경

- 강용수, 『마혼에 읽는 쇼펜하우어』, 2023, 244p.

- 시라토리 하루히코, 『니체와 함께 산책을』, 다산북스, 2021, 27p.

- 박노해, 『눈물꽃 소년』, 느린걸음, 2024, 200p.

- 미야모토 마유미, 『돈을 부르는 말버릇』, 비즈니스북스, 2018, 107p.

- 정호승, 『내 인생에 힘이 되어준 한마디』, 비채, 2006, 290p.

- 수잔 애쉬포드, 『유연함의 힘』, 주식회사 상상스퀘어, 2023, 20p.

박정재

- 청샤오거, 『홀리첸의 마케팅 비밀코드』, 아름다운사회, 2014, 120p.

- 엠제이 드마코, 『부의 추월차선』, 토트, 2022, 226p.

- 찰스 해낼, 『성공의 문을 여는 마스터키』, 산티, 2009, 302p.

- 브렌든 버처드, 『메신저가 되라』, 리더북스, 2012, 100p.

변지선

- 베르나르 베르베르, 『베르베르 씨, 오늘은 뭘 쓰세요?』, 열린책들, 2023, 242p.

- 줄리아 캐머런, 『아티스트 웨이』, 비즈니스북스, 2022, 59p.

- 웨인 다이어, 『인생의 태도』, 길벗, 2020, 83p.

- 이은대, 『강안 독서』, 바이북스, 2018, 161p.

- 김애리, 『글쓰기가 필요하지 않은 인생은 없다』, 카시오페아, 2017, 230p.

- 이은대, 『강안 독서』, 바이북스, 2018, 23p.

- 페트릭 브링리, 『나는 메트로폴리탄 미술관의 경비원입니다』, 웅진씽크빅, 2023, 95p.

- 론다 번, 『시크릿』, 살림Biz, 2007, 95p.

송주하

- 김주환, 『회복 탄력성』, 위즈덤하우스, 2019, 188p.

- 존 스튜어트 밀, 『자유론』, 책세상, 2018, 102p.

- 월터 아이작슨, 『레오나르도 다빈치』, 아르테, 2019, 24p.

- 리즈 머리, 『길 위에서 하버드까지』, 다산책방, 2020, 489p.

- 김지수, 『이어령의 마지막 수업』, 열림원, 2021, 175p.

- 몽테뉴, 『몽테뉴의 수상록』, 메이트북스, 2019, 24p.

- 톨스토이, 『안나 카레니나』, 민음사, 2009, 13p.

- 수전 손택, 『타인의 고통』, 이후, 2007, 74p.

안지영

- 김이나, 『보통의 언어들』, 위즈덤하우스, 2022, 30p.

- 마티아스 뇔케, 『나를 소모하지 않는 현명한 태도에 관하여』, 퍼스트펭귄, 2024, 253p.

- 파스칼 브뤼크네르, 『아직 오지 않은 날들을 위하여』, 인플루엔셜, 2022, 107p.

- 에크하르트 톨레, 『지금 이 순간을 살아라』, 양문, 2023, 57p.

- 이승우, 『고요한 읽기』, 문학동네, 2023, 177p.

- 이남훈, 『좋은 사람 되려다 쉬운 사람 되지 마라』, 페이지2북스, 2024, 117p.

- 강용수, 『마흔에 읽는 쇼펜하우어』, 유노콘텐츠그룹주식회사, 2024, 137p.

이경옥

- 오은환, 『꽃은 누구에게나 핀다』, 북로망스, 2023, 13p.

- 김미경, 『이 한마디가 나를 살렸다』, 21세기북스, 2020, 14p.

- 멜 로빈스, 『굿모닝 해빗』, 쌤앤파커스, 2022, 85p.

- 김연수, 『소설가의 일』, 문학동네, 2014, 98p.

- 오은환, 『꽃은 누구에게나 핀다』, 북로망스, 2023, 40p.

- 유영만, 박용후, 『언어를 디자인하라』, 쌤앤파커스, 2022, 19p.

- 무라카미 하루키, 『기사단장 죽이기 2』, 문학동네, 2017, 568p.

이성애

- 정호승, 『내 인생에 용기가 되어준 한마디』, 김영사, 2020, 39p.

- 이은대, 『작가의 인생 공부』, 바이북스, 2022, 43p.

- 리처드 브랜슨, 『내가 상상하면 현실이 된다』, 리더스북, 2011, 8p.

- 정호승, 『내 인생에 용기가 되어준 한마디』, 김영사, 2020, 101p.

- 5057psj의 네이버 블로그 <시인 박숙자의 블로그> (https://blog.naver.com/5057psj/222754557386)에서 참고하여 인용.

이승희

- 생텍쥐페리, 『어린 왕자』, 한솔교육, 2009, 89p.

- 헤르만 헤세, 『데미안』, 민음사, 2020, 245p(전자책).

- 에크하르트 톨레, 『지금 이 순간을 살아라』, 양문, 2002, 137p.

- 로버트 그린, 『인간 본성의 법칙』, 위즈덤하우스, 2019, 266p.

- 이병률, 『혼자가 혼자에게』, 달, 2022, 16p.

- 나탈리 골드버그, 『뼛속까지 내려가서 써라』, 한문화, 2000, 23p.

- 공자, 소준섭 옮김, 『논어』, 현대지성, 2021, 235p.

- 벤저민 하디, 『퓨처 셀프』, 상상스퀘어, 2024, 68p.

- 나탈리 골드버그, 『뼛속까지 내려가서 써라』, 한문화, 2000, 23p.

이은설

- 이하영, 『나는 나의 스무 살을 가장 존중한다』, 토네이도, 2024, 229p.

- 오스틴 클레온, 『훔쳐라, 아티스트처럼』, 중앙북스, 2021, 29p.

- 이하영, 『나는 나의 스무 살을 가장 존중한다』, 토네이도, 2024, 153p.

- 케빈 홀, 『겐샤이』, 연금술사, 2013, 207p.